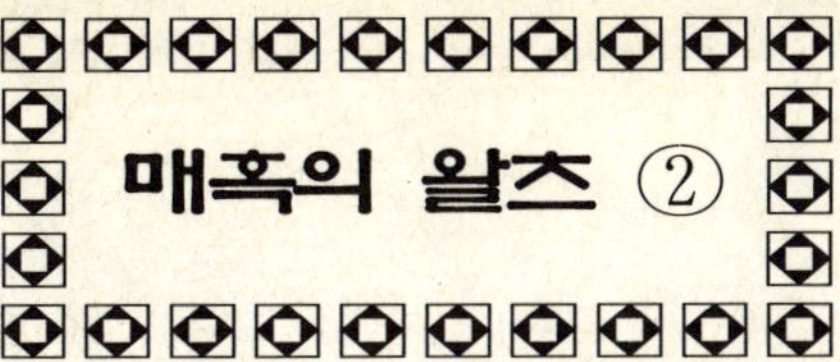

매혹의 왈츠 ②

RAVISHED

by Amanda Quick

Copyright (c) 1992 by Jane A. Krentz

매혹의 왈츠 ②

아만다 퀵 지음

김이숙 옮김

김이숙

전남 영암 출생
중앙대학교 사범대학 졸업
역서로 『위험한 선택』, 『황혼의 속삭임』, 『랑데뷰』①② 외 다수
현재 전문번역회사 코러스에서 활동중

매혹의 왈츠 ②

지은이 / 아만다 퀵
옮긴이 / 김이숙

펴낸이 / 한익수
펴낸곳 / 도서출판 큰나무

초판 인쇄 / 1997년 3월 15일
초판 발행 / 1997년 3월 20일

등록 / 1993년 11월 30일(제5-396호)
주소 / 120-090 서울시 서대문구 홍제동 215
전화 / 736-9653 · 736-6960 팩스 / 732-8694

ISBN 89-7891-039-4
ISBN 89-7891-040-8(전2권)

▶ 잘못된 책은 바꾸어드립니다.

값 6,500원

매·혹·의·왈·츠·2

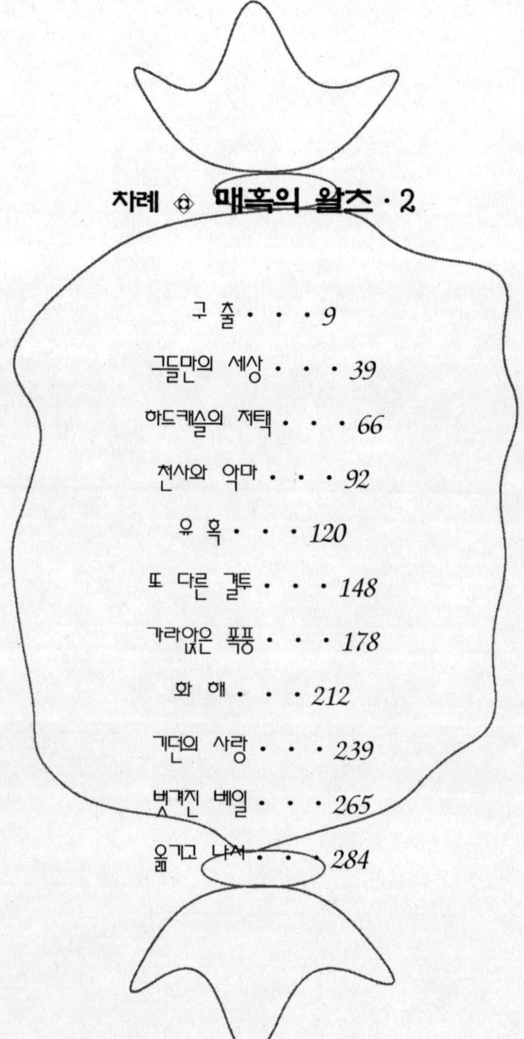

차례 ◈ 매혹의 왈츠 · 2

구 출

매우 늦은 오후에 펠리시티와 그녀의 고모가 서재에 나타나자 기던은 애써 놀라움을 감추었다. 자리에서 일어선 그는 그들이 전혀 즐거워 보이지 않는 것을 알아차렸다. 그리고 해리엇은 그들과 동행하지 않고 있었다.

그는 문득 문제가 발생했음을 깨달았다.

"안녕하세요, 숙녀님들?"

두 여자가 그의 책상 건너편에 앉자 그도 의자에 내려앉으며 물었다.

"이런 예기치 못한 방문을 받는 영광을 얻다니, 제가 무슨 빚을 진 거죠?"

에피가 펠리시티를 힐끔 쳐다보자 그녀가 기운을 북돋아주려는 듯 고개를 끄덕여 보였다. 에피가 모자끈을 풀며 다시 기던에게 시선을 돌렸다.

"집에 있는 당신을 발견하게 되어 하나님께 감사드리고 싶은 심정이에요."

"오늘 밤 저녁식사나 함께 할까 생각중이었습니다."

미끼를 던지듯 낮은 음성으로 말을 꺼낸 그는 책상 위에 손을 포갠 채 에피가 요점을 애기하기를 참을성있게 기다렸다.

"약간 어색하군요, 경."

에피가 또다시 불안한 시선으로 펠리시티를 힐끔 쳐다보자, 펠리시티가 다시 단호하게 고개를 끄덕였다.

"당신에게 이런 말씀을 드려도 괜찮은 건지 모르겠군요. 설명하기가 상당히 복잡해요. 하지만 지금 우리가 생각하는 일이 맞다면, 우린 또 다른 재난에 부딪히게 된 것 같아요."

"재난이라구요?"

기던이 무슨 일인지 묻는 표정으로 펠리시티를 쳐다보며 눈썹을 치켜 올렸다.

"그렇다면 해리엇과 관계된 일입니까?"

"맞아요, 경."

펠리시티가 재빨리 말했다.

"그래요. 제 고모는 설명하기를 꺼리시는 게 분명하니까, 제가 곧장 요점으로 들어가죠. 사실은 그녀가 사라졌어요."

"사라져요?"

"감쪽같이 납치된 거죠. 제 추측이 맞다면, 이 순간 그녀는 그레트너 그린으로 끌려가고 있을 거예요."

기던은 낭떠러지에서 발을 헛디딘 느낌이었다. 무엇보다도 그는 이 두 여자에게서 지금 한 말이 농담이었다는 애기를 듣고 싶었다. 그레트너 그린, 그곳으로 가는 이유는 한 가지뿐이었다.

"대체 무슨 애기를 하는 거요?"

기던이 매우 부드러운 어조로 물었지만 에피는 그의 목소리에 담겨 있는 거친 느낌에 몸을 움찔했다.

"그녀가 납치된 건지 어떤지는 확실치 않아요."

에피는 서둘러 말했다.

"말하자면 그와 비슷한 일이 진행중일 약간의 가능성이 있다는 거죠. 만약 그녀가 북부로 간 게 사실이더라도 아주 기꺼이 따라갔을지도 모르는 일이구요."

"말도 안돼요."

펠리시티가 에피의 말을 잘라냈다.

"언니가 그런 곳에 기꺼이 따라갈 리가 없잖아요, 고모? 언니는 성 저스틴과 결혼하기로 결심했어요. 그가 그녀를 마치 색다른 애완 동물이라도 되는 것처럼 사교계에 내보였다고 하더라도 말예요."

기던은 펠리시티를 노려보았다.

"색다른 애완 동물? 대체 그게 무슨 뜻이오?"

펠리시티가 뭐라 대답하기도 전에 에피가 그녀에게 시선을 돌렸다.

"해리엇은 영스트리트 부인과 함께 있어, 펠리시티. 그리고 그 부인의 괴팍한 행동들은 소문을 들어 익히 잘 알고 있지

만, 그녀가 사람을 납치했다는 소리는 한 번도 들어보지 못했
다.”

기던이 에피를 저지하기 위해 한 손을 들어올렸다.

“나는 분명하고 간결한 설명을 좋아합니다. 처음부터 잘 설
명해 보시죠, 포머로이 양.”

“정중한 척하거나 그럴려고 애써봐야 아무 소용도 없어요.”

펠리시티가 기던을 똑바로 쳐다보았다.

“해리엇이 ‘화석과 유물 연구 학회’의 질투심에 사로잡힌
어떤 회원들에게 납치된 것 같아요.”

“맙소사.”

기던이 중얼거렸다. 애플게이트가 동경이 가득한 눈길로 해
리엇을 쳐다보던 장면이 머릿속에 그려졌다. 그 학회의 얼마
나 많은 다른 회원들이 그녀의 매력에 굴복한 것일까? 그는
궁금하기 그지없었다.

“그 자들이 그녀를 데리고 도망쳤다고 생각한 근거는 뭐
요?”

펠리시티가 눈을 동그랗게 치뜨고는 그를 쳐다보았다.

“해리엇은 오늘 오후에 학회의 모임에 참석했어요. 바로 조
금 전에 우린 그녀에게서 친구들과 함께 이빨 화석을 수집하
는 신사를 방문하러 간다는 전갈을 받았어요. 하지만 전 그게
사실이 아니라고 믿을 근거를 가지고 있죠.”

기던은 별일이 아닐 거라고 중얼거리고 있는 에피를 무시
했다. 그는 펠리시티에게 주의를 집중했다.

“해리엇이 이빨 화석을 보러 가는 게 아니라고 믿는 근거는
무엇이오, 포머로이 양?”

"제가 쪽지를 가져온 젊은 종복에게 물어봤어요. 그가 해리엇과 영스트리트 부인과 프라이 경, 그리고 애플게이트 경이 영스트리트 부인의 시내 출입용 마차가 아니라 여행 마차를 타고 갔다고 하더군요. 게다가 전 몇 가지 더 물어보고는 떠나기 전에 여러 개의 가방이 실렸다는 걸 알아냈어요."

기던이 한 손을 단단히 그러쥐었다. 그는 하나씩 손가락의 힘을 빼야 했다.

"알겠소. 그레트너 그린을 의심하게 된 계기는 무엇이오?"

펠리시티의 귀여운 입술이 험악하게 일그러졌다.

"에피 고모와 전 영스트리트 부인의 집에서 오는 길이에요. 우린 그녀의 집사와 두 명의 하녀에게 물어봤죠. 떠나기 직전에 마부가 하녀 한 명에게 말했다는군요, 북부로 여행할 준비를 서두르라는 지시를 받았다구요."

에피가 한숨을 내쉬었다.

"애플게이트 경이 당신과 결혼하지 못하도록 내 조카를 구하는 일에 대해 최근 여러 번 중얼거렸어요. 그건 그가 직접 일을 저지를 결심을 했다는 의심이 들게 만들죠. 영스트리트 부인과 프라이 경은 그 일을 도운 게 분명하구요."

기던은 속이 얼음처럼 차가워지고 있었다.

"애플게이트가 내 약혼녀를 구하는 일에 대해 걱정을 하고 있었는지 몰랐군요."

"당신이 있는 데서는 말하지 않았겠죠, 경."

펠리시티가 사실이라는 듯 얼른 덧붙여 말했다.

"사실 그는 해리엇을 구하는 일에 대해 아주 여러 번 언급했어요. 당신 과거가 많은 소문의 화두가 되었기 때문이죠."

"알겠소."

그가 에피를 쳐다보았다.

"당신이 제게 직접 와주신 게 흥미롭군요, 아쉬콤브 부인. 이 사실을 통해 당신이 조카가 애플게이트보다는 저와 결혼하길 더 원한다고 결론지어도 되겠습니까?"

"특별히 그런 건 아니에요."

에피가 무뚝뚝하게 말했다.

"하지만 너무 늦어서 달리 어떻게 할 도리가 없었어요. 애플게이트와 도망쳐서 결혼한다는 미친 생각은 이미 떠돌고 있는 것보다 더 흉측한 소문의 소재거리가 될 테니까요."

"그렇다면 난 두 악마 가운데 좀 나은 자로군요."

기던이 말했다.

"말하자면 그렇다는 얘기예요."

"제 청혼이 그토록 실질적인 근거에 의해 호평을 받다니 기쁘군요."

에피의 눈길이 약간 좁아졌다.

"현재의 상황은 당신이 알고 있는 것보다 더 심각해요, 성 저스틴. 당신과 해리엇이 그 끔찍한 동굴에서 하룻밤을 보낸 일의 소문이 시내에 퍼졌을지도 몰라요.

어젯밤 랙스햄의 야회에서는 전혀 눈치를 채지 못했어요. 다른 모든 소문은 차치하고라도, 사람들은 곧 해리엇이 정말로 당신과 몸을 섞었는지 궁금해할 거예요. 이 납치 사건이 알려지면 그 애의 명성은 걷잡을 수 없게 될 거라구요."

"그래서 우린 실제로 해리엇이 애플게이트와 결혼해야 한다고 생각했던 거예요."

펠리시티가 쓸데없는 설명을 덧붙였다.

"아, 네. 정말 그렇겠군요."

기던이 책상에 놓여 있는 조그만 새 조각을 움켜쥐었다.

"하지만,"

펠리시티가 말을 이었다.

"우린 언니가 애플게이트 경과는 절대 결혼하지 않을 거라고 생각해요."

기던이 엄지손가락으로 새의 날개를 쓰다듬었다.

"당신은 그렇게 믿지 않는 것 같은데?"

"언니는 자기가 당신에게 일임되어졌다고 생각해요, 경. 해리엇은 그러한 자연의 위임을 깨뜨리지 않을 거예요. 언니가 애플게이트 경과 결혼하지 않은 상태로 북부에서 돌아오면, 그 얘기가 시내 전역에 퍼질 거예요. 우린 이미 앞으로 닥칠 당신과 제 언니의 결혼 때문에 진저리나게 사람들의 눈길을 받고 있어요."

에피가 한숨을 내쉬었다.

"사람들은 모두 불쌍한 해리엇이 '블랙손 홀의 짐승'의 손아귀에서 그레트너 그린으로 도망치려 했으며, 그곳에 당도하자 애플게이트의 마음이 변했다고 떠들어댈 거예요. 이 불쌍한 아가씨는 두 번 파멸하게 될 거라구요."

기던은 벌떡 일어섰다. 그리고 위로 손을 뻗어 줄을 잡아당겨 집사를 불렀다.

"두 분 말씀이 다 맞아요. 벌써 얘기들이 많죠. 제가 즉시 이 문제를 처리하도록 하겠습니다."

아울이 문을 열고 들어서는 소리에 펠리시티가 문 쪽으로 고개를 돌렸다. 그리고 다시 기던을 쳐다보았다.

"그들을 뒤쫓아가시려구요, 경?"

"물론이오. 당신 말대로 그들이 영스트리트 부인의 고풍스런 여행 마차를 타고 갔다면, 내가 그들을 곧 따라잡을 수 있을 테니 안심하셔도 됩니다. 그 마차는 적어도 20년은 되었거든요. 너무 무겁고 속도가 느리죠. 그리고 그녀의 말들도 마차만큼이나 늙었어요. 그리 멀리 가지는 못했을 겁니다."

"부르셨습니까, 나리?"

아울이 서재를 감싸고 도는 긴장된 분위기를 감지하고는 심각한 어조로 물었다.

"쌍두 마차에 키클롭스와 미너토르를 매서 즉시 끌고 나오도록 일러주게, 아울."

기던이 말했다.

"알겠습니다, 나리. 하지만 말을 타고 가시기에 좋은 저녁은 아닙니다. 도중에 비바람이 칠 것 같습니다."

"그래도 할 수 없네, 아울. 지체하지 말고 내 지시대로 하게."

"알겠습니다. 제가 주제넘은 소리를 했다고는 생각하지 말아주십시오."

아울이 서재를 나가 천천히 문을 닫았다.

"자 그럼,"

에피가 일어서서 모자끈을 다시 맸다.

"우린 이만 집으로 가는 게 좋겠구나, 펠리시티. 우리가 할 수 있는 일은 모두 한 거야."

"네, 에피 고모."

펠리시티가 일어서서 기던에게 날카로운 눈초리를 던졌다.

"경, 그들을 따라잡지 못하면……."

"분명히 따라잡을 거요, 포머로이 양."

그녀는 잠시 그의 표정을 자세히 쳐다보고 나서 깊이 숨을 들이쉬었다.

"네, 그들을 따라잡더라도 경이 제 언니에게 화를 내지는 않을 걸로 믿겠습니다. 언니가 이 사건에 대해 충분한 설명을 할 거라고 확신해요."

"물론 그녀에게는 분명히 해명할 근거가 있을 겁니다."

기던이 성큼성큼 문으로 다가가 두 여자를 대신해 문을 열었다.

"해리엇에게 해명할 근거가 부족한 적은 없으니까요, 만족스런 해명일지 어떨지는 다른 문제지만."

펠리시티가 눈가에 주름을 잡았다.

"경, 언니에게 화내지 않겠다고 약속해 주셔야 해요. 당신이 언니에게 화를 낼 거라고 생각했다면, 무슨 일이 일어났는지 당신에게 얘기해야 한다고 고집을 부리지도 않았을 거예요."

펠리시티의 눈에 담긴 걱정스런 표정을 보자 기던은 초조감이 일었다.

"걱정하지 마시오, 포머로이 양. 당신 언니와 난 서로를 매우 잘 이해한답니다."

"그건 언니가 맨날 하는 말이에요."

펠리시티가 고모를 따라 문을 나가면서 중얼거렸다.

"둘 다 옳다고 믿어요."

"그건 그렇다 치고,"

홀로 나가는 펠리시티와 에피에게 기던이 말했다.

"집으로 돌아가는 즉시 내 약혼녀를 위해 가방을 하나 싸주시오. 시내를 빠져나가는 길에 잠시 들르겠소."

에피가 갑자기 경직된 표정으로 물었다.

"새벽이 오기 전에 그 애를 데리고 돌아올 수 없다고 믿으시는 건가요?"

그 말에 대답한 사람은 펠리시티였다.

"물론 경은 오늘 저녁에 언니를 데려오지 못할 거예요, 에피 고모. 그들이 얼마나 멀리까지 갔을지 누가 알겠어요? 어쨌든 다음 번에 해리엇을 만나면 언니는 결혼한 여자가 되어 있을 거예요. 제 말이 맞지 않나요, 경?"

"그렇소."

기던이 말했다.

"맞아요, 말도 안되는 이 사건은 영원히 끝나 있을 거요. 누구도 내 약혼녀를 '블랙손 홀의 짐승'로부터 절대로 구하지 못할 겁니다. 이런 일은 매우 골치 아픈 일이 될 수 있거든요."

아울의 날씨 예견은 틀린 모양이었다. 저녁 하늘이 구름으로 덮여 있었지만 비가 오지는 않았으며 도로는 매우 건조했다.

기던은 생각보다 빨리 런던 시내를 통과할 수 있었으며, 교통이 원활해지자마자 속도를 더 내도록 말에게 신호를 보냈다. 키클롭스와 미너토르가 재빨리 힘을 내 율동적으로 움직이며 커다란 말굽으로 땅을 박차고 달렸다.

앞으로 두 시간내에는 어두워지지 않을 것이다. 따라서 영스트리트 부인의 낡고 무거운 여행 마차를 따라잡을 시간은 넉넉할 것이다.

생각할 시간도 많았다. 어쩌면 너무 많은 시간이 있는지도 모를 일이었다.

나는 '블랙손 홀의 짐승'에게서 달아나고 있는 약혼녀를 추적하고 있는 걸까, 납치된 약혼녀를 추적하고 있는 걸까?

기던은 해리엇이 자기에게 일임된 사람으로 여긴다고 했던 펠리시티의 말이 맞다고 믿고 싶었다. 하지만 해리엇이 상사병에 걸린 애플게이트의 품안으로 기꺼이 뛰어들었을 수도 있다는 생각을 완전히 떨쳐버릴 수는 없었다.

어제 그녀와 함께 공원에 갔을 때 그녀는 그에게 무척 마음이 상한 듯 보였었다. 기던은 그녀가 그의 독재적인 성향에 대해 했던 잔소리를 기억해 냈다. 그녀는 자신이 명령을 받는 일에 익숙하지 않다는 점을 분명히 했다. 명령을 하는 사람의 의도가 아무리 좋은 것이라 해도 말이다.

기던은 턱에 힘을 주어 이를 악물었다. 그녀는 최근 결혼을 한다는 게 어떤 의미인지 많은 생각을 해온 게 분명했다. 그녀는 결혼 후에 자신의 독립성을 포기하지 않아도 될 것으로 기대한다는 점을 분명히 하고자 했다.

기던이 보기에, 문제는 해리엇이 오랫동안 독립적인 여자로 지내왔다는 데 있다. 그녀는 오랫동안 자기 자신이나 다른 사람의 일에 대해 스스로 결정을 내려야만 했고, 또 그렇게 하는 일에 익숙해 있었던 것이다. 마치 동굴을 홀로 탐험하는 일에 익숙해진 것처럼 말이다.

맞아, 그녀는 자신의 자유에 익숙해져 있어.

기던은 앞의 도로를 쳐다보았다가 다시 말들이 앞으로 내닫는 모습으로 시선을 돌렸다. 손에 쥔 가죽끈이 움직여댔다. 그가 키클롭스와 미너토르를 고른 이유는 그 말들의 힘과 인내력 때문이지 겉모양 때문이 아니었다. 기던은 오래 전에 피상적인 아름다움은 말이나 여자, 친구들에게 있어서 별로 중요하지 않다는 것을 깨달았다.

기던처럼 섬뜩한 얼굴 흉터와 파괴된 명성을 가지고 있는 사람이 세상과 대면하려면 다른 것의 표면 밑에 숨어 있는 덕성을 익히게 마련이었다.

해리엇은 내 말들과 비슷해.

그녀는 탄탄한 재료로 구성된 피조물이었다. 하지만 그녀에게는 너무나 확고한 주체성이 있었다.

어쩜 그녀는 애플게이트처럼 그녀에게 명령할 생각 같은 건 꿈에도 하지 못할 누군가와 결혼한다면 삶이 더 즐거워지리라고 결심했는지도 몰라.

애플게이트는 작위와 재산을 포함하여, 여자들이 청혼을 받아들이게 할 만한 많은 이점을 가지고 있었다. 무엇보다도 애플게이트는 화석에 대해 해리엇과 같은 흥미를 공유하고 있다. 해리엇은 자기도 모르게 애플게이트의 방대한 지식에 압도될 만큼 마음이 끌렸는지도 모를 일이었다.

애플게이트와의 결혼은 여러 모로 이로울 수도 있을 것이며, 거기에는 '블랙손 홀의 짐승'과 결혼함으로써 발생할 손해 같은 건 하나도 없을 터였다.

기던은 순간 자신이 정말로 신사라면, 어쩌면 그녀가 오늘 밤 애플게이트와 도망칠 수 있도록 내버려두어야 하는 게 아닐까 하고 생각했다.

하지만 애플게이트의 팔에 안겨 있는 해리엇을 그려보던 기던은 갑자기 뱃속이 뒤집혀졌다.

그 애송이 같은 애플게이트가 그녀의 달콤한 젖가슴을 만지고 그녀의 부드러운 입술에 키스하고, 단단하고 뜨거운 열기에 사로잡힌 그녀에게 몸을 밀착시키는 장면이 떠오르자, 그는 거의 미칠 것 같은 불쾌함을 느꼈다. 몸이 파열해 버릴 듯한 상실감과 고뇌가 기던의 마음을 조각조각 찢어놓았다.

그건 불가능한 일이야.

기던은 그녀를 포기할 수 없었다.

해리엇이 없는 삶이라니, 그건 너무나 삭막해. 생각할 수도 없어.

해리엇을, 마치 먼 곳에서 데려온 희귀한 생물이라도 되는 양 사교계에 선보이려 하고 있었다는 펠리시티의 말이 기던의 머리를 스쳤다. 기던은 자기도 모르게 그렇게 했을 수도 있다는 것을 알고는 고삐를 꽉 틀어쥐었다.

'블랙손 홀의 짐승'과의 결혼을 두려워하지 않는 여자는 지구상에 한 여자밖에 없을 거야.

기던은 고삐를 쥔 손아귀의 힘을 풀고 더 빨리 달리도록 말을 재촉했다. 그는 6년 전 그를 버렸던 신에게 해리엇이 오늘 밤 기꺼워하며 도망치고 있는 것이 아니기를 간절히 기도할 뿐이었다.

브랜디 향기가 영스트리트 부인의 여행 마차 내부에 가득 퍼졌다. 마차는 북부를 향해 달리고 있었다.

영스트리트 부인이 프라이 경에게 선술집에서나 부르는 음탕한 노래를 소리높여 불러달라고 또다시 부탁했다. 해리엇은 창문을 열고는 부인에게 어디에서 그런 노래를 배웠느냐고 물어보았다.

동부의 맞꼭지에서 온 젊은 아가씨가 있었다네,
놀라운 젖꼭지를 타고난 아가씨였지.

건너편에 앉아 있던 애플게이트가 해리엇에게 사죄하는 표정을 지어보였다. 외설스런 노래를 뒤로하고 그는 상체를 앞으로 숙였다.

"너무 마음 상하시지 않기를 바랍니다, 포머로이 양. 아시다시피 나이든 세대는 그렇잖습니까. 별로 세련되지가 못하지요. 그들은 어딘가 모르게 상스러운 데가 있거든요."

"네, 알아요."

해리엇이 근심어린 웃음을 지으며 말했다.

"적어도 그들은 자신을 즐길 줄 알죠."

"오늘 밤 그들을 데려오길 잘한 것 같습니다. 그들이 있으니 우리의 도망이 체면을 잃지 않게 될 겁니다."

애플게이트가 열심히 설명했다.

"경, 언젠가 말씀드리려 했는데 지금 해야 할 것 같군요. 전 그레트너 그린에 도착해도 당신과 결혼할 생각은 전혀 없어요. 그런 일은 없을 겁니다."

애플게이트가 걱정스런 표정으로 그녀를 쳐다보았다.

"당신이 마음을 바꾸길 바라오. 우린 당신에게 이 일을 생각해 보라고 많은 시간을 주고 있소. 난 매우 헌신적인 남편이 될 겁니다. 그리고 우린 공통점이 무척 많아요. 생각해 보세요, 우린 함께 화석을 탐험하러 갈 수도 있을 거요."

"상당히 즐거운 일로 들리지만, 말씀드렸다시피 난 이미 약혼한 몸이에요. 성 저스틴과의 약속을 깨뜨릴 수는 없어요."

애플게이트의 눈에 찬탄의 빛이 역력히 드러났다.

"이 일에 대한 당신의 명예심은 당신에 대한 믿음을 한층 높여줍니다. 하지만 당신이 정말로 그 사람에게 끝까지 충실한 마음을 가질 거라고 여기는 사람은 아무도 없어요. 어쨌든 그는 성 저스틴이니까요. 그는 자신의 체면 때문에라도 당신처럼 멋지고 매력적이고 순진한 누군가에게 충절과 존경을 요구하지는 못할 겁니다."

해리엇은 자신의 마음을 설명하는 게 지겨워져서 이제 다른 전략을 시도해 보기로 마음먹었다.

"제가 전혀 순진하지 않다고 말씀드리면 어떡하시겠어요?"

애플게이트가 꼿꼿하게 허리를 세웠다.

"그런 말은 믿지 않아요, 포머로이 양. 누구든 당신을 쳐다보기만 해도 당신이 매우 순진하고 덕이 많은 사람이라는 것을 알 수 있을 겁니다."

"절 쳐다보기만 해도요?"

"물론이죠. 또한 난 당신과 지적으로 매우 비슷하다는 장점을 가지고 있다는 걸 기억하기 바라오."

"그건 흥미로운 결론이군요."

해리엇이 중얼거렸다. 그녀가 그의 말에 막 반격하려는 순간 갑자기 마차의 속도가 느려졌다.

프라이 경은 노래를 뚝 그치고는 술병을 기울여 술을 한 모금 들이켰다.

"잠시 쉬면서 뭘 좀 먹는 게 어떨까? 훌륭한 생각이지? 그 동안 우린 제리코를 방문할 수 있을 거요."

"맞는 말이에요, 프라이."

영스트리트 부인이 부채로 그의 손을 장난스레 찰싹 치고는 그에게 익살맞은 표정을 지어보였다.

"젊은 사람들이 있는 데서는 그렇게 상스럽게 행동하지 마시오, 영스트리트 부인."

프라이 경의 말에 영스트리트 부인은 유쾌한 듯 고개를 끄덕여 보였다.

"알겠어요."

프라이 경이 해리엇에게 깊이 고개를 숙였다.

"용서하시오, 포머로이 양."

그의 발음은 이미 꼬부라지고 있었다.

"내게 어떤 생각이 났는지 모를 거요."

"무슨 생각이 들었는지 난 알아요."

영스트리트 부인이 쾌활하게 말했다.

"그건 제일 좋은 브랜디예요. 이리 주세요, 그건 내 술이에요. 내가 다 마실 거라구요."

그때 갑자기 마차 바깥에서 고함 소리가 들려왔다.

해리엇은 땅을 뒤흔드는 천둥 같은 말발굽 소리를 들었다. 마차 한 대가 뒤에 바짝 붙어서 따라오고 있었다. 밖은 거의 어두워져 있었지만, 그녀는 영스트리트 부인의 마차 옆으로 갑자기 들이닥친 노란 쌍두 마차와 커다란 말들을 알아보았다.

그 마차는 마치 번개처럼 가볍고 빠르게 해리엇이 타고 있는 마차 옆을 지나갔다. 기수가 힐끗 눈에 들어왔다. 그는 무거운 외투에 모자를 눈 위로 깊이 내려쓰고 있었지만, 그녀는 그 떡 벌어진 어깨를 어디서나 알아볼 수 있었다.

기던이 마침내 우릴 따라잡았어.

마부석에서 또 다른 고함 소리와 성난 욕설이 흘러 나오자, 여행 마차의 속도가 더 느려졌다.

"빌어먹을."

애플게이트가 얼굴을 잔뜩 찌푸렸다.

"어떤 바보가 우릴 길가로 밀어붙이고 있어요."

술에 취해 풀려 있던 영스트리트 부인의 눈동자가 휘둥그래졌다.

"노상강도가 나타났나봐요."

프라이 경이 그녀를 노려보았다.

"쌍두 마차를 끄는 노상강도는 들어본 적도 없소."

"성 저스틴이에요."

해리엇이 침착하게 말했다.

"그가 제게 무슨 일이 일어난 건지 알면 바로 뒤따라 올 거라고 말했잖아요."

"성 저스틴?"

프라이 경이 소스라치게 놀란 표정을 지었다.

"그 악마 말이오? 그가 우리를 발견했다구요?"

“말도 안돼요. 오늘 밤의 일에 대해 누구에게도 말하지 않았다구요. 그가 우리를 찾아냈을 리 없어요.”

영스트리트 부인이 브랜디 술병을 들어 한 모금 들이키고는 교활하게 눈을 찡긋해 보였다.

“아뇨, 그가 찾아냈어요.”

해리엇이 말했다.

“그럴 거라고 제가 말씀드렸던 것처럼요.”

애플게이트는 얼굴빛이 상당히 파리해졌지만 단호한 표정으로 어깨를 쭉 폈다.

“걱정말아요, 해리엇. 내가 그에게서 당신을 보호해 주겠소.”

해리엇은 그의 대담한 말에 깜짝 놀랐다. 지금 그녀에게 전혀 필요가 없는 것은 애플게이트의 호언 장담하는 태도였다. 그녀는 기던이 그런 태도를 잘 받아들이지 않을 거라고 생각했다.

여행 마차가 완전히 멈추었다. 해리엇은 기던에게 무슨 수작을 하는 건지 알고 있다고 말하는 마부의 거친 목소리를 들었다.

“자넬 오래 붙들어두지는 않을 걸세.”

기던이 말했다.

“자네가 곧 내 소유가 될 사람을 태우고 있다고 믿고 있네.”

해리엇은 땅에 부딪치는 그의 신발 소리와 그가 별로 좋은 기분이 아니라는 것을 암시하는 한숨 소리를 들었다. 그녀는 동행자들에게 경고의 표정을 던졌다.

“잘 들으세요.”

해리엇이 다른 사람들에게 말했다.

“모두들 내게 성 저스틴을 다루도록 해주셔야 해요. 제 말 이해하시겠어요?”

애플게이트가 소스라치게 놀란 표정을 던졌다.

“절대 당신 혼자서 그 짐승을 대면하도록 내버려두지 않을 거요. 당신은 내가 어떤 사람이라고 여기는 거요?”

마차의 문이 홱 열렸다.

“좋은 질문이오, 애플게이트.”

기던이 험악한 목소리로 말했다. 말할 수 없이 위험한 표정이 눈에 들어왔다. 그의 검은 외투가 마법사의 망토처럼 그의 주위로 휘날렸다. 마차 안에 켜진 램프가 그의 흉터 난 얼굴을 정면으로 비추었다.

“당신이군요, 성 저스틴.”

해리엇이 부드럽게 말했다.

“당신이 언제쯤 우릴 따라잡을까 궁금해하고 있었어요. 정말이에요, 아주 즐거운 여행이었어요. 멋진 저녁이죠, 그렇지 않아요?”

기던이 마차 안에 있는 사람들을 한 사람씩 훑어보고는 마지막으로 해리엇에게 시선을 고정시켰다.

“그리고 당신은 저녁 공기를 충분히 마셨겠지, 내 사랑?”

그가 물었다.

“충분히요, 감사합니다.”

해리엇이 손가방을 집어들고 마차 밖으로 내려서려 했다.

“움직이지 말아요, 포머로이 양.”

애플게이트가 용감하게 명령했다.

"이 깡패가 당신을 만지도록 내버려두지 않겠소. 내게 마지막 한 방울의 피라도 남아 있을 때까지 당신을 보호해 주겠소."

"나도 기쁜 마음으로 애플게이트 경이 당신을 보호하는 일을 돕겠소, 아가씨."

프라이 경이 큰 소리로 말했다.

"우리 둘 다 애플게이트를 도와 당신을 보호하겠소."

"술취한 한 쌍의 바보들 같으니라구."

기던이 중얼거렸다. 그의 커다란 손이 해리엇의 허리를 감쌌다. 그가 훌쩍 그녀를 마차 밖으로 들어냈다.

"멈춰. 그 손 치워, 당장. 가만두지 않겠어."

영스트리트 부인이 기던의 가슴팍을 향해 자기의 손가방을 던졌지만 그 가방은 마차 바닥으로 떨어졌다.

"그녀를 돌려줘, 이 괴물. 당신은 그녀를 데려가지 못할 거야."

"이봐, 우린 당신에게서 그녀를 구하려는 거요."

프라이 경이 설명했다.

해리엇은 신음을 내뱉었다.

"오, 맙소사. 이런 어색한 일이 일어날 줄 알았어요."

"어색한 정도가 넘을 거요, 해리엇."

기던이 마차 문을 닫았다.

"이보시오."

애플게이트가 마차 문을 다시 확 열어젖혔다. 그는 대담한 눈초리로 기던을 노려보았다.

"당신은 이런 식으로 그녀를 데려갈 수 없소."

"누가 날 막을 거요?"

기던이 부드럽게 물었다.

"아마 당신이겠지?"

애플게이트가 지나치게 용감해 보이는 걸로 미루어 그는 자신이 정의의 기사라는 망상에 빠져 있는 게 분명했다.

"분명히 내가 그럴 거요. 난 포머로이 양의 안녕에 헌신할 거요. 그녀를 보호해야겠다는 생각이 들었으니 그렇게 할 거요."

"자, 자. 그렇게 해봐요, 친구."

프라이 경이 술취한 목소리로 고함쳤다.

"저 짐승이 그녀에게 발톱을 들이대도록 내버려두지 말아요. 목숨을 바쳐 그녀를 보호해요, 애플게이트. 내가 당신 바로 뒤에서 도와줄 테니까."

"나도 그럴게요."

영스트리트 부인도 혀가 약간 꼬부라진 목소리로 귀가 울리도록 소리를 질렀다.

"제기랄."

기던이 중얼거렸다.

애플게이트는 술취한 두 남녀를 무시했다. 그는 앞으로 몸을 숙여 열린 문 사이로 얼굴을 내밀며 말했다.

"진지하게 얘기하는 거요, 성 저스틴. 당신이 포머로이 양을 이런 식으로 데려가도록 내버려두지 않겠소. 당장 단념하시오."

기던이 천천히 차가운 웃음을 베어물었다. 그의 이가 드러나면서 얼굴의 흉터가 더욱 보기 흉하게 일그러졌다.

"애플게이트, 당신은 내가 이 일에 대한 성취감을 필요로 할 때가 되어서야 전적으로 보호할 기회를 갖게 될 거요."

어떤 생각이 떠올랐는지 애플게이트가 여러 번 눈을 깜박거렸다. 흥분으로 검붉어진 얼굴에 겁먹은 기색이 역력히 드러났지만 그는 물러서지 않았다.

"원하실 대로. 당신의 도전을 받아들일 준비가 되어 있소. 내게 포머로이 양의 명예는 목숨보다 더 값진 것이오."

"그렇다면 더 좋지."

기던이 냉랭하게 말을 이었다.

"흐음. 이제야 우리 얘기의 요점이 나왔군, 당신 목숨 말이오. 권총을 택하겠소? 아니면 구식으로 하고 싶소? 칼을 사용해 본 지가 한참 됐지만, 마지막으로 대결했던 한 판 승부를 이겼던 건 분명히 기억하고 있소."

애플게이트의 시선이 기던의 얼굴에 난 흉터에 가 박혔다. 그가 마른침을 꿀꺽 삼켰다.

"권총으로 하겠소."

"좋아요."

기던이 중얼거렸다.

"2초내에 죽일 수 있는지 알아보겠소. 클럽에는 이런 종류의 재미를 즐기는 신사들이 항상 있거든요."

"맙소사."

갑자기 제정신이 든 듯 프라이 경이 소리쳤다.

"당신 지금 결투 얘기를 하고 있는 거요? 이봐, 도가 너무 지나치고 있소."

“이게 무슨 말이죠? 결투라뇨?”

영스트리트 부인이 기던을 슬쩍 쳐다보았다.

“이봐요, 우리가 해를 끼친 건 전혀 없어요. 우린 순진한 아가씨를 구하려 했던 것뿐이라구요.”

애플게이트의 표정은 냉철했다.

“난 당신이 두렵지 않소, 성 저스틴.”

“그렇다니 기쁘긴 하지만,”

기던이 말했다.

“아마 몇 시간 후 새벽에 만나게 되면 당신이 갑자기 마음을 바꾸게 될지도 모르니까…….”

해리엇은 이 우스운 상황이 점점 위험해지고 있다는 것을 깨달았다. 그녀는 재빨리 앞으로 나가 기던의 팔을 붙잡았다.

“그걸로 충분해요, 성 저스틴.”

그녀가 또렷하게 말했다.

“내 친구들을 위협하지 마세요. 제 말 이해하시겠어요?”

기던이 곁눈질로 그녀를 힐끗 내려다보았다.

“당신 친구들?”

“물론 이들은 제 친구들이에요. 친구가 아니라면 함께 있지도 않았을 거예요. 이들은 제게 친절히 대해줬어요. 그 우스꽝스런 결투 신청 따윈 그만두세요. 오해에 지나지 않는 일로 결투까지 하면서 당신의 인생을 낭비하지 마시라구요.”

“오해라구?”

기던이 소리쳤다.

“오해가 아니라 유괴라고 부르고 싶소.”

“유괴 따윈 없었어요.”

해리엇이 단호하게 말했다.

"그리고 전 결투를 묵인하지 않을 거예요. 제 말 알아들으셨어요, 성 저스틴?"

애플게이트가 오만한 표정으로 턱을 치켜 올렸다.

"괜찮아요, 포머로이 양. 당신을 위해서라면 죽어도 좋소."

"전 괜찮지 않아요."

해리엇이 말했다. 마차 창문을 통해 그녀는 그에게 웃음을 지어보였다.

"당신은 매우 친절한 분이에요, 애플게이트 경. 그리고 매우 용감하구요. 하지만 전 시골로 말을 타고 여행하는 것에 지나지 않는 일이 결투까지 가도록 내버려둘 수는 없어요."

영스트리트 부인이 어깨를 으쓱거리며 고개를 치켜들었다.

"맞아요. 시골로 마차 여행을 한 거예요, 그게 다였어요."

프라이 경이 미심쩍은 표정을 지었다.

"가벼운 소풍보다 더 하찮은 거요. 우린 순진한 아가씨를 결혼시키려 했던 거요."

해리엇은 도와주진 못할망정 상황을 더 악화시키고 있는 프라이 경에게 주의를 줄 시간이 없었다. 그녀는 그들을 잡아먹을 듯 노려보는 기턴의 얼굴에서 눈을 뗄 수가 없었던 것이다.

"우리 길을 계속 가게 해주세요, 성 저스틴. 늦겠어요. 우린 제 친구들이 시내로 돌아갈 수 있도록 해줘야 해요."

"네, 정말이에요."

영스트리트 부인이 재빨리 말했다.

"떠나야 해요."

그녀가 프라이 경의 지팡이를 움켜쥐고는 마차의 지붕을 톡톡 두드렸다.

"돌려요."

그녀가 크게 소리쳤다.

"그리고 서둘러요."

따분하게 귀를 기울이고 앉아 있던 마부가 자기의 술병에서 마지막으로 한 모금을 들이켜고는 느긋하게 고삐를 집어들었다. 그가 말을 인도해 넓게 원을 그리며 돌자 무거운 마차는 런던을 향해 천천히 달리기 시작했다.

마차가 모퉁이를 돌아 시야에서 사라질 때까지 애플게이트는 동경하는 눈빛으로 창밖을 내다보며 해리엇을 쳐다보고 있었다.

"자, 그럼."

해리엇이 모자를 매만지며 유쾌하게 말했다.

"끝났어요, 다 됐다구요. 우리도 떠나야죠, 경. 런던까지 돌아가려면 먼 길이 될 거예요."

기던이 엄지손가락과 집게손가락 사이에 그녀의 턱을 쥐고 얼굴을 위로 기울이자 그녀는 모자의 테두리 밑으로 시선을 감출 수가 없었다. 날은 거의 어두워져 있었지만 해리엇의 눈에는 그의 성난 표정이 또렷하게 들어왔다.

"해리엇, 이 일이 끝났다고는 잠시라도 믿지 말도록 하시오."

기던의 위협하는 듯한 말에 그녀는 입술을 깨물었다.

"당신 기분이 꽤 상했을 거라고 생각했어요."

"조금씩 나아지고 있소."

“실은,”

그녀가 그를 안심시켰다.

“정말로 불편한 것 외엔 아무 일도 없었어요. 제 친구들은 해를 끼치려고 했던 게 아니에요. 당신이 많은 곤란을 겪었다는 걸 인정해요. 그걸 죄송하게 생각하지만, 당신이 그런 끔찍한 방식으로 애플게이트 경을 위협해야 할 만한 일은 전혀 없었어요.”

“빌어먹을, 여자들이란. 그는 당신을 데리고 도망치려 했소.”

“그는 한 쌍의 보호인을 함께 데려올 만큼 매우 신중했어요. 예의 범절에 대해서는 그를 비난할 수 없다구요.”

“제기랄, 해리엇……”

“그런 일은 없었을 테지만, 애플게이트 경이 그레트너 그린으로 절 데려가는 일에 성공했다 하더라도, 끔찍한 일은 아무것도 일어나지 않았을 거예요. 우린 그냥 방향을 돌려서 런던으로 다시 돌아갔을 거라구요.”

“이런 일로 당신과 언쟁을 하며 길 한복판에 서 있다는 게 믿어지지가 않는군.”

기던이 해리엇의 팔을 잡아쥐고는 쌍두 마차 쪽으로 걸음을 옮겼다.

“그 빌어먹을 남자는 당신과 함께 도망쳐서 결혼하려는 의도가 분명했소.”

그가 해리엇을 가볍게 마차 안으로 밀쳤다.

기던이 안으로 훌쩍 뛰어들어 고삐를 집어들자 해리엇은 치맛자락을 매만졌다.

"경, 설마 제가 애플게이트 경과 결혼할 거라고 믿은 건 아니겠죠? 전 당신과 약혼한 상태라구요."

기던이 런던을 향해 말머리를 돌리면서 그녀에게 분명치 않은 표정을 지어보이고는 꽤 느린 속도로 말을 몰았다.

"그 사실도, 당신 친구들이 내 손아귀에서 당신을 구하려는 노력을 단념시키지 못했소."

"네, 그들은 제가 당신 품안에서 만족스러워한다는 걸 이해하지 못하는 것 같아요."

기던은 그 말에 대꾸하지 않고 잠시 침묵했다.

생각에 빠져 있는 게 분명하군.

해리엇은 차가운 밤 공기를 깊이 들이켰다. 구름이 걷히면서 별들이 나타나고 있었다.

밤에 산책하는 일이 이렇게 낭만적일 수 있다는 걸 그녀는 예전엔 미처 알지 못했었다. 모든 게 현실적으로 보이지 않았다. 그녀는 마치 기던과 말들과 함께 어떤 꿈의 세계에 붙들려 있으면서, 어느 곳으로 이어져 있는지 모를 신비스런 길을 따라 어둠 속으로 달려가고 있는 기분에 젖어들었다.

쌍두 마차가 휘어돌아간 모퉁이를 돌자 여관의 불빛이 나타났다.

"해리엇?"

기던이 조용하게 말했다.

"네?"

"이런 말도 안되는 일은 다시는 겪고 싶지 않소."

"이해해요, 경. 당신이 매우 불편한 일을 겪었다는 걸 알아요."

"내 말은 그게 아니오."

기던은 여관 불빛을 쳐다보았다.

"약혼을 끝내고 싶다고 말하려는 거요."

해리엇은 너무 놀라 벙어리가 된 것처럼 아무 말도 하지 못했다. 그녀는 자기가 제대로 들었는지 의심스러웠다.

"약혼을 끝낸다구요? 제가 바보스럽게도 북부로 왔기 때문인가요?"

"아니오, 이런 사건이 또 일어날까 두렵기 때문이오. 이번에는 당신에게 해가 될 만한 일이 일어나지 않았지만, 다음번에 무슨 일이 생길지 누가 알겠소?"

"하지만……."

"당신의 또 다른 찬미자 중 하나가 '블랙손 홀의 짐승'으로부터 당신을 구하기 위해 더 끔찍한 수단을 쓸 수도 있는 일이지."

기던이 말했다. 그는 마차를 모는 일에 온 신경을 집중한 채 그녀를 쳐다보지 않았다.

해리엇은 그의 거친 옆얼굴을 노려보았다.

"다시는 그런 끔찍한 이름으로 자신을 부르지 마세요, 성 저스틴. 내 말 듣고 있어요?"

"그래요, 듣고 있소. 내가 특별 허가를 받는 즉시 나와 결혼하겠소?"

해리엇은 손가방을 움켜쥐었다.

"당신과 결혼요? 즉시요?"

"그렇소."

해리엇은 현기증을 느꼈다.

“약혼을 끝내자는 소리인 줄로 생각했어요.”

“맞소, 가능하면 빨리. 결혼을 함으로써 말이오.”

해리엇은 온몸으로 안도를 느끼며 마른침을 삼켰다. 그녀는
흩어진 마음의 여유를 주워모았다.

“알겠어요. 전 약혼 기간 동안 우리가 서로를 더 잘 알 수
있을 거라고 생각했어요, 경.”

“그랬을 거요. 하지만 그게 얼마나 큰 차이가 있는지는 모
르겠소. 당신은 이미 나의 가장 좋지 않은 점을 알고 있고 그
게 당신 기분을 터무니없이 상하게 하는 것 같소, 해리엇. 당
신 고모는 오늘 밤의 사건 이후 어느 때보다 더 많은 소문이
나돌 거라고 안절부절 못하고 있소. 우리가 결혼하면 그런 소
문을 어느 정도 없애게 될 거요.”

“알겠어요.”

해리엇이 다시 긍정했다. 하지만 아직도 분명하고 논리적으
로 생각할 수가 없었다.

“좋아요, 그게 당신이 바라는 거라면요.”

“그건 내 바람이오. 이젠 결정된 거요. 시내로 계속 가느니
오늘 밤 여기에서 멈추는 게 좋을 것 같소. 그렇게 하면 런던
으로 돌아가기 전에 결혼에 관한 일을 의논할 수 있을 거요.”

해리엇은 눈앞의 여관을 쳐다보았다.

“오늘 밤 여기에서 지낼 거라구요?”

“그렇소.”

기던이 고삐를 잡아당겨 말의 방향을 여관 마당으로 돌렸
다. 커다란 말발굽 소리가 자갈길 위로 흩어졌다.

“이게 더 효과적일 거요. 아침이면 결혼 허가를 받아낼 거

고. 결혼한 후에 당신을 하드캐슬 성으로 데려가 내 부모님께 소개하겠소. 피할 수 없는 일도 있는 법이니."

해리엇이 뭐라 대답하기도 전에 여관 문이 열렸다. 어린 소년이 달려나와 재빠른 동작으로 말들을 붙잡았다. 기던이 쌍두 마차에서 내려섰다.

일이 너무 신속하게 진행되고 있었다. 해리엇은 목소리를 참착하게 유지하려고 애썼다.

"제 가족들은 어떡하구요? 절 걱정할 거예요."

"이 여관에서 전갈을 보내 당신은 안전하고 내가 당신을 하드캐슬 성으로 데려갈 거라고 알리겠소. 우리가 시내로 돌아갈 즈음에는 가족들의 분노가 어느 정도 가라앉아 있을 거요. 그리고 난 당신을 확고하게 내 손아귀에 넣게 되고 말이오."

그들만의 세상

기던은 조그만 여관 방을 둘러보았다. 침대 하나, 매우 비좁아 보이는 침대 하나만이 놓여 있을 뿐이었다.

"여관 주인에게 부부 사이라고 말해도 너무 강하게 반대하지는 않을 거라고 믿소."

기던은 손에 부지깽이를 들고 한쪽 무릎을 꿇고 앉아 난로의 석탄을 휘저었다. 그는 뒤를 돌아보지는 않았지만 해리엇이 긴장하고 있는 것을 뚜렷이 느낄 수 있었다.

"네, 상관없어요."

해리엇이 부드럽게 말했다.

"곧 그게 사실이 될 테니까?"

"네."

기던은 어떤 이유에서인지 오늘 밤 자신의 몸집을 너무나 잘 인식하고 있었다. 이처럼 작은 방에 누군가와 함께 있다는 게 무척이나 어색하고 거북했다.

그는 이리저리 움직이거나 뭔가를 만지기가 두렵기까지 했다. 뭔가를 깨뜨릴까봐 걱정이 되었던 것이다. 주위의 모든 게 작고 깨지기 쉬워 보였다. 해리엇도 마찬가지였다.

"오늘 밤 같은 경우에는 홀 아래쪽의 방에 드는 게 현명한 생각이라고 여겨지지 않았소."

2그는 여전히 그녀를 쳐다보지 않으면서 말했다.

"당신이나 당신 동생에게 하녀가 있었다면, 문제가 달라졌을 거요."

"이해해요."

"여자 혼자서 여관에 드는 건 항상 위험한 일이오. 아래층의 술집에는 벌써 여러 명의 술취한 주정꾼들이 있소. 그들 중 하나가 여기로 올라와 문을 열려고 할지도 모르는 일이지."

"생각만으로도 불쾌하군요."

"그리고 사람들은 우리가 부부가 아닌 것처럼 보이면 당신처럼 매력적인 여자를 엉뚱하게 추측하는 게 사실이오."

불꽃이 어느 정도 안정적으로 타오르자 기던이 일어섰다. 그는 너울대는 불꽃을 가만히 지켜보았다.

"어떤 억측이 생길 수도 있는 거요."

"이해해요. 맞아요, 기던. 제발, 걱정하지 마세요."

해리엇이 불가로 다가가 손을 내밀어 불을 쬐었다.

“당신 말처럼, 우린 곧 부부가 될 거예요.”

그녀의 옆모습을 쳐다보자 기던은 전신이 긴장되는 걸 느꼈다. 이글거리는 불꽃이 그녀의 얼굴을 세상에서 가장 아름다운 금빛으로 물들여 비추어주었다. 그녀의 부드럽고 탄력있는 머리카락이 얼굴 주위에서 돋보이고 있었다. 그는 머리카락이 생기있게 바스락거리는 소리를 들은 것 같다는 착각을 하고 있었다. 그녀는 무척이나 사랑스럽고 연약해 보였다.

“빌어먹을. 해리엇, 오늘 밤 난 당신에게 남편의 특권을 요구하지는 않을 거요.”

기던이 중얼댔다.

“당신이 지금 내가 자제심을 발휘하리라 기대하고 있을 수도 있고, 또 그걸 요구할 권리도 있으니까. 하지만 난 반드시 자제할 생각이오.”

“알겠어요.”

그녀는 그를 쳐다보지 않았다.

“그날 밤 동굴에서 자제심을 잃었다는 게 오늘 밤도 역시 그럴 거라는 걸 의미하지는 않소.”

해리엇이 호기심어린 표정으로 그를 힐끔 쳐다보았다.

“당신에게 자제심이 부족하다고 생각한 적 없어요, 경. 사실, 당신은 제가 지금까지 알고 있는 사람 중에 자제력이 가장 뛰어난 사람이에요. 때로는 그게 걱정스럽기도 해요. 가끔 당신에 대해 불안한 마음을 갖게 만드는 건 그것뿐이에요.”

그가 못 믿겠다는 표정으로 그녀를 쳐다보았다.

“내게서 너무 많은 자제심이 엿보인다는 말이오?”

“그건 지난 몇 년 동안 매우 잔인한 소문을 견뎌야 했기 때문일 거예요."

해리엇은 그 말이 사실이라는 듯 확고한 목소리로 말했다.

"당신은 자신에 대한 감정을 억누르는 법을 배운 거예요. 아마 너무 많이 배워버렸을 거예요. 당신이 무슨 생각을 하고 있는지 전혀 알 수 없을 때가 있어요."

기던은 목에 맨 네커치프를 앞으로 홱 젖히고는 성급하게 매듭을 풀었다.

"나도 당신에게 똑같이 느낄 때가 많소, 해리엇."

"저를요?"

그녀의 눈이 동그래졌다.

"하지만 전 굳이 제 감정을 숨기려 하지는 않아요."

"그렇소?"

그가 하나뿐인 의자로 성큼성큼 걸어가 목에 맸던 네커치프를 등받이에 걸쳤다. 그리고 어깨를 달싹여 재킷을 벗었다.

"나를 향한 당신의 감정에 대해 내가 현실적인 생각을 갖고 있지 못하다는 걸 알고 있다니 놀랍군."

그가 와이셔츠의 단추를 풀기 시작했다.

"당신이 내게서 재미있는 것보다 불쾌하거나 진절머리나는 특성을 더 많이 발견했는지 모르겠소."

"기던, 제발……."

"그건 내가, 당신이 시내를 떠나 그레트너 그린으로 가고 있다는 것을 알고 심하게 걱정스러워했던 주된 이유였소."

그가 와이셔츠의 단추를 다 풀어헤치고는 침대 끝에 앉아 한쪽 신발을 확 잡아당겼다.

"당신이 평판이 좋지 않고 어느 정도 무뚝뚝한 자작보다 더

나은 사람을 택하기로 마음먹었을지도 모른다는 생각이 들었
었소.”

해리엇은 잠시 동안 그를 가만히 쳐다보았다.

“당신은 때로 무뚝뚝해요, 성 저스틴. 그 정도는 인정해 주
겠어요. 그리고 지독하게 고집스럽기도 하죠.”

“그리고 명령하기를 좋아하고.”

그가 그녀에게 상기시켰다.

“매우 가슴 아픈 성향이죠.”

그가 다른 쪽 신발도 마저 벗어 바닥에 떨어뜨렸다.

“난 화석이나 지질학이나 지구 형성 이론에 대해서는 별로
아는 바가 없소.”

“사실이에요, 상당히 지적으로 보이기는 하지만요. 그렇지
만 걱정마세요, 앞으로 배울 기회는 충분할 테니까요.”

기던이 날카로운 시선을 던졌다. 그녀가 실제로 자기를 놀
리고 있는 건지 확신이 서지 않는 모양이었다.

“난 내 얼굴이나 내 과거를 바꿀 수 없소.”

“그렇게 하라고 요청하지는 않았어요.”

“빌어먹을, 해리엇.”

그가 거칠게 말했다.

“왜 그토록 기꺼이 나와 결혼하려는 거요?”

그녀가 고개를 한쪽으로 기울이고 생각에 잠긴 표정을 지
었다.

“아마 우리에겐 공통점이 많기 때문일 거예요.”

“제기랄, 여자들이란. 그게 요점이오?”

그가 소리쳤다.

"우리에겐 어떤 동굴에서 하룻밤을 보냈다는 사실 외에 아무런 공통점도 없소."

"저도 때로는 어느 정도 고집스런 경향이 있거든요."

그녀가 여전히 생각에 잠긴 듯한 표정을 보이며 말했다.

"절 처음 만났을 때를 기억하세요? 당신이 저더러 독재적이라고 했잖아요."

기던이 투덜거렸다.

"맞소, 그건 사실이오."

"그리고 전 버릇이 없을 정도로 오래된 이빨과 뼈에 사족을 못쓰는 경향이 있고, 가끔은 무례하다는 말을 듣기도 해요."

"화석에 대한 열정이 기분을 상하게 하는 건 절대 아니오."

기던이 관대하게 말했다.

"감사합니다, 경. 하지만 이 말도 덧붙여야겠군요. 당신처럼 저도 제 얼굴이나 과거를 고칠 수 없어요."

해리엇이 말을 이었다.

"약간 상하기는 했어도 팔리고 싶은 물건의 목록으로 나열되는 것 말예요."

기던은 깜짝 놀랐다.

"당신 얼굴이나 당신 과거에는 전혀 잘못된 게 없소."

"그 반대예요. 제가 동생만큼 예쁘지 않다는 사실은 어쩔 수 없는 일이고 나이가 많다는 것을 피할 수도 없는 노릇이에요. 전 스물다섯 살이 다 됐어요. 학교를 갓 졸업한 유순하고 사랑스런 어린 여자애가 아니라구요."

기던은 그녀의 부드러운 입술에 맴도는 희미한 미소를 엿보았다. 그의 마음속 깊은 곳에서 뭔가 꿈틀거리기 시작했다.

"그렇군."

그가 천천히 동의를 표했다.

"스스로 생각하는 법을 결코 배우지 못한 멍청한 어린 계집
애를 학교에 보내는 게 훨씬 더 쉬울 거요. 하지만 내 자신이
젖내 나는 사내가 아니니까 당신 나이가 많다고 불평할 수는
없지."

해리엇이 히죽 웃었다.

"무척 관대하시군요, 경."

기던은 그녀를 쳐다보며 자신의 피를 뜨겁게 만들고 있는
욕망을 알아챘다.

무척이나 긴 밤이 될 것 같군.

"분명히 말하고 싶은 게 한 가지 있소."

"그게 뭐죠, 경?"

"당신은 내가 알고 있는 여자 중 가장 아름다운 여자요."

그가 굵은 목소리로 포기한 듯 낮게 속삭였다.

해리엇의 입술이 놀라 벌어졌다.

"정말 말도 안돼요, 기던. 계속 그런 거짓말을 하면 제가 정
말로 믿어버릴지도 몰라요."

그가 어깨를 달싹여 보였다.

"사실인 걸."

"오, 기던."

해리엇은 빠르게 눈을 깜박거렸다. 그녀의 입술이 파르르
떨리고 있었다.

"오, 기던."

그녀는 쏜살같이 방을 가로질러 곧바로 그의 팔에 몸을 던

졌다.

예기치 못했던 그녀의 반응에 놀라면서도 기분이 좋아진 기던은 그녀를 안은 채 침대로 넘어졌다. 그는 두 팔로 해리엇을 감싸고 그녀를 그의 가슴으로 끌어당겼다.

"당신은 제가 만난 사람 중에 가장 매력적이고, 가장 잘생기고, 가장 훌륭한 남자예요."

해리엇이 그의 목에 대고 수줍게 웅얼거렸다.

"당신의 다른 사소한 결점을 제외하고라도, 당신 눈이 나쁜 게 약간 걸리는구려."

기던이 손가락으로 그녀의 숱많은 머리카락을 어루만졌다.

"하지만 그건 아주 미미한 것인 동시에 우리 상황에서 매우 유용한 결점인 게 분명하오."

"당신이 정말로 절 아름답다고 여기신다면 당신 시력도 안 좋은 게 확실해요."

해리엇이 킬킬거리며 웃었다.

"당신 말이 맞아요, 경. 서로 어울리는 결점이군요, 우린 이상적일 정도로 아주 잘 어울리는 게 분명해요."

"분명하오."

기던이 양손으로 그녀의 얼굴을 쥐고 자기 입술을 그녀의 얼굴로 끌어내렸다.

그녀도 달콤한 키스를 되돌려주며 그를 재촉해 피가 뜨거워지게 만들었다. 그는 그녀의 외투와 드레스로 가려져 있음에도 불구하고 믿을 수 없을 정도로 부드러운 젖가슴을 느낄 수 있었다. 그녀의 머리카락을 쥔 그의 손에 힘이 들어갔다.

"기던?"

　해리엇이 고개를 약간 들며 재미있어하는 눈으로 그를 내려다보았다.

　"당신을 원하오."

　결혼 전야에 신사처럼 행동할 필요가 없다는 것을 말해주는 어떤 표시에도 불구하고 그가 그녀의 얼굴을 찬찬히 쳐다보았다.

　"당신은 잘 몰라요."

　그녀의 눈썹이 그녀의 시야를 가리고 있었다. 기던은 그녀의 뺨이 달아오른 걸 알 수 있었다.

　"저도 당신을 원해요. 함께 보냈던 그날 밤을 자주 꿈꾸곤 했어요."

　"내일 결혼하면 매일 밤을 함께 보내게 될 거요."

　그가 말했다.

　"기던."

　그녀가 부드럽게 그의 이름을 불렀다.

　"우리의 결혼은 필요에 의한 결혼이 될 거라는 걸 알아요. 당신은 저 때문에 그렇게 할 수밖에 없다고 느끼시는 걸 이해해요. 하지만 전 궁금했어요……."

　"뭐가 궁금했다는 거요?"

　그는 이런 상황에서 이성적으로 행동하는 그녀에게 안달이 났지만, 그녀가 어떤 말을 꺼낼지 알 수가 없었다.

　해리엇의 말이 옳아.

　그는 그녀를 더럽혔기 때문에 청혼했던 것이다.

　그녀가 느릿느릿한 말투로 그에게 물었다.

　"저와 사랑에 빠질 날이 올 거라고 생각하세요?"

기던은 놀라 얼어붙고 말았다. 그는 그녀의 깊은 청록색 눈
동자에서 희망의 표정을 엿보고는 잠시 눈을 감았다.

"해리엇, 난 단지 우리 사이가 정직하기만을 바라오."

"무슨 말이죠, 경?"

그는 눈을 떴다. 내부 깊숙이에서 우러나오는 고통이 느껴
졌다.

"6년 전, 난 사랑에 대해 알고 있던 모든 것을 잊어버렸소.
내게 있어서 그 부분은 더 이상 존재하지 않아요. 하지만 당
신에게 좋은 남편이 될 것을 진지하게 맹세하는 바요. 목숨을
바쳐 당신을 돌보고 보호할 것이오. 내 힘이 미치는 범위내에
서라면, 당신에게 줄 수 있는 것은 무엇이든 주겠소. 꼭 그렇
게 할 거요."

두 눈에 이슬 방울이 맺혔지만 그녀는 얼른 눈을 깜박거려
털어내버렸다. 그녀의 입술은 수줍은 미소를 지은 채 떨고 있
었다.

"그렇다면 우린 이미 서로를 철저하게 더럽혔으니 피할 수
없는 또 다른 하룻밤을 지체할 이유가 전혀 없겠군요. 저에
대한 당신의 명예로운 의도를 모든 사람들에게 증명할 필요는
없어요."

기던의 몸은 욕망으로 굳어졌다. 해리엇의 두 눈이 점점 도
발적으로 변하자 그는 숨이 멎을 것만 같았다.

"피할 수 없다?"

그가 거칠게 물었다.

"그렇게 부르겠다는 거요? 우리가 사랑을 나누는 걸 그렇게
밖에 생각할 수 없는 거요? 피할 수 없는 의무라고?"

"그게 불쾌했다는 건 아니에요."

그녀가 재빨리 그에게 확언했다.

"당신을 모욕할 뜻은 아니었어요. 사실 어떤 면에서는 꽤 흥미로웠어요."

"고맙소."

기던이 메마른 음성으로 중얼거렸다.

"난 애썼소."

"그랬다는 걸 알아요, 경. 우리가 나눠 쓴 불편한 침대를 참작해야 할 거예요. 바위 바닥이 그런 것에 도움이 된다고는 생각하지 않아요."

"맞소."

"그리고 당신 몸집도 덧붙일 요소죠, 경."

해리엇이 말을 이었다.

"당신은 몸집이 매우 큰 사람이에요."

그녀가 사려깊게 목청을 가다듬었다.

"당신의 모든 부위는 전체적인 구성과 비율이 딱 맞아요. 제가 발견한 화석 가운데 하나와 흡사하죠. 이빨을 통해 동물의 전체 길이와 크기를 유추할 수 있는 경우가 자주 있다는 걸 아세요?"

기던이 신음을 내뱉었다.

"해리엇……."

"네, 그건 물론 전혀 놀랄 일이 아니었죠."

그녀가 확신했다.

"전 바위에 끼인 한 움큼의 뼈와 이빨에 대한 자세한 연구에 기초해 한 생물의 크기와 형태를 추정하는 경험을 많이 했어요. 당신은 생각한 대로였어요, 비율에 있어서 말예요."

"알겠소."

기던이 반쯤 질식한 것 같은 목소리로 겨우 내뱉었다.

"그 사건을 돌이켜보면 우리가 처음에 그런 짓을 할 수 있었다는 게 놀라운 일이죠. 전 앞으로 그런 일이 매우 매끄럽게 진행되리라는 커다란 희망을 가지고 있어요."

"이제 됐소, 해리엇."

기던이 그녀의 입술에 부드럽지만 단호하게 손바닥을 얹었다.

"더 이상 참을 수 없소. 한 가지에 대해서는 당신 말이 맞아, 앞으로는 훨씬 더 부드럽게 진행될 거요."

그가 그녀를 굴리자 그의 손 위에서 그녀의 눈이 동그래졌다. 그가 그녀의 외투 단추를 풀기 시작하자 그녀가 그의 목에 팔을 둘렀다.

기던은 신음을 내뱉고 그녀의 입술에 올려두었던 한 손을 치웠다. 그가 그녀에게 깊숙이 키스하자 갈망이 그의 전신을 뚫고 지나갔다. 그러한 갈망은 다른 모든 것을 압도할 듯이 위협을 가해왔다. 그는 어떤 여자든 해리엇만큼 절실히 원해본 적이 없었다.

하지만 오늘 밤, 기던은 해리엇이 자신이 가지고 있는 열정의 힘을 배울 때까지 욕망을 자제하리라고 다짐했다. 그녀는 그에게 자신의 몸을 선물로 주었으며, 그는 그녀에게 자신이 할 수 있는 유일한 방법으로 보답을 하려는 것이었다.

그는 그녀를 침대에 눕힌 채로 그녀에게서 외투와 가운을 벗겨냈다. 그녀가 슈미즈와 스타킹만 걸치게 되자, 그는 그녀의 발을 부드럽게 툭 잡아당겼다. 그리고는 손을 뻗어 깨끗해 보이는 담요를 접었다.

하나님, 감사합니다.

기던은 크나큰 안도를 느끼며 생각했다. 여관에서 깨끗한 담요를 기대하는 건 쉬운 일이 아니었다. 사랑스런 해리엇을 이가 끓는 침대로 데려간다는 것은 생각만으로도 참을 수가 없었던 것이다. 동굴의 석조 바닥으로 데려간 걸로 충분했다. 해리엇은 최고의 대우를 받을 자격이 있었다.

해리엇은 별로 마음에 두지 않는 것 같군.

그녀는 입술을 약간 벌리고 꿈에 젖은 듯한 눈길로 그를 쳐다보고 있었다. 그녀가 웃자 귀엽게 생긴 조그만 윗니가 살짝 드러났다. 그녀는 은밀한 손길을 기다리기라도 하듯 도발적인 장밋빛 유두가 얇은 슈미즈를 통해 살짝 엿보인다는 걸 신경쓰지 않는 것 같았다.

기던은 해리엇과 함께 있으면 기분이 좋아진다는 걸 깨달았다. 그녀는 그로 하여금 자신이 씩씩하고 귀하고 자랑스럽게 느껴지도록 만드는 재주가 있었다. 그에 대한 그녀의 믿음은 확고 부동한 것이었다. 처음으로 그는 해리엇에게서 발견한 것이 아버지의 눈과 6년 전에 잃어버린 모든 것을 보상한다는 것을 이해했다.

해리엇은 그를 믿고 있었다. 그것으로 충분했다.

"당신은 무척이나 사랑스럽소."

기던이 속삭였다. 그는 그녀의 허리를 잡아 그녀를 그의 가슴으로 높이 들어올렸다. 그는 그녀의 슈미즈가 그의 타액에 촉촉히 젖어 투명하게 보일 때까지 얇은 슈미즈 아래 숨어 있는 그녀의 젖가슴에 키스하는 걸 멈추지 않았다.

해리엇이 손가락으로 그를 꽉 움켜쥐고는 고개를 뒤로 확 꺾었다. 그가 단단해진 유두를 입술에 물고 천천히 깨물자 그녀가 부드럽게 신음 소리를 냈다.

"오, 기던."

"마음에 드오, 내 사랑?"

"오, 네. 네, 무척 좋아요."

그녀가 부챗살 모양으로 손가락을 펴서 그의 어깨를 쓸었다. 그가 다른 쪽 젖꼭지를 잇새에 물자 그녀가 몸을 떨었다.

기던은 그녀를 천천히 내려놓고 그의 앞에 세웠다. 그녀의 팔이 그의 목을 둘렀다. 그는 슈미즈를 두 손으로 움켜쥐고 그녀의 머리 위로 벗겨냈다. 그리고는 무릎을 꿇고 가터 벨트를 풀어 스타킹을 밀어내렸다. 그의 부드러운 손길에 그녀가 몸을 떠는 것이 느껴졌다.

그는 얼른 일어서서 보기 좋은 곡선으로 연결되어 있는 그녀의 몸매를 갈망하는 눈길로 내려다보았다. 풍만한 엉덩이와 우아한 등의 곡선이 난로 불빛에 녹아들었다. 그는 조심스럽게 허벅지의 정점에 모습을 드러내고 있는 그녀의 은밀한 부분을 손가락으로 더듬었다. 그녀의 온몸으로 전율이 꿰뚫고 지나갔다.

기던은 그녀의 다리 사이로 허벅지를 밀어넣고 키스를 하며 그녀의 비밀을 감추고 있는 부드러운 곳이 만져질 때까지 손가락을 더 깊이 집어넣었다. 그리고 천천히 쓰다듬으며 최적의 순간이 올 때까지 기를 쓰고 기다렸다.

해리엇이 작고 다급한 목소리로 그의 이름을 중얼거리며

그의 와이셔츠를 옆으로 밀쳐내고는 그의 가슴에 입을 맞추기 시작했다. 그의 탄탄한 살결에 닿은 그녀의 입술은 말할 수 없이 부드럽게 날개짓을 하는 나비 같았다. 그녀의 손가락 끝이 그의 어깨 위를 활주하다가 그의 와이셔츠를 밀어냈다. 그녀는 불처럼 뜨거운 그의 살결에 한 번 더 부드럽게 키스했다.

그는 그녀가 희귀한 화석을 다루듯 조심스럽게 자신을 다루고 있다는 생각에 이상야릇한 홍미를 느꼈다. 하지만 곧 그 경험에 완전히 사로잡혔다. 그는 자기가 마치 희귀하고 깨지기 쉬운 보석이라도 되듯이 만지는 여자는 여태껏 가져보지 못했던 것이다.

"해리엇, 당신이 지금 내게 뭘 하고 있는지 모를 거요."

"당신을 만지고 싶어요."

고개를 들고 그를 쳐다보는 그녀의 눈에는 경이로움이 가득 담겨 있었다.

"당신은 믿을 수 없을 정도예요. 무척이나 강하고 힘이 넘치고 우아해요."

"우아하다구?"

그가 쿡 하고 웃음을 터트렸다.

"나더러 우아하다고 한 사람은 당신이 처음이야."

"사실이 그래요. 당신은 사자처럼 움직이죠. 뭐랄까, 그건 무척 사랑스러워요."

"아, 해리엇. 사실 당신 시력이 좋질 않아 고생하고 있긴 하지만, 내가 어찌 그걸 불평할 수 있겠소?"

그의 입술이 그녀의 입술을 덮었다. 그가 그녀에게서 손가락을 빼내고 보니 그것은 그녀의 이슬로 촉촉해져 있었고 그녀의 몸이 꽃을 피우며 나는 향기가 그의 머릿속을 가득 채웠다. 이미 흥분할 대로 흥분한 그의 남성이 찌를 듯이 솟구쳤다.

기던은 해리엇을 들어올려 침대에 반듯하게 눕혔다. 그가 옷을 다 벗는 동안 그녀는 그대로 누운 채 그를 지켜보고 있었다. 그가 바지와 와이셔츠를 의자 위로 홱 집어던졌다. 그는 시선을 돌렸다가 그녀가 걷잡을 수 없는 욕정에 사무쳐 있는 자기의 몸에 매료되어 쳐다보고 있는 것을 보았다.

"날 만져줘요, 내 사랑."

그녀 옆으로 자세를 낮추며 그가 속삭였다.

"내 몸에 닿는 당신 손을 느끼고 싶소, 내 사랑. 당신은 무척 부드럽고 온화한 손을 가졌소."

그녀는 그가 요구하는 대로, 처음에는 시험삼아 손가락으로 그를 만지다가 점점 더 힘을 주었다. 그녀는 그의 가슴을 어루만지고 나서 손바닥을 점점 아래쪽으로 밀어내렸다. 그곳에서 손길을 멈추었다.

"당신이 해준 것처럼, 나도 당신에게 그렇게 하길 원하세요?"

그는 차분하게 그 말을 받아들일 수가 없었다. 욕망이 세차게 그의 몸 속을 관통하면서 그를 숨막히고 불타오르게 만들었다.

"당신이 저를 만지는 것처럼 저도 당신을 만지고 싶어요."

그녀의 눈이 빛났다.

"당신은 아름다워요, 기던."

"아름답다구?"

그가 신음을 내뱉었다.

"그럴 리 없소, 내 사랑."

"당신의 남성적인 아름다움은 힘의 원천이에요."

해리엇이 속삭였다.

"해리엇, 당신이 말하는 남성적인 아름다움에 대해 난 아는 게 하나도 없소."

그가 중얼거렸다.

"하지만 당신이 원하는 대로 내 몸의 일부를 만져주면 무척 좋을 것 같소."

그녀의 손가락이 사납게 울고 있는 그의 것을 달래듯 천천히 미끄러져 내려갔다. 그녀의 손가락이 가볍고 섬세하게 그의 몸 위에서 춤을 추면서 그의 몸매와 느낌을 익혔다. 참기가 어려웠지만 기던은 눈을 감고 최대한 모든 자제심을 끌어모았다.

"그만…… 그만해요."

그가 후회스러운 듯 그녀의 손을 잡아 옆으로 치웠다.

"이 밤은 당신을 위한 밤이오."

그는 그녀를 밀쳐 눕히고 그녀의 부드럽고 매끈한 허벅지 사이에 다리를 끼웠다. 그리고 나서 아래로 손을 뻗어 조심스럽게 그녀를 쓰다듬으며, 조그맣고 민감한 여성적인 욕망의 싹을 찾았다.

그가 그 싹을 찾아내자 그녀는 황홀감으로 입을 벌렸다. 그녀의 몸이 활처럼 구부러졌다.

"기던, 제발. 오…… 네, ……제발."

그는 손가락으로 계속해서 그녀를 어루만지다가 고개를 들어 그녀의 얼굴을 쳐다보았다. 열정에 사로잡힌 그녀의 모습은 너무나 아름다웠다. 그녀가 그의 팔에 안겨 몸부림치는 모습은 그에게 놀라움을 가득 안겨주었다.

그는 시간을 갖고 자신을 통제하면서 느리지만 단호하게 그녀를 태우고 있는 불꽃의 핵을 어루만졌다. 그녀는 무척이나 민감했다. 그는 자기의 행운을 믿을 수가 없었다.

그녀는 날 원하고 있어.

기던은 그녀의 목에 키스한 뒤 그녀의 젖가슴에도 키스했다. 해리엇은 그에게 매달려 그를 더 가까이 끌어당기려 했다. 그녀는 그가 언제 그녀의 배에 뜨거운 키스를 퍼부어댔는지 알 수가 없었다.

그녀는 그의 머리카락을 쥔 손가락을 비틀며 그를 위로 끌어당기려 했다. 하지만 기던은 그의 목표 지점에 몰두하고 있었다.

그는 이제나 저제나 그녀 안으로 뛰어들고 싶은 달콤한 충동을 억제했다. 그 대신 그녀의 깊은 계곡으로 입술을 갖다 댔다.

해리엇이 낮게 비명을 질렀다. 그녀의 전신이 긴장되는 듯싶더니 이내 심한 굴곡을 이루며 휘어졌다.

"기던, 당신이…… 도대체 어떻게 이런 느낌을…… 헉."

그녀가 울부짖더니 몸을 떨기 시작했다. 기던은 그녀에게 절정이 임박했음을 알았다. 그 자신도 더 이상 기다릴 수가 없었다. 그가 천천히 그녀 안으로 깊숙이 들어가자 그녀가 심하게 몸을 떨었다. 부드럽고 촉촉한 그녀의 샘이 잠시 그의 침입에 저항하더니 곧 그를 받아들이기 시작했다.

그건 지금까지의 경험 중에 가장 영광스런 경험이었다. 동굴에서의 첫경험 때 그랬던 것처럼 오늘 밤도 그녀는 탄탄하고 뜨겁고 부드러웠다. 그는 그녀가 이미 절정으로 달아올라 있다는 것을 알고는 만족감을 느꼈다. 그가 그녀를 조금 불편하게 하더라도 그녀는 그걸 느끼지 못할 게 분명했다.

"해리엇…… 오, 맙소사, 해리엇. 그래."

그는 숨죽인 승리의 외침을 삼켜버릴 수가 없었다. 그녀가 사납게 그의 머리카락을 틀어쥐고 무릎을 들어올려 그가 더 깊이 들어갈 수 있도록 몸을 열었다.

기던은 또다시 그녀의 불꽃 속에서 정신을 잃었다. 그 느낌은 설명할 수 있는 범위를 넘어선 것이었다. 그녀는 그의 것이었다. 그는 그녀의 일부분이었다. 이 세상에 그것 말고는 아무것도 중요하지 않았다. 그의 잃어버린 명예조차도 중요하지 않았다.

기던이 가벼운 졸음에서 깨어나 몸을 일으켰을 때는 난로의 불꽃이 이미 호박색으로 사그라져 있었다. 그는 해리엇의 발이 그의 다리를 따라 미끄러져내리는 것을 느끼고는 그 때문에 잠이 깼음을 알았다.

"지금쯤 잠이 들었을 걸로 생각했소."

그가 중얼거리며 그녀를 가까이 끌어당겼다.

"오늘 저녁에 있었던 일을 생각하고 있었어요."

해리엇이 웅얼거렸다.

그는 살포시 웃으며, 오랜만에 마음이 밝아지는 것을 느꼈다.

"아, 포머로이 양. 당신이 그토록 음란한 마음을 갖고 있는지 누가 추측이나 했겠소? 당신이 얼마나 음탕한 생각을 가지고 있었는지 알아요? 그걸 내게 자세히 설명해 보시오."

그녀가 그의 옆구리를 찔렀다.

"당신이 영스트리트 부인의 마차를 멈춰세웠을 때 생겼던 일을 말하고 있는 거예요."

기던의 미소가 사라졌다.

"그게 어때서 그러오?"

"기던, 애플게이트 경에게 결투를 신청하지 않겠다고 약속해 주셨으면 해요."

"그 일은 걱정말아요, 해리엇."

그가 따뜻하고 부드러운 그녀의 젖가슴에 키스했다.

그녀는 팔꿈치를 괴고 그에게 몸을 구부렸다. 그녀의 표정은 퍽 진지했다.

"저 지금 매우 심각해요, 경. 당신 약속을 듣고 싶어요."

"그건 당신이 상관할 일이 아니오."

그가 그녀의 굴곡진 배에 손을 얹으며 웃음을 머금었다. 그는 그녀 속에 심어진 자기의 씨가 어쩌면 지금쯤 자라고 있을지도 모르겠다는 상상을 했다. 그러한 상상 때문에 그의 몸은 다시 딱딱해지고 있었다.

"그건 제 일이에요."

해리엇이 고집스럽게 말했다.

"단지 애플게이트 경이나 다른 사람들이 오늘 저와 함께 떠났다는 이유만으로, 당신이 불쌍한 애플게이트 경에게 결투를 신청하도록 내버려두진 않을 거예요.”

“제발, 해리엇. 그들은 당신을 납치했소.”

“말도 안돼요. 몸값 요구 따윈 없었다구요.”

기던이 눈살을 찌푸렸다.

“그건 얘기의 초점을 벗어난 거요. 애플게이트는 당신을 유괴하려 했고 난 그를 혼내줄 참이오. 그 일에 대해서는 그게 다요.”

“아뇨, 그 일에 대해서는 그게 전부가 아니에요. 당신은 그를 쏴서는 안돼요, 기던. 제 말 듣고 있어요?”

기던은 초조해졌다. 그는 이미 새로운 욕망으로 단단해져 있었다.

“그를 죽이지는 않을 거요. 당신이 걱정하는 게 그거라면 말이오. 이 나라를 떠나고 싶은 마음은 없으니까.”

“이 나라를 떠나요?”

그녀가 공포스런 표정으로 그의 끝 말을 되뇌였다.

“결투를 하다가 누군가를 죽이면 그런 일이 일어나나요?”

“애석하게도 당국은 결투의 여러 가지 측면에 눈을 감아주면서도, 적을 죽였다는 사소한 일은 간과하지 않소.”

기던이 오만상을 찌푸렸다.

“그에게 아무리 그럴 만한 구석이 있다고 하더라도 말이오.”

해리엇이 침대에서 일어나 똑바로 앉았다.

“그건 충분치가 않아요. 난 당신이 조금이라도 그런 위험을 겪는다면 참지 못할 거예요.”

그가 한 손을 그녀의 다리에 얹었다.

"당신은 내가 이 나라를 떠나길 원치 않소?"

"당연하죠."

그녀가 낮게 중얼거렸다.

"해리엇, 당신은 이 일에 너무 민감한 반응을 보이고 있는 거요. 애플게이트를 죽이지 않겠다고 약속했잖소. 하지만 당신은 오늘 그의 행동을 그대로 둘 수 없다는 걸 이해해야 해요. 내가 그 빌어먹을 게임을 했던 한 남자를 그냥 돌려보냈다는 소문이 퍼지면, 다른 누군가가 비슷한 행동을 시도하려 할 거요. 아니면 더 심한 짓을 말이오."

"말도 안돼요. 낯선 사람과 함께 또다시 마차에 타는 행동은 하지 않을 거예요."

해리엇이 침대에서 미끄러져나와 슈미즈로 손을 뻗었다.

"당신을 다시 마차에 태울 용기를 가진 사람은 낯선 남자가 아닐 수도 있소."

기던이 조용히 말했다. 그가 그녀를 쳐다보았다.

"당신이 아는 어떤 사람일 수도 있소. 당신이 믿고 있는 어떤 사람 말이오."

"불가능한 일이에요. 전 자신을 보호할 수 있어요."

해리엇이 사그라들고 있는 난로불 앞에서 서성거리기 시작했다. 호박색의 불꽃이 슈미즈의 얇은 천을 통해 그녀의 젖가슴과 허벅지의 곡선을 드러나게 했다.

"기던, 애플게이트 경과 싸우지 않겠다고 제발 약속해 줘요."

"나더러 단념하라고 하는 건 도가 지나친 거요. 그 일에 대해서는 더 이상 얘기하지 마시오."

그녀는 여전히 거칠게 서성거리면서 그를 노려보았다.

"제가 간단히 그 얘기를 그만둘 거라고 기대할 수는 없을 거예요."

"왜 안된다는 거요?"

그가 그녀의 엉덩이 곡선에 시선을 고정시키고는 부드럽게 물었다. 그는 이 여자의 몸 속에 자기의 몸을 가득 채우게 될 거라고는 전혀 생각지도 못했었다.

"이 일에 대해 전 매우 심각해요, 경."

그녀가 말했다.

"저 때문에 발생하는 어떤 결투도 참지 못할 거예요. 무슨 일이 있어도 그건 절대로 불필요한 거예요. 아무 일도 일어나지 않았고 애플게이트 경은 정말로 해를 끼치려 한 게 아니었어요. 그와 다른 두 사람은 자기의 방식대로 날 보호하려 했던 거라구요."

"빌어먹을, 해리엇."

"게다가 그는 지질학과 화석 연구에 몰두해 왔어요. 그는 결투에 대해 아무것도 모르는 게 확실해요."

"그건 내 문제가 아니오."

기던이 으르렁댔다.

그녀는 조그만 암사자처럼 그를 한 바퀴 돌았다.

"기던, 이 결투를 신청하지 않을 거라고 저하고 약속하셔야 해요, 지금요."

"그런 약속은 하지 않겠소. 자, 침대로 돌아와요. 당신이 걱정할 게 아닌 일로 잔소리는 그만하시오."

그녀는 침대 발치로 다가가서 젖가슴 아래에 팔짱을 끼었

다. 그녀는 그 자리에 매우 꼿꼿하고 확고한 자세로 서 있었
다.

"이 일에 대해 약속을 하지 않으시면,"

해리엇이 말했다.

"전 내일 당신과 결혼하는 걸 만족스럽게 여기지 않을 거예
요."

기턴은 말에서 내동댕이쳐지거나 배를 발로 차이기라도 한
듯 잠시 동안 숨을 쉴 수가 없었다.

"그렇다면 애플게이트가 당신에게 그렇게 큰 의미를 가진
다는 뜻이오?"

그가 거친 음성으로 물었다.

"애플게이트 경은 제게 아무런 의미도 없어요."

그녀가 성난 목소리로 대답했다.

"내게 중요한 건 당신이에요. 당신은 자신이 고집세고 오만
한 남자라는 걸 모르시나요? 전 제가 시골로 짧은 여행을 떠
난 것에 불과한 사건 때문에 당신이 더 많은 소문에 시달리
고, 심지어 목숨이 위태로워질 위험에 처하도록 내버려두진
않을 거예요."

기턴은 담요를 옆으로 홱 밀치고 침대에서 뛰쳐나왔다. 그
는 그의 허리에 양손을 딱 붙이고 그녀에게 성큼성큼 걸어갔
다. 해리엇은 조금도 뒤로 물러서지 않았다. 그녀는 아마 세상
에서 그를 두려워하지 않는 유일한 여자일 것이다.

"감히 날 위협하는 거요?"

기턴이 매우 조용하게 물었다.

"그래요. 당신이 이 일에 대해 그토록 우스꽝스럽게 고집을

피운다면, 위협에 의존해야 할 거예요.”

그녀의 표정이 부드러워졌다.

“기턴, 고집을 버리고 분별있게 생각해 보세요.”

“난 분별있게 생각하고 있소.”

그가 성난 목소리로 말했다.

“매우 분별 있게 행동하고 있소. 오늘 일어난 것과 같은 사건이 더 발생하는 걸 방지하려는 거요.”

“애플게이트 경에게 결투를 신청할 필요는 없어요. 그는 용감한 기사 놀이를 하려는 젊은이에 지나지 않아요. 그걸 이해하고 용서하기가 그토록 어렵나요?”

“제기랄, 해리엇.”

기턴은 그녀의 논리적인 설명에 기가 죽어 머리카락을 쥐어뜯었다. 물론 그는 어린 애플게이트가 대단한 위협이 아니라는 걸 이해했다. 그건 기본이었다.

“당신은 그 나이 때에 씩씩한 기사 역할을 바란 적이 없었다고 말할 수 있나요?”

기턴은 다시 더욱 격렬하게 욕설을 내뱉었다. 이번 결투를 포기하게 될 것이라는 사실을 알고 있기 때문이었다. 그녀에게는 그렇게 말할 권리가 있었다. 물론 그도 애플게이트 나이 또래였을 때는 그런 역할을 갈망했었다. 대부분의 젊은이들이 그러하듯이.

해리엇이 그 청년과 사랑에 빠진 게 아니라는 것이 분명했기 때문에, 그 쪽으로는 진짜 문제가 없었다.

어쩌면 이번 사건이 지나가도록 내버려둘 수 있을 것이다. 기턴은 이 문제로 더 이상 언쟁하고 싶지 않았다. 그가 지금 당장 집중할 수 있는 것으로 여겨지는 것은, 불빛에 드러난 해리엇의 사랑스런 몸을 보는 게 고작이었다. 그는 그녀를 갈망했다. 그의 몸의 일부가 빳빳하게 긴장되었다. 또한 그의 피가 솟구치고 있었다. 그리고 그녀는 너무나 커다란 열정에 빠져 있었다.

어쩌면 애플게이트에게 교훈을 가르치는 것보다 더 중요한 일이 있을지도 몰랐다.

"좋소."

기던이 마침내 낮게 중얼거렸다.

"기던."

그녀의 눈이 빛났다.

"이번에는 당신이 이겼소. 명심하시오, 애플게이트가 그토록 쉽게 도망치도록 내버려둔다는 생각을 내가 전혀 마음에 들어하지 않는다는 걸 말이오. 하지만 아마 대단히 해로운 일이 생기지는 않을 거요."

해리엇의 미소가 난로 속의 석탄보다 더 밝아졌다.

"고마워요, 기던."

"그걸 결혼 선물로 여길 수 있을 거요."

기던이 말했다.

"좋아요, 경. 그건 당신이 내게 주는 결혼 선물이에요. 그렇게 여기겠어요."

그가 그녀에게 다가가 그녀의 허리를 움켜쥐고는 그녀를 공중으로 높이 들어올렸다.

"그럼 내게 주는 당신 선물은 뭐요?"

그가 심술궂은 웃음을 피워물며 물었다.

“원하시는 건 뭐든지요, 경.”

그가 그녀를 둥글게 돌리자 그녀는 즐거워하며 그의 어깨를 안고 웃음을 터트렸다.

“당신 욕망에 이름을 붙이기만 하면 되오.”

기던이 그녀를 다시 침대로 데려갔다.

“바로 그 일을 하면서 남은 밤을 보내고 싶소. 남은 밤의 1분 1초라도 말이오. 당신이 그 모두를 완수해야 하오.”

하드캐슬의 저택

하드캐슬 백작은 그처럼 급박하게 며느리가 나타난 것이 썩 유쾌하지 않았다.

마가렛은 예의를 갖추려 애쓰고 있었지만, 아들의 갑작스런 결혼 발표에 뒤통수를 얻어맞은 기분을 느끼고 있었다. 해리 엇이 보기에 그의 부모님은 자신들의 아들이 어퍼 비들턴 출신의 알지 못하는 어떤 인물과 관계를 맺었다는 생각에 어느 정도 기분이 상한 것 같았다.

기던으로 말할 것 같으면, 그는 아내와 함께 부모 앞에 당도함으로써 그가 지른 불을 즐길 준비를 하고 있는 게 분명했다.

그것은 새 신부가 경험하기에 그다지 마음 편한 환영의 분위기가 아니었다. 하지만 해리엇은 지금까지 경험했던 것 중에 최악의 환대는 아니라고 스스로를 위로했다.

그녀는 이 일에 대해 마음을 비우려 하고 있었지만, 저녁식사 분위기가 상당히 경직되어 있다는 것만은 정말 편치 않았다. 백작은 길다란 식탁의 한쪽 끝에, 부인은 다른 쪽 끝에 굳은 자세로 앉아 있었다.

기턴은 해리엇의 건너편에 놓인 의자에 앉아 마치 거대하고 약탈적인 고양이처럼 굴고 있었다. 그의 경계하는 눈초리는 당장이라도 냉혹한 분노로 바뀔 수 있는 즐거움의 표정으로 반짝거리고 있었다.

"요즘 런던에 있었던 걸로 아는데, 해리엇?"

하드캐슬 부인이 낮게 말했다.

"네, 어머님. 그곳에서 지내고 있었어요."

해리엇은 하인이 가져온 붉은 건포도 소스를 친 조그만 혓바닥 부위를 조금 떼어먹었다. 송아지 혓바닥 요리는 그녀가 좋아하는 음식이 아니었다.

"제 고모가 세련된 예의 범절을 익히도록 절 그곳으로 데려갔어요. 고모는 제가 자작부인이 되었을 때 창피를 당하지 않으려면 그런 태도가 필요하다고 말씀하셨죠."

"알겠구나."

마가렛이 말했다.

"너도 그렇게 생각했니? 세련된 태도를 익히는 것 말이다."

"아뇨."

해리엇은 접시에 감자 몇 개를 더 올려놓았다. 그녀는 상당히 배가 고팠다. 결혼식을 올리고 하드캐슬 성으로 긴 여행을 떠나느라 매우 바쁜 하루를 보냈기 때문이었다.

"전 별로 철저한 사람이 아니거든요. 하지만 세련된 태도를 익히는 것이 중요한 거라고는 생각하지 않았습니다. 성 저스틴도 마찬가지일 거예요."

마가렛이 움찔했다. 그녀는 숨을 죽이고 뭐라고 투덜거리는 백작이 앉아 있는 쪽을 힐끔 쳐다보았다.

기던이 와인 잔을 집어들며 짧은 순간이지만 어린아이처럼 익살스럽게 웃었다.

"내 사교 솜씨를 그토록 과소 평가하다니 충격적이오, 부인."

해리엇은 그에게 눈살을 찌푸렸다.

"그건 사실이에요, 경. 당신은 사교계의 모든 사람들을 자극해 괴롭히기를 즐긴다는 걸 인정하셔야 해요. 그리고 아주 사소한 일로 싸우기도 잘하죠. 당신이 불쌍한 애플게이트 경에게 신청할 계획이었던 그 우스운 결투를 제가 잊어버렸다고는 생각하지 마세요."

백작이 날카로운 시선을 들었다.

"결투 신청이라는 게 뭐냐?"

하드캐슬 부인이 허공에 손을 휘휘 내저었다.

"맙소사. 설마 애플게이트와 싸움을 벌인 건 아니겠지, 기던?"

기던은 지겨워하는 눈치였지만, 해리엇을 쳐다보는 그의 눈은 빛나고 있었다.

"애플게이트가 시작했어요."

백작이 성을 냈다.

"대체 어린 애플게이트가 어떻게 결투 신청이라는 결과를 가져올 수 있는 짓을 시작했단 말이냐?"

"그와 그의 일행이 해리엇을 납치했어요. 그녀를 그레트너 그린으로 채가려고 했다구요. 제가 어제 북부로 향하는 길목에서 그들을 따라잡긴 했지만요."

기던이 기분좋게 설명했다.

백작은 너무 놀라서 침묵을 지켰다.

"나, 납치를 했다구? 맙소사."

하드캐슬 부인의 시선이 기던과 해리엇에게 붙박혔다.

"믿을 수가 없구나."

"사소한 일이었어요."

해리엇이 다정한 목소리로 말했다.

"정확히 유괴는 아니었기 때문이에요. 그 일이 오해에 지나지 않는다는 걸 기던에게 이해시키는 데 얼마나 힘들었는지 몰라요. 저 이 고집을 잘 알고 계시죠? 하지만 두 분 모두 걱정하실 필요는 없으세요. 다 끝난 일이고 잘 처리됐으니까요. 새벽의 결투 같은 건 없을 거예요. 그렇지요, 경?"

기던이 어깨를 으쓱해 보였다.

"당신이 말한 대로요. 애플게이트를 불러내지 않겠다고 약속했습니다."

"참 혼란스럽구나."

마가렛이 불평했다.

해리엇이 활기차게 고개를 끄덕였다.

"네, 이해해요. 사람들은 종종 성 저스틴 때문에 겪게 되는 혼란에 당황하곤 하죠. 하지만 제 의견을 말씀드리자면, 그건 저 이가 고의적으로 만든 결점일 뿐이에요. 그에게는 끊임없이 누군가를 자극하려는 버릇이 있어요. 물론 다 이해가 가는 일이지만요.”

백작이 험악한 표정으로 그녀를 노려보았다.

“이해가 가는 일이라는 게 무슨 뜻이냐? 대체 기던은 왜 스스로 설명을 하지 않는 거지?”

해리엇은 감자를 입 안에 넣고 약간 우적거리다가 얼른 삼키고는 공손하게 대답했다.

“제 생각에는 모든 사람들이 그를 부정적으로만 생각하는 것에 진절머리가 났기 때문인 것 같아요. 그는 사람들이 그렇게 하도록 적극적으로 부추기기로 마음을 먹은 거죠. 그게 매우 즐거운 놀이가 된 건 말할 나위도 없구요.”

기던이 희미하게 웃음을 지어보이고는 카레로 맛을 낸 토끼 고기를 한 점 잘라냈다.

“말도 안되는 소리를 하는구나.”

마가렛이 낮게 말했다. 그녀가 탐색하는 눈초리로 해리엇을 힐끔 쳐다보았다.

해리엇은 와인을 한 모금 마셨다.

“말도 안되는 게 아니에요. 그가 그런 버릇에 얼마나 깊이 길들여져 있는지는 잠깐만 지켜봐도 알 수 있죠. 그는 매우 고집이 센 사람이에요. 그리고 무척 오만하구요. 또한 자기 계획에 대해 비밀스럽게 행동하기를 좋아하죠. 그래서 때로는 일의 양상이 달라지기도 하는 거예요.”

“멋지군, 부인.”

기던이 장난스레 고개를 갸우뚱해 보였다.

"아, 신부가 신랑의 장점만을 보는 축복받은 신혼 시절이여. 사람들은 당신이 그로부터 1년 후에 날 어떻게 생각할지 궁금해할 거요."

백작은 기던에게 아무런 주의도 기울이지 않았다. 그가 더욱 날카로워진 시선을 해리엇에게 고정시켰다.

"내 아들과의 약혼이 어떤 특이한 상황 때문에 이루어진 것이라고 들었다. 그것도 미묘한 오해였니?"

"여보, 정말이지……."

마가렛이 걱정스런 표정으로 나무랐다.

"그건 식탁에서 꺼낼 만한 적합한 화제 거리가 아니에요. 그렇죠?"

해리엇이 유쾌하게 손을 흔들어 안주인의 근심을 털어냈다.

"아뇨, 전혀 그렇지 않아요. 제가 약혼할 수밖에 없었던 상황을 얘기하는 건 전혀 난처할 게 없어요. 그건 저로 인한 일련의 불행한 사건 때문이었어요. 전 어쩔 수 없이 몸을 더럽힐 수밖에 없었고 성 저스틴은 저와 결혼하는 것 말고는 달리 적절한 대안이 없게 되었어요. 우린 최선의 결정을 내리기로 한 거예요. 그렇지 않아요, 경?"

그녀가 기던에게 격려가 되도록 웃어 보였다.

"맞소."

기던이 무뚝뚝한 표정으로 해리엇에게 동의를 표했다.

"그게 바로 우리가 의도했던 바지. 어머니, 아버지, 최선을 다한 상황이라면 결과의 절반은 나쁘지 않아요. 적어도 그 순간에는 그래요. 전 해리엇이 앞으로 주어진 시간 동안 결혼에 적당히 순응하게 되리라 생각합니다."

"하."

해리엇이 반박했다.

"순응할 사람은 당신이에요."

기턴이 말없이 도전하며 눈썹을 치켜 올렸다.

"당신을 약혼하게 만든 실제 사건들은 정확히 뭐요?"

백작이 험악하게 물었다.

"저,"

해리엇이 말했다.

"성 저스틴이 훔친 물건을 감추기 위해 제 동굴을 이용하고
있던 도둑 일당을 붙잡기 위해 덫을 놓았어요."

"하드캐슬 동굴이오."

기턴이 메마른 목소리로 정정했다.

"도둑들?"

마가렛이 당황스런 표정을 지었다.

"하드캐슬 땅에 도둑이 있다는 얘기는 금시 초문인 걸?"

기턴이 별일 아니라는 듯 어깨를 으쓱거리며 육중한 한쪽
어깨를 들어올렸다.

"얼마 동안 아버지는 가문의 영지에서 일어나는 일에는 별
로 관심을 갖지 않으셨어요. 굳이 세세하게 설명드려 심사를
건드릴 필요는 없다고 보았던 거죠."

하드캐슬의 눈이 분노로 이글거렸다.

"빌어먹을, 오만한 녀석."

"제 말도 바로 그거예요."

해리엇이 하드캐슬의 정확한 관찰을 인정하듯이 백작을 쳐

다보았다.

"그는 그 점에 있어서 강한 성향을 가지고 있어요, 무척 오만하죠."

"도둑 얘기는 그만 끝내는 게 좋겠다."

하드캐슬이 호통을 쳤다. 그의 모습은 기분이 아주 나쁠 때의 기던의 모습과 매우 흡사했다.

"이제 그가 어디서 그런 경향을 갖게 되었는지 알겠군요."

해리엇이 중얼거리자 기던이 히죽 웃었다.

"아버지께 나머지 얘기를 해드리시오, 내 사랑."

"저,"

해리엇이 정중하게 말했다.

"덫을 놓은 날 밤, 전 그 일당 중 한 놈에게 인질로 잡혔죠. 그건 제 잘못이었다는 걸 인정하겠어요. 하지만 성 저스틴이 제가 지시한 대로 미리 저와 그 계획을 의논했더라면 이런 문제는 완전히 피할 수 있었을 거예요."

"맙소사."

마가렛은 현기증을 느꼈다.

"인질이라구?"

"네. 성 저스틴이 절 구하러 용감하게 동굴로 뛰어들었죠. 그가 제게 당도했을 때에는 밀물이 들어와서 동굴의 아랫부분을 가득 채워버린 후였어요."

해리엇은 하드캐슬의 노려보는 눈길 때문에 식탁을 내려다보아야 했다.

"어퍼 비들턴의 조수가 어떤지 아실 거예요, 아버님."

"알고 있다."

하드캐슬의 숱많은 눈썹이 일직선으로 그어졌다.

"그 동굴들은 위험하지."

"아버지 말씀이 맞아요."

기던이 조용히 말했다.

"하지만 지금까지 전 그 사실을 아내에게 확신시키는 데에 별로 성공하지 못했어요."

"말도 안돼요."

해리엇이 쏘아붙였다.

"그 동굴들은 위험하지 않아요. 조수와 절벽 내부에 난 좁은 길에 충분한 주의를 기울이기만 한다면 말예요. 하지만 말씀드렸다시피 그날 저녁, 성 저스틴과 저는 동굴 속에 갇혀버렸고 그날 밤을 함께 보낼 수밖에 없었어요. 그래서 그는 다음날 제게 청혼을 해야 한다고 느꼈죠."

"무슨 말인지 알겠구나."

마가렛이 떨리는 손을 와인 잔으로 뻗었다.

"그에게 그럴 필요는 없다고 설득시키려고 최선을 다했어요."

해리엇은 화제에 마음이 끌리고 있었다.

"제가 만약 어퍼 비들턴에서 파멸한 여자로 낙인찍힌다 해도 남은 여생을 살아가지 못할 이유는 없다고 보았죠. 결국 그런 소문이 제 화석 수집을 방해하지는 않을 테니까요. 하지만 성 저스틴이 무척 고집을 피웠어요."

마가렛이 갑자기 입 안에 든 와인을 푸 뱉어내며 캑캑거렸다. 집사가 놀라 얼른 앞으로 나왔다. 그녀가 집사에게 그냥 두라고 손을 저었다.

"괜찮네, 호킨즈."

백작의 시선은 여전히 해리엇에게 고정되어 있었다.

"화석을 수집하나?"

"네, 그렇습니다."

해리엇이 말했다. 그녀는 하드캐슬의 눈동자에 홍미로움이 번득이는 것을 보았다고 생각했다.

"지질학적인 문제에 대해 관심이 있으세요, 아버님?"

"한때는 그랬지, 어퍼 비들턴에 살았을 때 말이야. 여러 가지 홍미로운 종을 발견한 적도 있고."

해리엇은 강하게 호기심이 일었다.

"아직도 가지고 계신가요?"

"오, 그래. 어딘가 치워져 있을 거다, 여러 해 동안 그것들을 보지 않았으니까. 호킨즈나 가정부가 찾을 수 있을 거야. 그걸 보고 싶니, 아가야?"

해리엇은 홍분이 끓어올랐다. 그녀는 이 자리에서라면 이빨 화석의 비밀을 말해도 괜찮을 것 같았다. 백작을 믿어야 한다고 마음먹을 수밖에 없었다.

그는 이제 가족이었던 것이다.

"무엇보다도 그러고 싶어요. 저도 매우 홍미로운 이빨을 발견했거든요. 이빨에 대해 아는 게 있으세요?"

"약간."

백작의 눈이 점점 생각에 잠긴 표정으로 변했다.

"어떤 종류의 이빨을 발견했지?"

"제 이빨은 매우 특이해요. 아직도 어떤 건지 확인하고 있는 중이랍니다."

해리엇이 설명했다.

"커다란 도마뱀 이빨로 보이지만, 도마뱀의 이빨처럼 턱뼈 자체에 붙어 있는 게 아니에요. 구멍에 끼워져 있어요. 마치 육식 동물의 이빨처럼요, 매우 커다란 육식 동물의 이빨 말이에요."

"구멍이라구, 음? 그리고 매우 크다……?"

백작이 잠시 말을 끊었다.

"악어 종류 아닐까?"

"아니에요, 악어 이빨은 아닌 게 확실해요. 하지만 파충류 이빨이라고 생각돼요. 거대한 파충류겠죠."

"정말 흥미롭군."

백작이 중얼거렸다.

"오랜만에 내 흥미를 자극하는 일이 생겼어. 내 수집품을 살펴보고 그것과 관계된 것으로 보이는 게 있는지 알아봐야겠구나. 지금까지 그 상자에 넣어둔 것들은 잊어버리고 있었는데."

"식사 후에 살펴볼 수 있을까요?"

해리엇이 즉시 제안했다.

"못할 이유야 없지."

하드캐슬이 허락했다.

"감사합니다, 백작님."

해리엇은 길게 숨을 들이켰다.

"바로 지금 제게 이빨이 있어요. 납치되었을 때 제 손가방에 넣어두고…… 아니, 그게 아니고 정확히 말하자면 친구들 때문에 시골로 짧은 여행을 가게 되었을 때 말예요."

기던이 장난스레 어머니를 힐끔 쳐다보았다.

"제가 억지로라도 끼여들지 않는다면 오늘 저녁에 사교상의 예의 범절 익히기 과정은 곧 끝날 겁니다, 어머니. 제 아내는 화석에 관한 얘기가 한 번 시작되면 다른 화제 거리를 찾으려는 생각은 전혀 하지 않거든요."

마가렛은 아들의 말뜻을 금방 알아챘다.

"화석 연구는 내일까지 기다릴 수 있을 게다."

그녀가 단호하게 말했다.

"물론이죠, 어머님."

해리엇은 실망을 감추려 애썼다.

"호킨즈와 가정부가 저 이의 오래된 발견물이 보관되어 있는 상자들을 찾기까지는 꽤 걸릴 거란다, 애야."

마가렛이 해리엇을 위로하려는 듯이 덧붙였다.

"그들에게 이 저녁 시간에 수색을 시작하라고 부탁할 수는 없잖니, 너도 이해하겠지?"

"네, 그렇겠네요."

해리엇이 인정했다. 하지만 마음속으로는 하드캐슬의 화석 상자를 찾으러 하인들을 보내지 못할 충분한 이유를 전혀 찾을 수가 없다고 생각했다. 어쨌든 그렇게 늦은 시간은 아니었던 것이다.

"자 그럼, 시즌인 런던에서 벌어지고 있는 일에 대해 모든 걸 우리에게 말해주겠니, 해리엇?"

마가렛이 달래듯이 말했다.

"그 이후로는……."

그녀가 불현듯 말을 중단했다.

“언제부터인가 가보질 못했어요.”

해리엇은 정중한 대화를 시작해 보려 애썼다. 하지만 화석에 관해 백작과 애기하는 게 훨씬 좋으리라는 생각 때문에 매끄럽게 진행되지가 않았다.

“이번 시즌은 매우 흥미로운 것 같아요. 그런 걸 즐기는 사람이라면 말예요. 제 동생도 무척 즐거워하고 있어요. 그 애는 내년에도 다시 사교계 활동을 할 수 있기를 원해요.”

“하지만 너는 재미가 없었나보구나?”

마가렛이 물었다.

“네.”

해리엇은 눈을 반짝였다.

“왈츠를 제외하고는요. 성 저스틴과 함께 왈츠를 추는 건 정말 즐거워요.”

기턴이 말없이 축하라도 하듯 술잔을 들었다. 그가 식탁 너머로 그녀에게 미소를 지어보였다.

“그건 나도 마찬가지요, 부인.”

해리엇은 그가 즐거워하는 것을 보자 기분이 좋아졌다.

“고마워요.”

그녀는 다시 마가렛에게 시선을 돌렸다.

“런던에서 최고로 좋았던 것은 ‘화석과 유물 연구 학회’에 들어갔던 거예요, 어머님.”

하드캐슬이 탁자 저쪽 끝에서 목소리를 높였다.

“나도 회원이었지. 물론 몇 년 동안 모임에 참석하지 않았지만 말이다.”

해리엇이 열띤 표정으로 그에게 눈길을 돌렸다.

“지금은 꽤 커졌어요. 모임에 참석하는 이들 중에 매우 박식한 사람이 여럿 있어요. 애석하게도 이빨 화석에 대해 아는 사람은 사귀지를 못했지만요.”

“또 시작이군.”

기던이 어머니를 쳐다보며 말했다.

“화제의 방향이 화석으로 바뀌는 걸 원치 않으신다면 그녀를 얼른 제지시키는 게 좋을 거예요.”

해리엇이 얼굴을 붉혔다.

“용서하세요, 어머님. 전 그 얘기에 너무 열성적이라는 말을 자주 들어요.”

“그 점에 대해서는 걱정하지 말거라.”

마가렛이 관대하게 말했다. 그녀가 남편을 힐끔 쳐다보았다.

“네 아버님도 그렇게 열성적이셨던 때가 있었단다. 그가 화석 얘기를 하는 걸 들은 지도 상당히 되었구나. 그렇지만 그건 대화 주제를 어느 정도 제한시키는 경향이 있어. 런던에 대해 흥미로운 다른 점을 얘기해 주겠니?”

해리엇은 그 말을 주의깊게 생각했다.

“사실은, 없어요.”

그녀가 마침내 인정했다.

“사실대로 말씀드리자면, 전 시골 생활이 훨씬 더 좋아요. 제 동굴에서 작업할 수 있도록 어퍼 비들턴으로 얼른 돌아가고 싶어 죽을 지경이에요.”

기던이 그녀에게 관대한 표정을 던졌다.

“난 집안의 영지에 헌신하기를 좋아하는 남자에게 완벽한 아내와 결혼한 것 같소.”

“기던이 하드캐슬 영지를 감독할 때 그와 함께 여행하면 아주 기쁠 거예요.”

해리엇이 만족스럽게 말했다.

“새로운 지역에 있는 모든 종류의 화석을 탐험할 수도 있고, 만날 수도 있을 테니까요.”

“이 결혼을 통해 내가 당신에게 줄 수 있는 어떤 값진 게 있다는 걸 알게 되어 안심이오, 부인.”

기던이 말했다.

“당신이 우리 관계를 통해 조금이라도 유용한 것을 얻게 될지 궁금해지기 시작하던 참이었거든. 옛날의 작위나 이문이 있는 땅 같은 몇 가지 사소한 점은 당신 같은 화석 수집가에게는 전혀 중요하지 않을 테니 말이오.”

하드캐슬 백작과 그의 부인이 놀라서 아들을 쳐다보았다.

해리엇이 콧잔등에 주름을 잡았다.

“제 말이 무슨 뜻인지 아시잖아요?”

그녀가 하드캐슬 부인에게 가까이 몸을 숙이며 말했다.

“아까 말씀드린 게 바로 이런 거예요. 그는 일부러 다른 사람의 심기를 건드리고 싶어 안달하죠. 그건 그에게 습관이 되어버렸답니다.”

우여곡절 끝에 식사를 마치고 난 후, 기던은 의자에 등을 기대고 앉아 어머니가 해리엇에게 식탁을 떠나 함께 객실로 가자고 종용하는 것을 지켜보았다. 몹시 기분이 좋았다.

“두 신사는 포트 와인이나 마시라고 할까?”

마가렛이 낮게 속삭였다.

"그들이 우리 앞에서 술을 마신다 해도 괜찮아요."

해리엇이 쾌활하게 말했다.

기던이 히죽 웃었다.

"어머니가 당신에게 암시를 주려고 하시는 걸 보니 당신은 런던의 세련됨을 충분히 익히지 못한 게 분명하구려, 내 사랑. 이제 신사들이 코가 비뚤어지도록 술을 마실 수 있도록 식탁을 떠나시죠, 부인."

해리엇이 눈살을 찡그렸다.

"당신에게 과음하는 습관은 없다고 믿어요. 제 아버지는 절대 주정꾼을 인정하지 않으셨어요. 저도 마찬가지구요."

"오늘 밤 남편으로서의 내 의무를 수행할 수 있도록 유머를 발휘하기 위해 애쓰겠소, 내 사랑. 기억할 테지만, 어쨌든 오늘은 우리의 결혼 첫날밤이니 말이오."

식탁 건너편에서 해리엇은 그 말 속에 담긴 분명한 의미를 알아채고는 너무 즐거운 마음에 얼굴이 발갛게 달아올랐다. 하지만 기던의 어머니는 전혀 달갑지 않은 것 같았다.

"기던, 그건 너무 무례한 말이구나."

하드캐슬 부인이 사납게 그를 내려다보았다.

"우리는 교양있는 가문이다. 얌전히 행동하거라. 식탁에서 그런 말을 해서는 안된다, 너도 잘 알고 있잖니. 네 태도는 지난 6년 동안 완전히 허물어졌어."

"빌어먹을."

하드캐슬이 중얼거렸다.

"아가를 당혹스럽게 만들고 있잖아. 아내에게 사과해라."

쾌활한 표정으로 기던을 쳐다보며 해리엇이 통쾌하게 웃어
젖혔다.

"그래요, 성 저스틴. 당장 그렇게 하세요. 당신이 사과하는
소리를 들어본 적이 없는 것 같아요. 그 말을 듣고 싶어 죽겠
어요."

기던이 일어서서 그녀에게 정중히 고개를 숙여 인사했다.
그의 눈은 빛나고 있었다.

"용서하십시오, 부인. 당신의 섬세한 감정을 해치려고 했던
건 아닙니다."

"아주 예뻐요, 기던."

해리엇이 그의 부모에게 시선을 돌렸다.

"잘 하지 않았나요? 그가 지나친 혼란을 야기시키지 않고
사교계에서 행동하는 법을 배웠으면 좋겠어요."

마가렛이 급작스럽게 입을 꼭 다물며 일어섰다.

"해리엇과 난 객실로 물러가겠다."

해리엇도 마가렛을 따라 우아하게 일어섰다.

"네, 성 저스틴이 터무니없는 다른 말을 하기 전에 우리 길
을 가는 게 좋겠어요. 제가 없는 동안 얌전히 행동하세요,
경."

"최선을 다하겠소."

기던은 유쾌하게 대답했다.

그는 어머니가 해리엇을 데리고 식당을 나가는 것을 지켜
보았다. 그들 뒤로 문이 닫히자 그는 다시 자리에 앉았다.

식당에 깊은 침묵이 내려앉았다. 호킨즈가 포트 와인을 들
고 앞으로 나와 기던과 그의 아버지에게 술을 따라주고는 식

당에서 나가버렸다.

두 남자 사이에 침묵이 길어졌다. 기던은 그걸 깨뜨리기 위해 몸을 움직이는 법이 없었다.

그와 그의 아버지가 어느 한 장소에 둘만 있어본 것도 퍽 오래 전의 일이었다. 하드캐슬이 그에게 말을 건네고 싶어한다면, 애를 쓸 수도 있을 거라고 기던은 생각했다.

"재미있는 여자구나."

마침내 백작이 입을 열었다.

"평범한 유형이 아니야."

"네, 그래요. 그건 그녀의 가장 매력적인 특징 가운데 하나죠."

또다시 침묵이 흘렀다.

"예상했던 것하고는 상당히 달라."

하드캐슬이 말했다.

"데어드레를 의미하시는 건가요?"

기던은 포트 와인의 풍부한 향기를 맡으며 보기 좋게 돋을새김이 되어 있는 눈앞의 은촛대를 바라보았다.

"이제 전 여섯 살이 더 많아졌어요. 한 번 그런 잘못을 저질렀으니, 전과 같은 실수를 두 번 하지는 않아요."

하드캐슬이 투덜거렸다.

"이번에는 올바른 일을 할 만한 예의를 갖추었다는 뜻이냐?"

술잔을 잡은 기던의 손에 힘이 들어갔다.

"아뇨, 이번에는 믿을 수 있는 여자를 발견했다는 뜻이에요."

다시 식당에 침묵이 깔렸다.

"네 아내가 널 믿는 건 분명한 것 같더구나."

하드캐슬이 중얼거렸다.

"네, 그건 매우 즐거운 경험이죠. 누군가가 절 믿어준 건 아주 오래 전의 일이었으니까요."

"대체 데어드레와의 그 사건 이후로 뭘 기대한 거냐?"

하드캐슬이 쏘아붙였다.

"믿음요."

하드캐슬이 꽉 거머쥔 주먹으로 식탁을 내리치자 술잔이 심하게 흔들렸다.

"그 아가씨는 죽었을 때 임신을 하고 있었어. 넌 그녀가 자살하기 직전에 파혼했고. 그녀는 자기 아버지에게 네가 강제로 자기를 범하고 나서 버렸다고 했어. 우리가 어떻게 생각했어야 했단 말이니?"

"그녀가 거짓말을 했을 수도 있잖아요."

"그녀가 왜 거짓말을 해야 했을까? 그녀는 자살하려고 계획하고 있었다구. 그녀에게는 잃을 게 더 이상 아무것도 없었어."

"전 그녀의 생각이 어땠는지는 몰라요. 그녀가 마지막으로 제게 왔을 때에는 이미 이성을 잃고 있었어요. 그녀는……."

기던은 말을 중단했다.

그날 밤 데어드레가 어떠했는지를 아버지에게 설명하고자 애쓸 이유가 없었다. 그래봤자 씁쓸한 기억을 되살릴 뿐 아무 의미가 없었던 것이다.

그는 그녀가 갑자기 자기를 유혹하려 안달이 났을 때 뭔가 잘못되었다는 걸 금세 알아차렸다.

그녀는 그가 그녀를 떠보기 위해 매우 간단하게 했던 키스에 몇 달 동안 아무런 반응도 보이지 않다가, 갑자기 그에게 몸을 내맡기려 했던 것이다.

그때 그녀에게서는 황폐한 절망의 냄새가 묻어나고 있었지.

기던은 그녀가 다른 남자와 함께 즐기고 있다는 것을 조금은 알고 있었다.

그가 미심쩍어하는 눈빛으로 그녀를 보았을 때 그녀는 갑자기 불같이 화를 냈었다. 그때 그녀가 내뱉었던 말이 아직도 그의 귓가에 쟁쟁했다.

'네, 다른 사람이 있어요. 그리고 당신이 내게 그 거대하고 추한 손을 대지 않았다는 것이 얼마나 기쁜지 몰라요, 이 괴물 같은 인간. 난 내 몸에 닿는 당신의 추한 손을 참아낼 수 없었을 거예요. 나를 내려다보는 당신의 그 끔찍한 얼굴만 봐도 참을 수가 없었다구요. 내가 정말로 당신과 몸을 섞기를 원한다고 믿었나요? 내가 정말로 당신과의 결혼을 원한다고 생각했어요? 내가 당신 청혼을 받아들이게 만든 건 아버지였어요.'

백작이 포트 와인을 한 모금 꿀꺽 삼켰다.

"다른 남자가 있었다면 왜 그걸 고백하지 않았겠니? 그게 사실이라면 그와 비슷한 쪽지라도 남겼을 거다, 빌어먹을. 네 불쌍한 에미에게 데어드레가 다른 누군가의 유혹에 몸을 맡겼다는 사실을 확신시키는 게 얼마나 어려운 일이 될지 모르는 거냐? 그 일이 공공연한 사실로 밝혀진 마당에?"

"다른 얘기를 하는 게 좋겠어요."

기던이 제안했다.

"제기랄, 하나뿐인 내 유일한 손주가 데어드레 러시턴과 함께 죽어버렸어."

애써 억누르고 있던 기던의 분노가 폭발했다.

"그렇지 않아요. 제기랄, 데어드레와 함께 죽은 건 아버지 손주가 아니었어요. 그건 다른 누군가의 손주였어요. 그 아기는 제 아이가 아니었다구요."

"기던, 제발 진정해라. 술잔 깨질라."

"마지막으로 말씀드리는 거예요,"

기던이 씩씩거리며 말했다.

"제 명예를 걸고 맹세해요. 아버지는 제게 명예 따위가 있다고 여기시지 않는다는 걸 알고 있지만 말예요. 전 데어드레 러시턴을 강간한 적 없어요. 절대로, 그녀 손끝 하나 건드리지 않았다구요. 꼭 진실을 아셔야겠다면, 그녀는 내 손이 자신의 머리카락 한 올에 닿는 것까지도 참지 못해했다는 걸 알려드리겠어요. 그녀가 아주 분명하게 말했었습니다."

기던은 자신의 몸에 내재되어 있는 모든 힘을 발휘해 자제심을 되찾았다. 그는 매우 조심스럽게 술잔을 내려놓았다. 그의 아버지는 세심한 눈빛으로 그를 쳐다보고 있었다.

"그래, 네 말이 맞을지도 모르겠구나."

하드캐슬이 말했다.

"다른 얘기를 하는 게 좋겠다."

"네."

기던이 마음을 가라앉히며 숨을 들이쉬었다.

"우스운 꼴을 보여서 죄송합니다. 누가 보면 지난 몇 년 동안 제가 그런 전략의 무익함만 익혔을 거라고 생각할 거예요. 제 아내 일에 대해 비난하실지도 모르겠지만, 그녀는 항상 저더러 변명하지 않는다고 불평이죠.”

그는 얼굴을 잔뜩 찌푸리며 쓴웃음을 지었다.

“하지만 제가 그렇게 하면 무슨 일이 일어나는지 아시잖아요. 아무도 제 말을 믿지 않아요.”

“네 아내만 빼고?”

하드캐슬이 차갑게 물었다.

“그녀는 제가 굳이 설명을 하기도 전에 저의 무죄를 믿었습니다.”

기던은 그렇게 말하면서 가슴 가득 뿌듯한 만족감이 차오르는 것을 느꼈다.

“사실 전 그녀에게 이런 얘기를 한 적이 없어요. 하지만 그녀는 사람들이 가득찬 무도실 한가운데 서서 잘난 세상에 대고 데어드레의 아기 아버지는 제가 아니라 다른 사람인 게 분명하다고 큰 소리로 말했습니다, 선언하듯이오.”

“네가 그녀와 결혼한 건 놀라운 일이 아니구나.”

하드캐슬이 메마른 목소리로 말했다.

“네, 놀라운 일이 아니죠. 자, 이제 다른 얘기를 하고 싶으시겠죠?”

하드캐슬이 한참 동안 그를 쳐다보았다.

“도둑 얘기를 하자꾸나. 훔친 물건을 감추기 위해 그 동굴을 사용했다던 악당들에 대해 말해보렴.”

기던은 생각의 방향을 돌리기 위해 무진 애를 썼다.

“말씀드릴 게 많진 않아요. 그저 보우 가의 정보원을 이용해 덫을 놓았고, 우린 물건을 숨기고 있는 놈들을 붙잡았죠.”

“그 일이 벌어지고 있다는 건 어떻게 알게 되었니?”

기던이 얼굴을 찡그리며 그 사이로 미소를 떠올렸다.

“해리엇이 화석을 수집하면서 훔친 물건들로 가득찬 동굴을 발견했어요. 그녀는 저를 어퍼 비들턴으로 불러들여 가능하면 빨리 그 일을 다루라고 했죠. 그래야 동굴 탐험을 계속할 수 있었거든요. 아직 추측하지는 못하셨겠지만, 해리엇은 독단적인 데가 있어요.”

“안다. 그래서 넌 도둑들을 붙잡았구나. 그리고 그 과정에서 해리엇도 얻고 말이야.”

“네.”

기던이 양손바닥 사이에 포트 와인 잔을 끼고 돌리며, 손가락에서 반짝거리고 있는 루비를 쳐다보았다.

“하지만 아직도 절 괴롭히는 게 한 가지 있어요. 제4의 인물이 있었던 것 같아요. 우린 그를 잡지 못했죠.”

“왜 그런 생각을 하게 되었지?”

“첫째, 나중에 도둑들을 만나봤을 때, 그들은 하나같이 얼굴을 전혀 모르는 어떤 인물에게서 명령을 받았다고 주장했어요. 그들의 말은 충분히 믿을 만한 거였어요.”

“왜?”

“우리가 동굴에서 발견한 물건들은 모두 최상품이었어요. 매우 정교한 세공품이었죠. 어퍼 비들턴에서 좀 잘산다는 집조차도 사용할 엄두를 내지 못할 그런 수준의 것들 말이에요. 그런데 우리가 체포한 세 사람 모두 식별력이 뛰어난 것 같지 않았거든요. 그들은 그럴듯해 보이는 집의 창문을 깨고 값나가 보이는 것은 무엇이든 훔쳐낼 것 같은 인물들이었죠."

"알겠다."

하드캐슬이 천천히 고개를 끄덕였다.

"게다가 정보원이 그 물건 가운데 일부를 런던의 소유주들에게 가져갔을 때, 누군가 물건을 되찾아왔다는 걸 알려줄 때까지 그 물건을 도둑맞았다는 걸 알고 있던 사람이 아무도 없었다는 사실도 밝혀냈어요."

하드캐슬은 깜짝 놀랐다.

"그때 그 악당들을 알아본 사람이 아무도 없었다구?"

기던이 천천히 고개를 가로저었다.

"소유주들에게 경각심을 일으키도록 유리창이 깨졌다거나 자물쇠가 부서진 게 없었거든요. 하드캐슬 성이나 블랙손 홀이 얼마나 큰지 생각해 보세요. 아버지가 런던에 마련해 두신 집도 매우 크죠. 누군가 안으로 들어가기 위해 문이나 유리창을 부수지 않았다면, 어떤 물건을 도둑맞았다는 걸 아실 수 있겠어요?"

"글쎄…… 아니, 몰랐을 것 같구나. 하지만 하인들은 어떠니?"

"제가 보우 가에서 고용한 도브즈에 따르면 처음에 하인들이 없어진 물건을 알게 된 경우가 자주 있었대요."

백작이 강한 호기심을 드러내며 그를 쳐다보았다.

"그래서 네가 내린 결론이 뭐냐?"

"목표로 한 집에 대한 사전 조사. 도둑을 집안으로 불러들이기 전에 값진 물건은 어떤 거고 어디에 두는가를 확실히 조사하는 누군가가 그들의 배후에 있다는 겁니다."

기던이 말했다.

"그리고 나서 그 배후자는 유리창이나 자물쇠를 부술 하등의 필요도 없이 말끔하고 효과적인 방법으로 물건들을 가져갈 방도를 세웠다는 거예요."

"그 사람이 아직도 활동중이라고 믿는 거니?"

"우린 그를 붙잡지 못했다는 걸 알아요."

기던은 남은 와인을 마저 다 마셔버렸다.

"그가 감식력을 가지고 있고 최고의 집으로 들어갔다는 사실 외에도, 우리가 그에 대해 알고 있는 한 가지 매우 흥미로운 사실이 있어요."

"그는 어퍼 비들턴 근처의 동굴을 잘 알고 있는 게로구나."

하드캐슬이 결론지었다.

"네, 그는 매우 상세하게 알고 있어요."

"그 모든 사실에 적합한 사람은 많지도 않겠구나."

하드캐슬이 단정짓듯 말했다.

"그와 반대예요."

기던이 얼굴을 찌푸리며 쓴웃음을 지었다.

"많은 사람들이 오랫동안 어퍼 비들턴의 동굴에서 화석을 찾아 헤맸어요. 그들 중 일부는 사교계에서 환영받는 신사들이죠. 아버지의 경우만 생각해 봐도 그렇잖아요."

"나?"

"아버지는 그런 사실에 완벽하게 들어맞아요. 최고의 객실에서 편안히 지내고 계시지만 어퍼 비들턴의 동굴에 전문가시고 감식력도 가진 신사죠."

백작은 소스라치게 놀랐다. 그러더니 이내 두 눈이 분노로 이글거렸다.

"어떻게 감히 네 아버지에게 그런 말을 할 수 있는 거냐?"

기던이 얼른 일어서서 고개를 숙이며 차갑게 인사했다.

"용서하세요, 그런 뜻은 전혀 아니었습니다. 물론 아버지를 도둑으로 의심하지 않아요. 당신은 명예가 있으시잖아요?"

"암, 그렇고 말고."

"게다가, 가문 영지의 관리자로서, 전 아버지의 재산이 어느 정도인지 매우 잘 알고 있죠. 아버지는 도둑질을 즐길 필요가 전혀 없어요. 그래서 전 아버지를 피의자 명단에 넣지 않을 겁니다."

"맙소사."

하드캐슬이 호통을 쳤다.

"입에 담기 민망하구나, 기던. 내가 피의자일 수 있다는 건 절대 말이 안돼."

기던은 문 쪽으로 천천히 걸어갔다.

"오호, 그거 참 흥미로운 반응이군요. 다른 가능성도 제시될 수 있지 않겠습니까?"

"뭐 말이냐?"

백작이 쏘아붙였다.

"아버지가 의심하는 누군가가 나타나더라도 그에게 아버지의 결백을 증명할 길이 없다는 것 말입니다."

기던은 아버지의 반응을 지켜보고 싶은 마음이 전혀 없었다. 그는 서둘러 식당을 나가 문을 닫았다.

천사와 악마

해리엇은 극장의 좌석 주위에 낮게 쳐 있는 칸막이의 난간 너머로 밝게 빛나고 있는 무대를 주시했다. 그녀의 일행들과 함께 쓰고 있는 칸의 건너편에 줄지어 있는 칸들에는, 하나같이 사람들의 눈길을 끌기 위해 경쟁이라도 하듯 휘황찬란하게 치장한 사람들로 가득 차 있었다.

자기 자신과 애인의 보석들을 뽐내며 극장 안의 모든 칸을 채우고 앉아 있는 사람들을 보니 해리엇은 마치 보석 전시회라도 온 것 같은 기분이 들었다. 그들 자체가 소규모 무대가 되어 연극보다 더 눈길을 끌고 있었다.

무대 정면의 낮은 관람석에 앉아 있던 교양없어 보이는 사람들은 제1막이 끝나고 커튼이 내려오자마자 무대 위로 올라가서는 배우들이 대기하고 있는 곳까지 가려 하고 있었다. 그런 모습들 자체로도 나름대로의 촌극의 맛을 풍기고 있었다.

맵시꾼들과 멋쟁이들은 막간을 이용해 모양을 다듬고 있었다. 큰 소리로 거친 농담을 하며 서로의 등을 찰싹찰싹 때리고 있는 모습들 대개가 무대에서 벌어지는 오락을 즐기는 것만큼이나 유쾌해 보였다. 하지만 그런 것은 해리엇이 연극을 관람하는 데 무척 방해가 되고 있었다.

처음에는 연극에 흥미를 가지고 있었지만 해리엇은 곧 따분해지기 시작했다. 집에서 이빨 화석이나 연구했더라면 훨씬 더 유익한 시간을 보냈을 거라는 생각을 떨쳐버릴 수가 없었다.

하지만 오늘은 하드캐슬 백작부인과 기던이 자기 가족이 그녀를 극장으로 에스코트하게 해달라고 요청하며 고집을 피웠기 때문에 오지 않을 수가 없었다. 런던으로 돌아온 지 이틀밖에 지나지 않았음에도 불구하고 해리엇은 마치 백 일이나 지난 듯 지겹기만 했다.

기던이 왜 자신을 그토록 극장으로 데려오고 싶어한 건지 해리엇은 도무지 이해할 수가 없었다. 그러나 아델라이드의 칸으로 끊임없이 모여드는 방문객들을 대하면서 그녀는 조금씩 그 이유를 알 수 있을 것 같았다. 기던은 자신의 신부를 상점 진열장에 나열해 놓은 상품처럼 구경거리로 내놓은 것이 분명했다.

"즐거워?"

펠리시티가 방문객들이 없는 짧은 틈을 타 해리엇에게 물었다. 주름장식과 리본으로 마무리된 옅은 분홍색 모슬린 드레스를 입고 있는 그녀는 같은 여자가 보아도 홀딱 반할 정도로 눈부시게 아름다웠다.

"극장이 터져버릴 것 같아."

"그래, 맞아. 상당히 덥기도 하고."

해리엇은 부채를 세차게 부치다가 펠리시티가 얼굴을 잔뜩 찌푸리며 고개를 흔들자 얼른 멈추었다.

해리엇은 길게 한숨을 내쉬었다. 그녀는 부채를 들고 있다가 부끄러운 체하며 유혹적으로 살짝 얼굴을 가린다든가 하는 요령을 아직 터득하지 못하고 있었다. 아니, 그럴 필요성도 느끼지 못하고 있었다. 오히려 숙녀용 부채를 그런 용도로만 쓰이게 만들었다는 것이 짜증스러웠다.

하지만 그런 것들을 제외하고 나면, 최소한 그녀의 드레스만큼은 그 누구에게도 책잡힐 일이 없을 정도로 훌륭했다. 그녀가 입고 있는 흰색의 주름장식과 리본으로 마무리된 청록색 모슬린 드레스는 해리엇을 매우 매력적으로 보이게 했다. 평소 높은 안목을 자랑하던 펠리시티가 직접 골라주었던 것이다.

그들이 앉아 있는 칸의 입구로 흠 한 점 없이 말끔하게 턱시도를 차려입은 두 명의 잘생긴 젊은이가 들어왔다.

"아도니스 쌍둥이가 도착했구나."

해리엇이 펠리시티에게 중얼거렸다.

"나도 봤어."

펠리시티는 자신이 최고의 숙녀라는 기분을 만끽하는 듯 보기만 해도 아찔할 정도의 황홀한 미소를 짓고 있었다.

해리엇이 아도니스 쌍둥이라고 별명을 붙인 두 젊은이는 친인척 관계는 아니었다. 다만 키와 피부색이 똑같았으며, 같은 의상을 즐겼고 같은 여자들에게 관심을 보였다. 그들은 현재 펠리시티에게 온통 마음이 쏠려 있었다.

아델라이드와 에피에게 정중히 인사를 하고 난 그들이 펠리시티를 향해 반짝거리는 시선을 돌렸다.

펠리시티는 그들의 미소에 현기증을 느꼈다.

"안녕하세요, 신사분들? 오늘 밤 이곳에서 두 분을 모두 뵙게 되어 정말 기쁘군요. 성 저스틴의 새 자작부인이 된 제 언니를 알고 계시겠죠?"

"시내로 돌아오신 걸 보니 기쁩니다, 부인."

첫 번째 아도니스가 우아하게 고개를 숙여 보이며 인사했다. 다른 아도니스는 잠시 심사 숙고하는 눈치였다.

"만나뵙게 되어 기쁩니다. 좀 늦은 감이 없지 않지만 결혼하신 걸 정말 축하드립니다."

두 번째 아도니스도 정중하게 고개를 숙여 해리엇에게 인사한 뒤 두 남자는 다시 펠리시티에게로 주의를 돌렸다.

뒷줄에서는 아델라이드와 에피가 검정색으로 차려입은 어떤 나이든 미망인과 담소를 나누고 있었다. 해리엇은 나이든 미망인이 실제로 결혼식이 치러졌으니 이제는 가족 모두가 안심했겠다고 말하는 소리를 들었다.

"물론 둘이 맺어져서 기뻐요."

에피가 예의 그 침착한 태도로 말하고 나서는 이를 앙다물며 이렇게 덧붙였다.

"그 두 사람이 정식으로 결혼식을 올리는 순간까지 기다릴 수 없었다니 우리가 좀 실망한 건 사실이에요. 하지만 젊은 사람들의 불꽃튀는 사랑을 누가 말릴 수 있겠어요, 그걸 이해하지 못하는 건 아니시겠죠? 우리도 다 그렇게 사랑에 빠졌을 때가 있었잖아요?"

"누군가가 그의 계획을 방해한 게 분명해요."

미망인이 에피의 말은 안중에도 없다는 듯 중얼거렸다.

"그리고 제가 보기에는, 그건 무척이나 성 저스틴 자작다운 행동이었는 걸요."

오늘 밤, 다른 칸에 앉아 있는 사람들의 호기심어린 눈길이 모두 자신에게 주목되고 있음을 잘 알고 있는 해리엇은 난간으로 상체를 기울여 무대 정면의 낮은 관람석에서 벌어지고 있는 난잡한 광경을 구경하기로 마음을 굳혔다.

그러나 그것도 잠시뿐, 곧 귀에 익숙한 남자다운 어떤 목소리가 들려왔다. 아델라이드와 에피에게 인사를 건네는 목소리의 주인공이 누구인지는 굳이 뒤를 돌아보지 않고도 알 수 있었다.

"오, 안녕하세요, 브라이스 씨?"

에피가 밝은 목소리로 말했다.

"오늘 밤 뵙게 돼서 무척 기뻐요."

"새로운 성 저스틴 자작부인에게 존경을 표하기 위해 이렇게 왔습니다."

브라이스가 말했다.

"물론 그러시겠죠."

에피가 대답했다.

다시 의자에 앉아 주위를 둘러보다가 해리엇은 자기를 쳐다보며 서 있는 브라이스와 눈이 마주쳤다. 조명을 받아 반짝이는 금빛 머리카락 때문인지 그의 미소는 더욱 매력적으로 보였다. 그러나 해리엇의 귓가에는 기던의 경고가 둥둥 떠다니고 있었다.

'몰랜드는 겉으로 보이는 것처럼 천사가 아니오. 그는 천사가 아니오, 천사가……'

"안녕하세요, 브라이스 씨?"

해리엇이 공손하게 웃음을 머금으며 인사를 했다.

"부인."

브라이스도 그녀에게 웃음을 보이며 그녀 옆에 놓인, 벨벳천이 덮인 의자에 앉았다. 그가 목소리를 낮추며 그녀의 눈을 들여다보았다.

"오늘 밤 매우 사랑스러워 보이는군요."

"고맙습니다, 경."

"당신이 시내로 돌아왔다는 걸 오늘 아침에야 알았답니다."

브라이스가 말했다.

"그리고 결혼하셨다는 얘기도요."

해리엇이 고개를 살짝 기울여 맞다는 표시를 해보였다.

뻔뻔스럽긴, 다른 사람들은 아무리 형식적이더라도 축하 인사 정도는 해주었는데.

"네."

"며칠 전 당신이 갑작스럽게 런던을 떠났을 때, 그 일에 관해 이곳에 나돈 소문을 듣고 무척 놀랐습니다."

"어머, 그러셨어요?"

해리엇이 이상하다는 듯 어깨를 으쓱해 보였다.

“전혀 놀랄 만한 일이 없었는데……. 다른 사람들이 그렇게 놀랐다는 이유가 뭔지 정말 모르겠군요.”

“우리가 걱정한 건 무엇보다도 당신의 안전이었습니다, 부인.”

브라이스가 부드럽게 속삭였다.

“정말 말도 안되는 걱정을 하고 계셨군요. 하지만 그렇게 신경써 주시다니 감사드려요. 전 그 이와 함께 있으면서 한순간도 위험에 처한 적이 없었답니다. 사람들이 왜 그런 생각을 했는지 이해가 되지 않는군요.”

브라이스가 씁쓸한 미소를 떠올렸다.

“평소에 그 친구를 알고 있는 사람이, 그가 당신과 당신 친구들을 뒤따라갔다는 사실을 듣게 되었을 때 당연히 당신의 안전을 걱정하게 되었을 겁니다.”

“글쎄요, 하지만 이제는 전혀 걱정할 일이 아니었다는 걸 아셨겠죠, 브라이스 씨?”

해리엇이 단호하게 말했다.

“당신은 무척 용감한 분이오, 부인.”

브라이스가 칭찬의 표시로 고개를 숙였다.

“당신은 저의 칭찬을 받을 만합니다.”

해리엇이 그를 노려보았다.

“도대체 무슨 말씀을 하시는 거죠, 경?”

“신경쓰지 마십시오, 중요한 건 아니니까요. 그리고 물은 이미 엎질러졌지 않습니까?”

브라이스가 사람들 쪽으로 고개를 끄덕여 보였다.

“분명 사람들의 시선과 그들의 수근거림이 당신을 괴롭히

고 있겠죠? 당신은 지금 사교계에서 가장 큰 호기심을 불러일
으키는 분입니다, 성 저스틴 자작부인. '블랙손 홀의 짐승'의
신부님."

해리엇은 다시 화가 치밀었다.

"다시는 제 남편을 그런 끔찍한 이름으로 부르지 말아달라
고 이미 말씀드렸을 텐데요. 이곳에서 떠나주시죠, 브라이스
씨."

"마음을 상하게 할 뜻은 아니었습니다, 부인. 단지 온 세상
이 떠들어대고 있는 말을 반복하고 있는 것뿐이에요. 나쁜 소
식을 전하는 사신은 모조리 죽일 작정이십니까?"

"네, 그래요. 그런 소식을 다시 반복하는 것을 중단시키기
위해 그렇게 해야 할 필요가 있다면 당연히 그렇게 해야죠."

그녀는 험악한 표정을 지으며 그에게 부채를 흔들어댔다.

"자, 떠나주세요. 그런 말도 안되는 얘기를 듣고 싶은 기분
이 아니군요."

"원하신다면."

브라이스가 벌떡 일어서더니 해리엇이 그의 의도를 알아채
기도 전에 그녀의 손을 움켜쥐었다. 그가 그녀의 손가락 위로
허리를 굽히며 말을 이었다.

"당신을 찬미하는 내 마음을 한 번 더 표현할 수 있도록 해
주시겠습니까?"

"정말이지 브라이스 씨, 무례하시군요. 그걸로 충분해요."

그가 그녀만 들을 수 있도록 목소리를 낮췄다.

"당신의 용감한 행동은 사교계에서 전설이 되고 있소. 성
저스틴 같은 괴물과 결혼해 잠자리를 함께해야 한다는 사실을

숙명으로 받아들일 여자들이 많은 건 아니죠."

해리엇이 그의 손아귀에 잡혀 있던 손을 홱 나꿔채자 바로 그때 벨벳 커튼이 열리더니 기던이 안으로 들어섰다. 그의 시선은 즉시 브라이스에게로 날아가 꽂혔다.

"성 저스틴, 어서 오게나."

브라이스가 그에게 비웃는 듯 짤막한 미소를 던졌다.

"자네의 새 신부에게 축하를 해주고 있었네."

"그랬나?"

기던이 브라이스에게 등을 돌리고 에피와 아델라이드, 펠리시티에게 인사를 건넸다. 그리고 나서 차갑게 해리엇의 표정을 훑어보았다.

해리엇은 얼른 미소를 떠올리며 기던이 브라이스에게 화를 낼 만한 이유가 생기지 않기만을 바라고 있었다. 애플게이트와의 일이 무마된 것도 바로 얼마 전의 일이었던 것이다. 그 결투 신청을 잊어버릴 수 있도록 기던에게 그녀의 사랑에 대한 확신을 심어주는 것은 쉽지 않았었다.

"오, 드디어 당신이 오셨군요, 경."

해리엇이 기다렸다는 듯 반갑게 말을 꺼냈다.

"오늘 밤 당신이 어떤 모습일까 궁금해하고 있었어요."

기던이 해리엇에게로 다가가며 브라이스가 눈에 보이지 않는 귀신이라도 되는 것처럼 그를 무시한 채 스쳐지나갔다. 그가 해리엇의 손 위로 허리를 굽히고 그녀의 손가락에 간단하게 키스했다.

"여기서 당신을 만날 거라고 말했잖소."

그가 부드러운 목소리로 그녀에게 상기시켰다.

"네, 물론 그러셨죠."

해리엇은 몹시 당황스러웠다. 그녀는 두 남자 사이에 감돌고 있는 혐오감을 감지할 수 있었으며, 어떤 문제가 발생하는 것을 원치 않았다.

"앉으세요, 곧 제2막이 시작될 거예요."

그녀가 생각에 잠긴 표정으로 기던을 쳐다보고 있는 브라이스에게 건성으로 고개를 끄덕였다.

"안녕히 가세요, 브라이스 씨. 저희의 결혼을 축하하러 와주셔서 참 고맙습니다."

"안녕히 계십시오, 부인."

브라이스가 벨벳 커튼 뒤로 사라졌다.

"그가 어떤 식으로든 당신을 방해하고 있었겠지?"

해리엇의 옆자리에 앉으며 기던이 조용히 물었다.

"천만에, 아니에요."

해리엇은 부채를 펴들고 재빨리 부채질을 하기 시작했다.

"그냥 공손하게 있었어요."

긴장하고 있던 해리엇은 계속 무슨 일이냐는 눈짓을 던지던 펠리시티와 눈이 마주쳤다. 펠리시티의 눈은 모든 게 괜찮은 거냐고 묻고 있었다. 해리엇도 아무 말 없이 모든 게 안정되어 있다는 것을 확인하려 애쓰고 있었다.

"그렇다니 기쁘오."

기던이 극장 안의 다른 모든 사람들이 볼 수 있도록 해리엇의 옆자리에 오만하게 축 늘어지며 등을 기댔다.

"공연이 즐겁소?"

"특별히 그렇지는 않아요."

해리엇이 말했다.

"잘 알아들을 수가 없거든요. 사람들이 오늘 밤에는 매우 시끄럽군요. 저 아래쪽의 어떤 사람들은 제1막이 시작되기 바로 전에 오렌지 껍질을 무대에 마구 집어던졌어요."

아델라이드가 키득거렸다.

"해리엇은 아직도 공연을 보고 듣기 위해 극장에 온다는 생각을 가지고 있다네, 저스틴. 우리가 이런 데 참석하는 것에는 다른 중요한 이유가 있다고 말해주었는데도 말이야."

기던이 웃음을 참는 듯 입술을 살짝 오므렸다. 그는 그제서야 만족스런 표정을 지으며 고개를 내밀고 사람들을 쳐다보았다.

"그게 뭐 잘못된 건가요?"

해리엇은 기던의 옆에 앉아 있어도 편하지가 않았다. 그녀는 '블랙손 홀의 짐승'의 신부로서 그 동안 충분히 구경거리가 되고 있었던 것이다.

그날 밤 늦게 하녀가 마침내 침실을 떠나고 드디어 혼자 있게 되자, 해리엇은 기던과 얼굴을 맞대고 얘기해야 할 시간이 왔다고 생각했다.

그녀는 자기의 침실과 기던의 침실을 연결해 주는 문으로 다가가 그의 침실에서 들려오는 소리에 귀를 기울였다. 바로 그때 기던의 시종이 방을 나가는 소리가 들렸다. 해리엇은 문을 열고 곧장 기던의 방으로 들어갔다.

"당신과 얘기를 나누고 싶어요, 경."

그녀가 말했다.

검은 실내복을 입고 손수 브랜디를 따르고 있던 기던은 힐끗 고개를 돌리고는 한쪽 눈썹을 약간 치켜 올렸다.

"물론 그러시겠지. 그렇지 않아도 내가 당신 침실로 가려던 참이었소. 하지만 당신이 이리 왔으니, 당신도 브랜디 한 잔 하는 게 어떻겠소?"

"고맙지만 사양하겠어요. 술은 별로 좋아하지 않아요."

"당신 목소리에 무척 날카로운 느낌이 묻어나오고 있구려."

기던은 브랜디를 한 모금 마시며 그녀에게 가까이 다가갔다.

"내게 화가 난 거요, 해리엇?"

"네, 그래요. 기던, 제가 오늘 밤 극장에 가고 싶지 않다고 했던 것 기억하시죠? 당신이 고집을 피워서 갔던 거잖아요."

"당신이 당신 가족과 함께 있으면서 그들에게 '다행스럽게도' 결혼한 몸이라는 걸 확인시키고 싶어하는 줄 알았소. 당신이 내게 더럽혀진 채 버림받을까 걱정할 필요가 없다는 걸 그들에게 알려주어야 하니까. 어쨌든 이제 당신은 성 저스틴 자작부인이 되었고, 아무것도 그걸 바꿀 수는 없소."

"능청떨지 마세요, 경. 당신이 저더러 가야 한다고 고집을 부린 이유는 그게 아니었어요. 당신도 아시잖아요, 기던. 펠리시티는 당신이 절 마치 희귀한 애완 동물이라도 되는 것처럼 구경거리로 만들었다고 말했어요."

"당신이 매우 희귀한 사람이란 건 분명하오, 내 사랑."

그의 눈은 그녀를 향한 정열로 인해 마구 빛나고 있었다.

"정말로 매우 희귀하오."

"입에 발린 소리는 하지도 마세요. 듣기 좋은 말이긴 하지만 사실이 아니라는 것 정도는 알아요. 전 어쩌다가 당신 아내가 된 지극히 평범한 여자예요. 더 이상 구경거리가 되고 싶지 않다구요, 기던. 아직도 사교계에 증명해야 한다고 생각하는 걸 증명하지 못한 건가요?”

“당신 동생이 뭐라고 하든, 난 오늘 밤 당신을 구경거리로 내놓기 위해 극장에 데려간 것이 아니오, 해리엇.”

“맹세할 수 있나요, 경?”

그녀가 부드럽게 물었다.

“제기랄. 물론 맹세할 수 있지, 그렇고 말고. 참 우스운 질문이라고 생각하지 않소, 내 사랑? 난 당신이 당신 가족과 함께 있는 걸 좋아할 거라고 생각했고 극장 구경도 즐길 거라고 여겼소. 그게 전부요.”

“좋아요.”

해리엇이 말했다.

“이 다음에 당신이 제가 특별히 가고 싶지 않은 곳인데도 동석하자고 할 때는 마음놓고 거절하겠어요.”

그가 화난 표정을 지었다.

“해리엇, 당신은 이제 결혼한 여자요. 남편이 시키는 대로 따라야 하오.”

“아하, 그렇다면 제가 가고 싶지 않은 곳인데도 가야 한다고 명령하시겠다는 거군요?”

“해리엇…….”

“제게 그런 명령을 하기 시작하면, 전 당신이 저를 기쁘게 해주기 위해서가 아니라 다른 동기를 가지고 있는 것으로 결론을 내릴 수밖에 없을 거예요.”

해리엇이 말했다.

"난 당신을 구경거리로 내놓고 있는 게 아니오."

기던이 속이 상한 듯 인상을 쓰며 브랜디 잔을 내려놓았다.

"그렇다면 어퍼 비들턴으로 돌아가요."

해리엇이 얼른 말했다.

"우리 둘 다 도시 생활을 특별히 좋아하지 않잖아요. 같이 고향으로 가요."

"당신 화석에게로 돌아가고 싶은 마음이 그리도 큰 거요?"

"그것들에게로 돌아가고 싶은 마음이 큰 건 당연해요. 제가 제 이빨 화석에 딸린 다른 뼈들을 다른 누군가가 발견할까봐 얼마나 노심 초사하고 있는지 잘 아시잖아요. 그리고 당신도 저만큼이나 사교계 생활을 좋아하지 않잖아요. 우리가 어퍼 비들턴으로 돌아가지 못할 이유는 전혀 없어요."

"당신과 그 빌어먹을 화석들이란."

그가 투덜거렸다.

"당신은 그 생각밖에 할 수 없는 거요?"

해리엇은 불현듯 그가 더 이상 단순히 화가 나 있는 것만은 아니라는 것을 깨달았다. 기던은 점점 더 열이 오르고 있었다.

"그게 아니라는 건 당신이 잘 아시잖아요, 경."

"그렇소? 털어놔봐요, 내 사랑. 난 당신 화석과 견주었을 때 서열 몇 위쯤이오? 다른 남편들은 브라이스 같은 남자들로부터 아내를 보호할 수 있도록 걱정해야 하는데, 내 운명은 이게 뭐란 말이오? 낡은 뼈 조각이나 이빨 부스러기 같은 화석 나부랭이들과 싸워 부인을 나눠 가져야 하다니……."

"기던, 당신이 계속 이런 식으로 나오면 우스꽝스러운 말장 난밖에 안돼요. 오늘 밤은 정말이지 당신을 이해할 수가 없군 요."

기던이 어조를 부드럽게 하며 해리엇을 쳐다보았다.

"나도 오늘 밤은 내가 이성을 가지고 말하고 있는 건지 확 신할 수가 없소. 기분이 별로 좋지 않소, 해리엇. 당신은 당신 침실로 가는 게 좋을 것 같소."

하지만 해리엇은 그에게 다가갔다. 그녀는 그의 팔에 한쪽 손을 얹고 딱딱하게 굳은 그의 얼굴을 똑바로 쳐다보았다.

"뭐가 문제죠, 기던?"

"아무것도 아니오."

"그런 식으로 저를 속이려 하지 마세요. 당신을 이렇게 퉁 명스럽게 만든 뭔가가 있다는 걸 알아요."

"당신 말에 의하면, 난 본래부터 퉁명스럽소."

"항상 그렇지는 않아요."

그녀가 쏘아붙였다.

"제발 당신을 괴롭히는 게 뭔지 말해보세요, 기던. 극장에 서 브라이스 씨가 우리한테 왔다는 사실 때문인가요?"

기던이 그녀에게서 물러났다. 그는 브랜디가 놓여 있는 조 그만 탁자로 가서 술을 한 잔 더 따랐다.

"브라이스는 내가 상대하겠소."

"기던."

해리엇은 깜짝 놀랐다.

"무슨 말씀을 하시는 거예요?"

"내가 그를 상대하겠다고 말하는 거요."

"성 저스틴, 제 말 잘 들어요."

해리엇이 쏘아붙였다.

"브라이스 씨를 자극해서 결투를 하겠다는 생각은 꿈에도 하지 마세요. 단 한순간도 안돼요. 제 말 이해하시겠어요? 제가 그렇게 하도록 내버려두지는 않겠어요."

"벌써 그에게 홀딱 반한 거요?"

그가 점잔을 빼며 천천히 말했다.

"제발 기던, 왜 당신 스스로를 괴롭히려 하시는 거죠? 사실이 아니라는 걸 아시잖아요. 도대체 오늘 밤 문제가 뭐예요?"

"말했잖소. 어서 당신 침대로 사라지는 게 좋을 거요, 부인."

"이렇게 난리를 치는 당신을 내버려두고 겁먹은 아이처럼 침대로 사라지라구요? 아니, 그렇게는 못하겠어요. 이렇게…… 음, 이렇게 덩치만 커다란……."

"짐승처럼 말이오?"

"아뇨, 짐승처럼이 아니에요."

해리엇이 고함을 질렀다.

"'아내를 믿지 못하는 변덕스럽고, 까다롭고, 고집스런 덩치만 큰 아이 같은 남편처럼'이라고 말하려던 거였어요."

그녀의 말에 그는 꼼짝도 않고 제자리에 서서 그녀를 쳐다보았다.

"당신을 믿소, 해리엇."

그녀는 그의 눈에서 그 간단한 진실을 읽어내고 나서야 냉랭한 바람이 일던 마음 한 구석이 훨씬 더 따뜻해지는 느낌이 들었다.

“저,”

그녀가 중얼거렸다.

“그렇게 행동해서는 안돼요.”

그의 황갈색 눈동자는 이글거리는 난로의 불빛 때문에 거의 황금색으로 보였다.

“내가 당신처럼 완벽하게 믿은 사람은 이 지구상에 아무도 없소. 그걸 절대 잊어서는 안되오.”

해리엇은 잔잔히 밀려드는 행복감에 아찔한 현기증을 느꼈다.

“그게 사실이세요?”

“난 사실이 아닌 말은 절대 하지 않소.”

“오 기던, 당신이 제게 했던 말 중에 저를 가장 행복하게 해주는 말이에요.”

그녀는 황급히 방을 가로질러 뛰어가 그의 팔에 몸을 던졌다.

“맙소사, 어떻게 내가 당신을 믿지 않는다고 생각할 수 있었던 거요, 해리엇?”

그가 술잔을 내려놓고 두 팔로 그녀를 감싸안았다.

“결코 그걸 의심하지 말아요, 내 사랑.”

“당신이 절 믿는다면,”

그녀가 그의 가슴에 대고 속삭였다.

“왜 브라이스 씨를 걱정하는 거죠?”

“그는 위험한 인물이오.”

기던이 간단히 대답했다.

“그걸 어떻게 아세요?”

"난 그를 잘 알고 있소. 한때는 스스로 자신이 내 친구라고 말한 적도 있었지. 우린 어쨌든 어린 시절의 한때를 함께 보냈으니까. 그의 가족은 내가 어릴 적에 몇 년 동안 블랙손 홀 근처에 살았었지만 그들이 다른 곳으로 이사간 뒤로는 그를 만난 적이 없었소.

내가 대학을 졸업했을 때 런던에서 다시 브라이스를 만났지. 그는 그때도 스스로 자기를 내 진정한 친구라고 했었소. 펜싱 칼날로 사람들 앞에서 내 얼굴을 가르고도 말이오."

해리엇은 아무 말도 하지 않았다. 그녀는 눈을 동그랗게 뜨고 고개를 들어 기던을 바라보았다. 그리고 부드러운 손가락으로 그의 뺨에 나 있는 흉터를 어루만졌다.

"당신에게 이걸 만들어준 게 브라이스 씨였군요?"

"그게 고의적인 것이었든 사고였든, 그때 그는 사고였다고 주장했소. 그때는 우리 둘 다 지금보다 훨씬 젊었을 때였으니까 아마 약간은 치기가 있었을지도 모르오. 어쨌든 우린 그날 밤 술에 어느 정도 취해 있었고 브라이스가 내게 펜싱 시합을 하자고 했소. 난 당연히 그걸 받아들였고."

"맙소사."

해리엇은 숨이 멎는 것 같았다.

"우린 칼날 끝에 보호 가죽이 덮여 있으니까 마스크를 쓸 필요가 없을 거라고 합의했었소. 그 자리에 함께 있던 친구들은 바닥을 청소하고 서로 내기를 거느라 정신이 없었지. 상대의 날 밑을 먼저 뚫는 자가 승자가 되는 거라고 정했었소."

"그래서 어떻게 됐어요?"

기던이 어깨를 으쓱해 보였다.

"시합은 몇 분 만에 끝났소, 브라이스는 특별히 훌륭한 펜싱 선수가 아니었으니까. 물론 결과는 나의 승리였소. 그의 칼이 멀리 튕겨나가는 걸 보고 난 돌아서서 칼을 칼집에 꽂았소. 하지만 그가 느닷없이 쌍날칼을 집어들고는 무방비 상태에 있던 나를 향해 내리꽂았소. 칼날의 끝에 있는 보호 가죽이 약간 벗겨져 있었기 때문에 검이 내 턱을 스치면서 상처가 난 거요."

"오, 기던. 그때 그 사람이 당신을 죽였을 수도 있었겠군요?"

"그렇소. 난 가끔은 그의 의도가 바로 그게 아니었을까 하는 생각을 하곤 하오. 짧은 몇 초 동안이었지만 그의 눈은 나를 향한 증오심으로 불타고 있었소. 난 그가 내게 달려들 때 그걸 보았소. 하지만 난 아직까지도 왜 그가 그 순간 그토록 날 증오했는지 그 이유를 모르겠소."

"승패가 다 결정났을 때, 그가 당신에게 달려들었다는 걸 어떻게 설명했나요?"

"시합이 끝났다는 걸 미처 깨닫지 못했다고 주장했지. 그 시합이 계속 진행되고 있는 거라고 생각했기 때문에 내가 다음 공격을 위해 뒤로 물러서는 걸로 생각했다고 했소."

"그리고 그의 칼날 보호 가죽이 벗겨져 있었던 사실은요? 그건 또 뭐라고 변명하던가요?"

"사고였다고."

기던이 어깨를 달싹해 보였다.

"시합에 너무 열중하고 있었기 때문에 보호 장치가 떨어져 나간 걸 몰랐다고 했소. 그건 매우 논리적인 설명이었소. 의심

의 여지도 없이 모든 사람들이 수긍할 수 있는 합당한 것이었
지.”

“당신은요, 당신은 어떻게 했죠?”

기턴은 잠시 말이 없었다.

“내 몸은 그의 눈에서 뿜어져나오는 증오를 보고 본능적으
로 반응했소. 내게 있어 그것은 시합이 아니었소. 진짜 결투를
하는 것처럼 필사적으로 싸웠지. 내가 갑자기 사력을 다해 적
극적으로 달려드니까 브라이스가 꽤 놀랐던 것 같소. 그가 균
형을 잃고 바닥에 쓰러졌을 때, 난 내 칼을 버리고 그의 칼을
집어들어 그의 목에 겨누었소. 그때서야 그가 모든 게 사고였
다며 비명을 지르기 시작했소.”

“당신은 그를 믿나요?”

“달리 생각할 길이 없지 않소? 우린 둘 다 만취 상태였으
니. 난 그건 사고였다고, 그의 말을 믿어야 한다고 계속 되뇌
이고 있었소. 그의 말을 확신하고 싶었던 거요, 어쨌든 그때는
그를 친구라고 믿고 있었으니까. 하지만 내게 달려들었을 때
그의 눈에 담겨 있던 표정을 난 결코 잊을 수가 없었소.”

“당신 두 사람은 그 뒤로도 친구로 남았나요?”

“그럭저럭. 그는 나중에 그 일에 대해 사과를 했고 난 그걸
받아들였소. 이미 다 지난 일이니 뒤엎을 수도 없는 거라고
혼자 생각했었지. 그때 입은 상처가 평생 동안 날 따라다닐
거라는 걸 알고 있었지만, 그 멍청한 시합에 동의한 내 잘못
도 어느 정도는 인정해야 했으니까.”

“당신이 데어드레를 버렸다고 비난받았을 때 당신 편을 들
었던 사람은 자기 혼자뿐이었다고 주장하더군요.”

기던이 재미없다는 미소를 지었다.

"역겹군, 언제나 그렇지. 그때도 마찬가지였소. 이제 와서 말이지만 데어드레를 유혹하고 임신시킨 건 바로 그 자식 짓이오. 그때는 그놈이 결혼한 상태였기 때문에 그녀와 가까이 있을 때도 친구의 약혼녀를 에스코트해 주는 정도로만 보았지. 아마 지금도 자기 딴에는 당시 내 친구라는 완벽한 은신처에 숨어 있었다고 여기고 있을 거요. 다른 사람들이 그의 본모습은 상상도 못할 정도로 순진해 보였으니까."

해리엇이 충격을 받았는지 눈을 동그랗게 뜨며 고개를 바싹 세워들었다.

"그녀를 유혹한 사람이 브라이스 씨라구요?"

"그렇소. 데어드레가 죽기 전에 날 만나러 와서는 그 사실을 고백했소. 하지만 그녀가 죽은 후에는 증거가 없었기 때문에 그걸 파헤칠 길이 전혀 없었소."

기던의 입술이 일그러졌다.

"그녀가 자살하기 전에 모든 진실을 담은 쪽지 한 장만이라도 남기는 수고만 해주었다면 무척 도움이 됐을 거요. 하지만 데어드레는 특별히 다른 사람 입장을 고려할 줄 아는 여자가 아니었소. 그녀는 아마 자신이 자살한 뒤 화살이 누구에게로 날아갈지에 대해서는 신경도 쓰지 않았을 거요."

아직까지도 빠져나오지 못하고 허우적거리는 기던을 휩싸고 있던 고통의 강이 해리엇에게 너무도 생생하게 밀려들었다. 그의 목소리에 담긴 분노에 공감하고 있던 해리엇은 그에게 고통을 안겨준 이 세상의 모든 것에 대해 화가 났다.

"기던, 아직도 그녀를 사랑하시나요?"

“맙소사, 아니오.”

그가 어이없다는 듯한 눈길로 그녀를 쳐다보았다.

“내가 그녀에게 청혼했을 무렵에는 그녀를 사랑한다고 확신했었소. 하지만 지금 돌이켜보면 단지 그녀의 아름다움과 그런 아름다운 여자가 날 원한다는 사실에 아찔해졌던 것 같소. 하지만 그녀가 내 청혼을 받아들인 이유를 말했을 때, 그녀가……”

기던은 잠시 말을 쉬었다.

“자기 아버지의 강요와 다른 남자의 아이를 임신했기 때문에 내 청혼을 받아들였던 거라고 내게 말했던 날 밤, 그녀에 대한 내 느낌은 하나도 남김 없이 사라져버렸소. 그녀는 내 얼굴만 봐도 혐오스럽다고 했었소.”

“오, 기던.”

해리엇은 그의 허리를 두르고 있는 팔에 힘을 주었다.

“그녀는 아주 절망적이었을 거예요. 그때는 너무 어린 나이였잖아요? 그녀는 자신이 브라이스 씨를 사랑하는 만큼 그도 자신을 사랑한다고 생각했을 거예요. 하지만 그를 결코 가질 수 없다는 걸 곧 알게 됐겠죠. 이루지 못할 사랑을 피해 사랑하지도 않는 남자와 억지로 결혼해야 한다는 건 그녀에게 참을 수 없는 고통이었을 거예요. 자신이 처한 상황에 대한 모든 책임이 당신에게 있다고 생각하게 됐을 거예요.”

“그녀를 위해 변명할 구실을 만들어줄 필요는 없소.”

“그녀가 당신을 미워한 게 아니라는 걸 당신이 깨닫기를 바랄 뿐이에요. 그녀는 자신의 인생을 망쳐버린 어리석음에 대한 두려움과 절망을 퍼부을 상대가 필요했던 거고, 그 대상이 당신이 된 것뿐이에요.”

“그녀는 내게 복수하고 싶었던 게 확실하오.”

기던이 단호하게 말했다.

“네, 알아요. 당신은 6년 동안 스스로 만들어놓은 지옥의 한 쪽 구석에서 살아왔어요.”

“그런 설명이 상당히 드라마틱하긴 하지만 백 퍼센트 틀린 말은 아니오.”

기던이 메마른 목소리로 말했다.

“6년 동안 당신이 얼마나 고독했을지 다 알아요.”

해리엇이 그 누구도 흉내낼 수 없을 정도로 환한 웃음을 지어보였다.

“하지만 더 이상 그렇지 않을 거예요. 이제부터 당신 곁에는 항상 제가 있을 테니까요.”

“그래요, 이제 내겐 당신이 있소.”

기던이 양손을 들어올려 그녀의 머리카락을 매만졌다.

“그리고 당신이 언제까지나 행복할 수 있도록 내가 지켜줄 거요. 맹세하오, 해리엇.”

“고마워요. 저도 당신의 훌륭한 아내가 될 것을 약속해요.”

“정말이오?”

그의 사자 같은 두 눈이 따뜻한 불빛을 받아 정열적으로 반짝거렸다.

“오, 그럼요, 기던. 제가 당신보다 화석을 더 좋아한다는 생각은 하지도 마세요, 그건 당신이 틀렸어요.”

그녀는 발뒤꿈치를 들고 서서 그의 입술에 자신의 입술을 스쳤다.

"제가 화석 연구에 푹 빠져 있는 건 사실이지만, 당신을 훨씬 더 좋아해요."

기던이 천천히 웃음을 머금었다.

"그렇다니 무척 기쁘오."

그는 그녀를 깃털처럼 가볍게 안아올렸다. 해리엇은 마치 동화 속에 나오는 공주가 된 것 같은 기분이었다. 기던과 함께 있으면 언제나 그런 느낌이 드는 것이 신기하기만 했다.

그가 자신의 침대 한가운데에 그녀를 내려놓으며 그녀 옆에 살며시 누웠다.

"당신이 수집하는 뼈들과 동등하거나 더 인상적이라고 여기는 게 내 어떤 부분들인지 말해보시겠소, 부인?"

해리엇은 그를 올려다보며 웃음을 터트렸다.

"그건 아주 여러 가지인데요."

"그렇다면 내 발끝부터 시작해서 올라와보시오."

"기꺼이 해드리죠."

그녀가 그를 살짝 밀치자 기던은 이에 복종하여 몸을 굴렸다. 그녀는 그의 옆에 무릎을 꿇고 앉아 진지한 표정으로 그의 커다란 다리를 유심히 뜯어보았다.

"이렇게 큰 척골(다섯 개의 작은 뼈로 된 발바닥뼈) 화석은 한 번도 본 적이 없다는 말씀을 드려야겠군요."

"우쭐해지는군."

기던이 난로불에 드러난 그녀의 얼굴을 쳐다보았다.

"그리고 이런 비율을 가진 정강이뼈를 발견한다는 건 드문 일이기도 하거니와 아주 운이 좋은 거죠."

해리엇이 그의 종아리를 따라 손가락을 천천히 위로 올렸다.

"매우 인상적이에요."

"그 부분이 괜찮은 편이라니 안심이 되는구려."

"분명해요."

그녀가 그에게 확신을 주었다. 그녀의 손가락이 그의 무릎 위로 올라가서 허벅지 안쪽을 따라갔다.

"전에 딱 한 번 어떤 코끼리의 대퇴골을 조사할 특권을 가지게 된 적이 있었어요. 그때를 제외하고는 이렇게 훌륭한 대퇴골은 결코 본 적이 없어요."

그녀의 손바닥이 더 위로 올라가 그의 검은 실크 실내복을 벌렸다. 실내복 사이로 허벅지가 드러나자 기던은 숨이 멎을 것만 같았다.

"그런 과찬을……."

"전 분명히 칭찬으로 한 소리예요, 맹세할 수 있어요."

그녀가 고개를 숙이고 그의 허벅지에 짧지만 깊은 키스를 퍼부었다. 곱슬거리는 그의 털이 그녀의 코를 간지럽혔다. 그에게서 나는 남자 냄새에 그녀의 몸이 뜨겁게 달아올랐다. 그녀는 기던의 허벅지를 지나 그의 그것으로 눈을 돌렸다.

"이제 가장 흥미로운 발견을 하게 될 시간이 됐군요."

"그 특별한 해부학적 부분이 있는 화석을 발견한 적이 있다는 소리는 하지 마시오."

기던이 말했다.

"오, 애석하게도 전에는 발견하지 못했어요."

해리엇이 인정했다.

"하지만 이건 제가 파낸 모든 화석만큼이나 딱딱하군요."

"아……."

그녀가 부드러운 손가락으로 그를 애무하자 기던은 숨을 깊이 들이쉬었다.

해리엇은 그의 허벅지와 가슴 근육이 흥분과 긴장으로 빠르게 단단해지고 있는 것을 보았다.

그를 애무하는 것은 강철을 만지는 것 같은 느낌이었다. 그의 몸에서 느껴지는 힘은 정말 거대했다.

"이런 특성을 가진 어떤 걸 발견했더라면,"

해리엇이 손가락 끝으로 그의 몸을 더듬으며 중얼거렸다.

"그 얘기를 「궁정 지질학회 보고서」에 실었을 거예요."

기던의 입에서 흘러 나오는 웃음은 신음이나 마찬가지였다.

"이런 식으로 배우는 걸 참아낼 수 있을 것 같지 않소. 자, 이리 와요, 부인. 욕망을 억제해야 한다는 절망 때문에 영원히 화석으로 굳어져버리기 전에 당신을 소유해야 할 것 같소."

그가 손을 내밀고 그녀를 자기의 몸 위로 끌어당기자 해리엇이 연하게 미소를 지었다.

그녀는 어느새 그에게 걸터앉은 자세를 취하고 있었다. 그녀의 두 다리 사이에 얌전히 끼여 있는 그의 강한 허벅지가 전해주는 흥분에 그녀는 참을 수 없을 만큼 황홀한 기분을 만끽했다.

그녀는 앞으로 상체를 기울이고, 그의 실내복을 옆으로 밀치면서 그의 넓은 가슴을 손가락으로 쓸어내렸다. 그리고 나서 그의 가슴에 고개를 파묻고는 그의 평평한 젖꼭지를 핥았다.

"음……."

기던이 숨을 들이켰다.

"오, 너무 좋아."

그가 양팔을 그녀의 무릎에 걸치고는 천천히 그녀의 허벅지 안 쪽으로 손바닥을 밀어올렸다. 뜨거운 샘이 솟고 있는 부드러운 그곳이 만져졌다. 이슬을 머금은 그녀의 꽃잎은 이미 활짝 열려 있었다.

"기던."

그의 침입에 대한 반응 때문에 고개가 뒤로 꺾여진 해리엇의 전신이 빳빳하게 긴장되었다.

"당신 안으로 들어가게 해주겠소?"

그가 낮게 속삭였다.

"당신 손을 내 손에 얹고 내가 당신 안으로 들어가는 걸 안내해 주시오."

그녀는 자신의 몸을 전율케 하는 쾌락으로 인해 떨리고 있는 손을 아래로 내려 그의 손을 더듬었다. 무릎을 위로 올려 몸을 지탱하고 나서 그녀는 아주 천천히 다시 누웠다. 그는 조심스럽게 그녀와 몸을 섞으며 그녀가 페이스를 조절하도록 했다.

그녀는 아주 커다란 산이 몸 속으로 들어오는 느낌을 받았다. 그것은 말로는 뭐라 설명할 수 없는 이상한 쾌감을 불러일으켰다. 그녀는 그의 모든 것을 알고 싶은 마음에 천천히 그를 안내했다.

그러자 기던이 그녀에게로 완전히 들어왔다. 그들은 드디어 하나가 된 것이다.

해리엇은 또다시 기던의 강한 팔에 안긴 독특한 즐거움에

항복할 수밖에 없었다. 그 순간만큼은 브라이스 몰랜드나 그
가 기던에게 저질렀던 끔찍한 일들을 잊은 채로 잠들 수 있었
다.

　하지만 잠시 후에 잠에서 깨어난 해리엇은 기던이 들려준
끔찍한 얘기를 기억해 냈다. 그리고 옆에서 곤히 잠들어 있는
기던을 발견하고 안도의 숨을 내쉬었다.

　해리엇은 그를 깨워서 브라이스를 건드려서는 안된다는 것
을 다시 한 번 상기시켜 줄까 생각하다가 기던이 너무 평화롭
게 자고 있었기 때문에 아침까지 기다리기로 마음먹었다.

　하지만 그녀가 아침에 다시 잠에서 깨어났을 때 기던은 옆
에 없었다.

유혹

기던이 테터솔 경매장의 뜰로 들어섰을 때 이미 그곳은 사람들로 북적거리고 있었다. 하긴 그곳은 평소에도 번잡하지 않은 날이 없었으니 이상할 건 없었다. 특히 오늘처럼 장사를 하는 날에는 더더욱 그랬다.

그곳은 런던 최고의 경매장답게, 달콤한 사탕이 아이들의 눈을 번쩍 뜨게 하는 것과 같은 이치로 사교계의 신사들을 끌어들였다. 최고의 구경거리를 제공하려는 만큼 물건값을 올리기 위해, 돈을 지불할 능력이 없는 사람들은 물론이고, 그것을 살 수 있는 모든 사람들 사이에서도 끊임없이 경쟁이 붙었다.

뜰의 한쪽은 고풍적인 양식으로 만들어진 여러 개의 기둥이 떠받치고 있는 지붕에 가려져 있었다. 기던은 높은 기둥 하나에 한쪽 어깨를 기대고 선 채로 사냥용 말 한 마리가 잠재적인 구매인들을 지나 천천히 끌려가는 것을 지켜보았다. 하지만 그는 사냥용 말을 구하러 여기에 온 것은 아니었다.

그 옆에는 잘생긴 마차용 구렁말(갈색 빛깔의 털을 가진 말) 두 마리가 자태를 뽐내며 서 있었다. 그 말들의 털은 아름답게 손질되어 있긴 했지만, 말을 고르는 기던의 관점으로는 그것들의 가슴이 특별히 깊어 보이지가 않았다.

마차를 끄는 말에 있어 외양은 아무런 의미가 없었다. 마차용 말에게는 시각의 즐거움보다는 정력과 호흡하는 힘이 훨씬 더 중요했다. 게다가 그는 오늘 마차를 끌 말을 사러 경매장에 나온 것도 아니었다.

기던은 속빈 강정 같은 구렁말에 곧 흥미를 잃고는 여기저기에 몰려 서 있는 사람들을 유심히 쳐다보기 시작했다. 그는 이곳에서 자신이 구석으로 몰아넣어야만 하는 사냥감을 찾게 될 거라고 거의 확신하고 있었다.

어젯밤 기던은 클럽에서 사람들이 질문의 의도를 눈치채지 못할 만한 몇 가지 평범한 것들을 물어보고, 브라이스 몰랜드가 오늘 아침 경매에 참석하리라는 사실을 알아냈다.

잠시 후 기던은 혼잡한 사람들 틈에서 몸을 똑바로 세웠다. 몰랜드가 열지어 선 기둥의 저쪽 끝에 서서, 바느질 솜씨가 별로 좋지 않은 외투를 입은 어떤 통통한 남자와 얘기를 나누고 있었던 것이다.

기던은 기둥에서 떨어져나와 몰랜드가 있는 방향으로 천천히 걸음을 옮겼다.

그때 한 마부가 딱 보기 좋은 조그만 얼룩이 새겨진 아라
비아 종 암말을 가지고 나타났다. 그것은 절대적인 매력으로
기던의 시선을 잡아끌고 있었다. 다음에 올려질 경매의 대상
임이 분명했다. 뚫어져라 그 말을 쳐다보던 기던이 잠시 멈칫
거렸다. 갑자기 앙증맞게 생긴 회색 말 위에 앉아 있는 해리
엇의 영상이 떠올랐던 것이다.

그는 아예 걸음을 멈춘 채 암말을 더 자세히 들여다보았다.
그 암말은 강인한 힘과 끈기를 연상시키는 매끈하고 다부진
근육을 가지고 있었다. 조그만 두 귀는 민감하고 빈틈없어 보
일 정도로 곧추서 있었고, 멋진 조각품 같은 머리에는 지적인
두 눈이 커다란 보석처럼 박혀 있었다. 해리엇이라면 이 말이
가지고 있는 지적인 풍모를 제대로 감상할 수 있을 것 같았
다.

기던이 말의 미려한 다리를 자세히 들여다보고 있는데 몰
랜드가 등뒤에서 말을 걸어왔다.

"이건 자네 취향이 아닌 것 같은데, 성 저스틴? 자넨 몸집
이 무척 큰 짐승을 좋아하잖나. 자네가 그 말 위에 올라타면
산산조각이 날 것 같군, 어디 한 군데라도 부서지지 않고는
못 배길 걸세."

기던은 그를 쳐다보지도 않은 채 계속해서 암말에 주의를
기울였다.

"오늘 자넬 여기서 만나니 기쁘군, 몰랜드. 그렇지 않아도
자네와 하고 싶은 얘기가 좀 있었다네."

"그랬나? 그거 아주 특이한 일이로군."

몰랜드의 목소리에는 비웃음이 담겨 있었다.

"지난 6년 동안 자네가 내게 말을 건 적은 거의 없었잖나?"

"의논할 게 전혀 없었으니까."

"그럼, 지금에서야 그런 게 생겼다는 건가?"

"유감스럽게도 그렇다네. 자네에게 경고를 해야 할 것 같아, 몰랜드. 그리고 자넨 그 경고에 주의를 기울여야 할 걸세."

"안 그런다면?"

"그땐 어느새 나와 결투를 벌이고 있을 걸세."

기던은 맵시있게 휘어진 암말의 꼬리와 도도해 보이는 태도가 무척이나 마음에 들었다. 이 말이 가지고 있는 생명력과 열정적인 태도는 해리엇을 연상시켰다.

"날 협박하는 건가?"

비꼬는 듯한 목소리로 몰랜드가 물었다.

"이해가 빠르군."

기던은 암말의 탄탄한 뒷다리와 볼기를 들여다보았다. 거기에도 강한 힘이 담겨져 있다고 그는 생각했다. 이 말은 먼 거리를 달리고도 멀쩡할 만큼 튼튼해 보였다.

"내 아내 주위를 얼씬거리며 집적댈 생각을 가지고 있다면 애당초 포기하길 바라네."

"이 개새끼."

몰랜드의 목소리에 담겨 있던 빈정거리는 기색은 이제 사라지고 없었다. 그의 목소리는 통제 불가능해진 분노로 인해 부글부글 끓어오르고 있었다.

"대체 자네가 뭐길래 나한테 그 따위 경고를 하는 건가?"

"난 성 저스틴이야."

기던이 부드럽게 대꾸했다.

"'블랙손 홀의 짐승'이지. 그 별명에는 자네도 부분적으로 책임이 있으니, 자네가 현명한 사람이라면 그걸 존중해야 할 걸세."

"오호, 내가 자네에게서 해리엇을 빼앗는 일에 착수했다는 걸 알고 날 협박하러 온 거로군. 물론 난 그렇게 할 수 있어, 자네도 그것 때문에 날 두려워하는 거겠지? 내가 손가락 하나만 까딱해도 그녀는 황홀해져서 내게 달려올 걸?"

"아니."

기던은 여전히 암말에서 시선을 떼지 않으며 말했다.

"착각하지 말게. 그녀는 자네에게 가지 않아."

"그걸 그렇게 확신한다면, 왜 군이 협박 따위를 일삼는 거지?"

몰랜드가 닦달하듯 물었다.

"그녀가 자네로 인해 곤란한 지경에 처하는 걸 원치 않기 때문일세, 몰랜드."

기던은 암말을 끌고 가는 마부에게 손짓을 했다.

"자, 실례해야겠네. 말을 살 생각이거든."

기던은 몰랜드가 존재하지도 않는 양 눈길 한 번 주지 않은 채 천천히 걸음을 옮겼다. 기던은 그러한 말없는 모욕이 몰랜드에게 협박 자체보다 더 심한 분노를 안겨주리라는 것을 잘 알고 있었다.

기던은 몇 가지 볼일을 마친 후 해리엇에게 암말에 대해 애기해 주려고 집으로 돌아왔다. 하지만 그녀는 이미 훔볼트의 박물관을 관람하러 나가고 없었다. 선물을 공개해 그녀를 놀래켜 주기 위해 그는 한참을 기다려야 할 판이었다. 그러나 그것에 대해서만큼은 그의 인내심을 발휘할 수가 없었다. 그는 자신이 그녀의 반응을 무척이나 고대하고 있었음을 깨달았다.

기던이 아울에게 고함을 지르자 아울도 되받아서 소리를 쳐댔다.

"훔볼트 씨의 박물관이라고?"

기던이 되풀이했다.

"네, 주인님. 매우 들떠 계신 것 같았습니다. 하나님이나 그 이유를 아실까, 저는 곰팡내 나는 낡은 뼈를 수집하는 게 뭐 그리 흥미로운지 전혀 상상이 가질 않습니다요."

"자네가 계속 내 밑에서 일하려면 그런 일에 대한 저스틴 자작부인의 열정에 익숙해져야 할 걸세, 아울."

"저도 그렇게 결론을 내렸습니다요."

기던은 서재 쪽으로 다가가다가 문득 멈춰섰다.

"잊지 않고 하녀나 종복 하나를 데려갔는가?"

"아닙니다요. 하지만 그 일은 제가 맡아 처리했지요. 하녀를 함께 딸려보냈습니다."

"잘했어. 자넨 믿고 의지할 만한 사람이라는 걸 알고 있었네, 아울."

기던은 다시 서재 쪽으로 걸음을 옮겼다.

"아마 오늘 오후에 도브즈 씨가 방문할 걸세. 그가 도착하면 곧장 내게로 안내를 해주게나."

"네, 주인님."

도브즈는 15분 후에 도착했다. 언제나처럼 말쑥하지 못한 차림이었다. 그는 짓눌러진 모자를 훌쩍 벗고는 지나치게 예의바르고 익숙한 태도로 기던의 건너편에 앉았다.

"안녕하십니까, 경? 경께서 요구하신 명단을 가져왔습니다."

도브즈가 한 묶음의 서류를 내밀었다.

"명단을 모두 구하는 건 불가능했습니다. 어떤 건 분실되거나 파손된 상태였거든요. 하지만 꽤 많은 숫자를 손에 넣을 수 있었습니다."

"좋아, 좀 보여주게나."

기던은 책상 위의 도브즈가 건넨 손님 명단을 펼쳤다. 그는 사교계의 시즌이 이루어지는 동안 강도를 당한 여러 집을 방문했던 사람들이 적힌 명단을 자세히 들여다보았다.

"그런 집들을 방문하고 그 동굴에 대해 자세한 정보를 가지고 있는 사람들의 이름을 추려내는 건 쉬운 일이 아닐 겁니다, 자작님."

도브즈가 몸짓으로 명단을 가리켰다.

"수백 명의 이름을 살펴봐야 할 겁니다. 호사가들은 큰 파티를 열고자 하니까요."

"시간이 꽤 걸릴 것 같군."

기던이 명단 한 장에 손가락을 대고는 밑줄을 그어내려갔다.

"우리가 찾아내려는 사람이 화석 수집가일 거라는 강한 예감이 드네."

"꼭 화석 수집가일 필요는 없지요, 경."

도브즈가 말했다.

"어퍼 비들턴에서 자랐거나 그곳을 방문할 이유를 가지고 있던 누군가일 가능성도 간과할 순 없거든요.”

기던은 고개를 저었다.

“우연한 방문객이라면 우리가 물건을 발견한 그 동굴을 알 만큼 그곳의 동굴들을 자세히 알지 못했을 걸세. 그곳을 잘 알고 있는 사람이라면 누구라도 그 동굴을 선택했을 거야. 그리고 누구든 그곳의 동굴에 들어가는 한 가지 이유는 화석을 찾기 위해서야.”

“그 말씀을 듣고 보니 또 그럴싸하군요. 저, 그렇다면 전 이걸 여기에 두고 가서 다음 행동에 대한 경의 전갈을 기다리고 있겠습니다.”

“고맙네, 도브즈. 자넨 그 동안 무척 도움이 되었네.”

키작은 도브즈가 일어서자 기던은 힐끗 위를 쳐다보았다.

“그 많은 명단을 어떻게 손에 넣었나?”

도브즈의 얼굴에 만족스런 웃음이 피어올랐다.

“훔친 물건을 돌려주는 보상의 일부로 명단을 원한다고 했죠. 그들이 잽싸게 명단을 건네더군요.”

기던이 웃음을 지었다.

“자네에게 현금으로 보상을 하는 것보다 훨씬 싸게 먹히리라는 판단이었겠지.”

“상류 사회 사람들은 좋은 말이나 훌륭한 보석에 돈을 지불할 때는 잽싸지만, 저 같은 평민의 일 처리에 대해 돈을 지불할 일이 생기면 완전히 인색해져버리는 경향이 있죠.”

도브즈가 찌그러진 모자를 머리에 탁 눌러썼다.

“하지만 이번에 경을 도우면서, 전 그리 힘들이지 않고도 보상을 받게 되리라고 기대하고 있습니다. 이런저런 점검을 좀 해보았습죠. 그런 종류의 일에 대한 경의 명성은 괜찮은 편이더군요. 모두들 경이라면 청구한 돈을 지불하면서 조금이라도 적게 주려고 거래인들에게 둘러대거나 하지는 않을 거라고 하더군요."

기던이 눈썹을 치커 올렸다.

"어디에선가 훌륭한 명성을 유지하고 있다는 얘기를 듣게 된다면 누구든 기분이 좋아지는 법이지."

"제가 몸담고 있는 세계에서 중요한 명성이란 회계 문제를 깨끗이 해결해 주느냐 하는 것뿐입니다."

훔볼트의 박물관은 입장료를 받을 만한 가치가 있을 정도로 압도적이었다. 화석과 해골, 박제한 동물들, 기이한 식물 화석들을 모아놓은 그의 수집품들은 런던 시내에 자리잡고 있는 그의 집 천장에서 바닥까지 가득 채워져 있었다.

각 방마다 빈 공간이라고는 눈곱만치도 찾아볼 수가 없었다. 그의 침실조차도 먼지 낀 해골들과 해양 화석들, 구색을 갖춘 다른 물건들로 가득찬 진열장과 상자들로 발디딜 틈이 없었다.

해리엇은 어마어마한 박물관의 크기를 깨닫고는 온몸을 흥분시키는 짜릿한 전율을 느꼈다.

"여기 좀 봐, 베스."

하녀를 부르는 그녀의 목소리에는 감탄의 빛이 역력했다. 그녀는 자신이 보석보다 더 귀하게 생각하는 화석들로 가득찬 지하층에 쭉 늘어선 여러 개의 방을 쳐다보며 서 있었다. 방문객들이 이 방에서 저 방으로 자유로이 돌아다니며 코뿔소의

해골과 박제한 뱀의 생기없는 몸뚱이를 들여다보고 탄성을 질러댔다.

"멋져, 너무 멋져."

베스는 호기심어린 눈길로 첫 번째 방을 힐끔 들여다보았다. 그러나 곧 커다란 상어의 해골이 눈에 들어오자 흠칫 어깨를 떨었다.

"저도 함께 가야 하나요, 마님? 이것들을 보니 온몸에 소름이 돋아요."

"그래? 그럼 홀에서 기다리고 있도록 해. 나 혼자서 박물관을 구경하고 올 테니까."

"감사합니다, 마님."

베스는 드문드문 오가는 방문객들로부터 입장료를 받고 있는 젊은이에게 주의를 돌렸다. 그 젊은이와 눈이 마주친 그녀는 그에게 포근한 미소를 던졌다. 젊은이가 대담하게 윙크를 하며 히죽 웃었다.

"저 방에는 뭐가 있죠?"

두 사람의 행동을 못본 척하고 해리엇은 폐쇄된 층계 옆의 문을 가리켜 보였다. 젊은이가 그녀를 힐끔 쳐다보았다.

"거긴 훔볼트 씨의 사적인 서재입니다, 마님. 그 분을 제외하고는 아무도 들어갈 수 없어요. 하지만 이 집에서 방문객들에게 폐쇄된 방은 그곳뿐입니다."

"알겠어요."

해리엇은 층계 쪽으로 걸어갔다.

"그렇다면 그 방에만 들어가지 않으면 괜찮은 거죠? 베스, 난 이 집의 꼭대기 층에서 시작해 곧장 지하층으로 내려올 테니까 여기에서 기다리고 있어.”

그녀는 3층으로 올라가 전시품으로 가득 들어찬 첫 번째 방으로 뛰어들었다.

그곳은 천국이었다.

이 박물관에는 다른 방문객들이 매우 드물었기 때문에 해리엇의 앞길을 방해하는 사람은 없었다. 이 커다란 저택의 꼭대기 층에서 지하층인 맨 아래층까지 구경하기까지 시간은 빠르게 흘러갔다.

해리엇은 주로 이빨 화석을 찾고 있었지만, 멋진 전시물들에 마음을 빼앗겨 오랫동안 멈춰서 있곤 했다.

그녀는 한 전시 상자에서, 전에 보았던 것과는 전혀 다른 종류의 잘 보존된 성게 화석을 발견했다. 그 안에는 매우 흥미로운 여러 가지 다른 해양 화석들도 들어 있었다. 다른 상자 안에 들어 있는 다양한 화석 파편들이 상당히 오랫동안 그녀의 주의를 붙들었다.

모든 방에 있는 모든 캐비닛의 모든 서랍을 다 훑어보려면 그녀에게 예속되어 있는 모든 시간을 다 투자해도 모자랄 것 같다는 생각이 들었지만 해리엇은 하나도 놓치고 싶지 않았다.

그녀는 서랍을 열거나 유리 상자를 들여다볼 때마다 어퍼비들턴에서 발견한 것과 같은 종류의 이빨을 발견하게 될지도 모른다는 기대에 부풀어 있었다. 조금이라도 운이 있다면 그것이 어느 종에 속해 있는지 알게 될 가능성도 있었다. 아마 다른 누군가가 과거에 이미 그것을 식별해 놓았는지도 알게 될 터였다.

해리엇은 마지막에 둘러볼 수 있도록 지하층은 남겨두기로 했다. 실제적인 가정집에서는 지하실을 부엌이나 하인들이 거처하는 곳으로 사용하겠지만, 훔볼트는 그곳을 박물관을 위한 일련의 보관실로 변모시켜 놓고 있었다.

층계를 내려가던 해리엇은 문득 주위에 아무도 남아 있지 않다는 것을 깨달았다. 박물관 안에는 오직 그녀 혼자뿐이었다.

그건 그녀에게 완벽하게 어울리는 상황이었다.

그녀는 두 개의 전시장을 모두 둘러보았지만 여러 개의 상자를 제외하고는 아무것도 발견한 것이 없었다. 하지만 홀의 끝에 나 있는 마지막 방의 문을 열었을 때 해골들로 가득찬 방을 발견하고야 말았다. 그곳은 방안을 온통 휘젓고 있는 그림자 때문에 너무 어두웠다. 하지만 방의 주인처럼 딱 버티고 있는 해골들 중 일부는 매우 컸다.

그 해골들을 자세히 살펴보기에는 방안의 조명이 그다지 밝지 않았다. 문앞에 나 있는 복도의 벽에 붙어 있는 촛대에는 달랑 두 개의 촛불만이 파닥거리고 있었다. 해리엇은 그 중 하나를 들고 안으로 들어갔다. 그녀는 촛불을 사용해 암실 벽에 걸린 촛대에 반쯤 남아 있는 가느다란 초에 불을 붙였다. 이 방을 들락거리는 사람들이 그리 많지 않다는 것을 한눈에 알 수 있었다.

암실은 어두울 뿐만 아니라 춥기까지 했다. 모든 물건에 두꺼운 먼지가 내려앉아 있었지만, 해리엇은 그런 것에는 아무런 신경도 쓰지 않았다. 먼지와 때는 수집하는 화석의 일부분이었던 것이다.

이 어두운 방에서 제일 먼저 눈에 들어온 것은 여러 줄로 늘어서 있는 높은 캐비닛이었다. 캐비닛 하나하나에는 수십 개의 서랍이 달려 있었다.

이러한 크기의 서랍에서는 특정 종류의 이빨을 발견할 만한 확률이 클 거라는 생각이 들자 해리엇은 기분이 좋아졌다.

하지만 캐비닛 조사를 시작하려 할 때 여기저기 널려 있는 이상한 유골들이 눈에 띄자 그녀는 잠시 멈춰서서 들여다보았다. 한쪽 통로 끝에 있는 캐비닛에는 커다란 돌덩어리 하나가 얹혀져 있었다. 해리엇은 돌덩어리 속에 끼워져 있는 아름답지만 약간 흐릿한 윤곽의 기묘한 등뼈 물고기를 자세히 들여다보았다.

같은 통로를 따라 더 멀리에는 지느러미와 다리의 형태를 갖춘 먼지 낀 여러 개의 기괴한 생물 뼈가 보였다. 그녀는 그렇게 생긴 것은 전혀 본 적이 없었다.

그녀는 한쪽 구석에 덩그라니 놓여 있는 의자를 발견하고 기묘한 화석이 들어 있는 캐비닛 가운데 하나로 끌어당겼다. 그리고는 그 뼈를 더 자세히 살펴보기 위해 의자 위로 올라갔다.

그녀가 이상한 형태의 지느러미를 만져보려고 앞으로 몸을 기울이자 먼지가 구름처럼 위로 피어올랐다. 그때 그녀는 지느러미를 해골에 고정시켜 주고 있는 여러 개의 조그만 핀을 발견했다.

"아하."

그녀는 만족스럽게 중얼거렸다.

"위조품이군, 그럴 줄 알았다구. 훔볼트 씨가 지하에서 잠자고 있던 널 이 세상으로 이끌어왔을 거라고 생각할 사람은 아무도 없을 거야."

그녀는 자신의 본래 모습을 잃은 채 이상한 괴물 모습으로 변해버린 위조 화석에다 대고 중얼거렸다.

"그 불쌍한 양반은 아마 널 위해 상당한 돈을 지불했을 거야. 결국 언젠가는 사기꾼에게 당한 걸 알게 될 테지만 말야."

그녀는 의자에서 내려오면서 노란 외투에 보기 싫게 묻어 있는 먼지 얼룩을 발견했다. 그제서야 좀 늦은 감이 있었지만 앞치마를 가져올 걸 그랬다는 후회가 들었다.

다음 번에 올 때는 꼭 가지고 와야겠어.

그녀가 매우 이상하게 생긴 물고기의 화석을 들여다보기 위해 뒤꿈치를 들고 서 있는데 등뒤에서 문이 열리는 소리가 들렸다. 그러더니 문이 매우 천천히 닫혔다.

해리엇은 단순히 박물관을 방문한 다른 손님이 훔볼트의 마지막 보관실로 들어가는 길을 발견했으리라고 생각했다. 새로 들어온 사람이 그녀가 서 있는 높은 캐비닛의 통로로 내려오기 시작할 때까지 그녀는 아무런 주의도 기울이지 않았다.

"그 동안 잘 지냈나요, 해리엇?"

브라이스 몰랜드가 통로의 저쪽 끝에서 해리엇을 향해 다가오고 있었다.

해리엇은 그 자리에 얼어붙어 전혀 움직일 수가 없었다. 훔볼트 박물관에서 그의 목소리를 듣게 된 것이 너무 당황스러웠던 것 때문만은 아니었다. 그 목소리에 담겨 있는 험악한 느낌 때문이었다. 그녀는 고개를 돌리고 그를 쳐다보았다.

"브라이스 씨, 대체 훔볼트 씨의 박물관에서 뭘 하고 계신 거예요? 화석에 관심을 갖고 계신지는 몰랐어요.”

“관심이 있는 건 아니오.”

몰랜드가 미소를 지었지만, 그림자 속에 어슴푸레 가리워
있는 그 웃음은 천사의 부드러운 얼굴을 서투르게 흉내내려
하는 표정 그 자체였다.

“하지만 당신에게는 무척 큰 흥미를 느끼고 있소, 해리엇.”

스멀거리는 두려움이 해리엇의 등뼈를 타고 흘렀다.

“무슨 말씀을 하시는 건지 잘 모르겠군요.”

“그래요? 하지만 걱정할 건 없소, 곧 이해하게 될 테니까.”

그가 그녀 쪽으로 통로를 따라 내려오기 시작했다. 벽에 걸
린 촛대에서 흘러 나오는 희미한 불빛이 그의 금발을 비춰주
었지만, 그림자 속에 가려진 그의 얼굴은 윤곽만 나타나고 있
었다.

해리엇은 본능적으로 뒤로 한 걸음 물러났다. 그녀는 불현
듯 커다란 공포를 느꼈다.

“실례가 되겠지만 전 이제 가봐야겠습니다, 경. 너무 많이
늦은 것 같군요.”

“사실 매우 늦었소. 이 박물관은 10분 전에 닫혔소.”

해리엇은 눈을 동그랗게 떴다.

“어머나, 정말 시간이 많이 지났군요. 제 하녀가 절 기다리
고 있을 거예요.”

“당신 하녀는 입장권을 파는 젊은이와 희희덕거리느라 정
신이 없소. 둘 다 당분간 우리를 찾을 생각은 못할 거요.”

“그래도 이제 떠나겠어요.”

해리엇이 턱을 치켜 올렸다.

“옆으로 비켜주시죠, 경.”

하지만 몰랜드는 좁은 통로를 따라 천천히 그녀를 향해 걸어왔다.

“아직은 안되오, 귀여운 해리엇. 아직은 안돼. 오늘 당신 남편을 봤다는 얘기를 해야겠군요.”

“그러셨나요?”

해리엇은 천천히 뒤로 물러났다.

“우린 즐거운 대화를 나누었소. 그런데 그가 나더러 당신을 가까이 하지 말라고 하더군요.”

몰랜드의 눈동자가 분노로 이글거렸다.

“그는 당신이 내게 마음을 빼앗기고 있다는 걸 알고 있소.”

“착각이 심하시군요.”

해리엇은 한 발짝 더 물러섰다.

“그건 사실이 아니에요. 당신도 아시잖아요, 브라이스 씨?”

“오, 그건 사실이오. 애써 부인하려 하지 말아요. 당신은 데어드레와 똑같소. 그녀도 날 거부하지 못했지.”

“당신 미쳤어요? 무슨 말을 하고 있는 거죠?”

“물론 당신과 데어드레 얘기지. 성 저스틴은 그녀를 잃었고 이제 당신도 잃게 될 거요. 그의 자존심이 이번에는 완벽하게 부서질 거야. 그는 항상 빌어먹게 거만하고 오만했소. 런던의 모든 사람들이 그의 등뒤에서 수군거리는데도 말이오. 하지만 이번에는 과거와 다를 거야, 결코 소문을 참아낼 수 없게 만들어주겠어.”

“무슨 짓을 하려는 거예요?”

해리엇이 소리쳤다.

"내 씨앗을 당신의 몸에 심어주려는 거지. 데어드레에게 심어주었던 것처럼 말야."

몰랜드가 조용하게 말했다.

"데어드레는 보다 행복하게 유혹당했소. 반면에 당신은 어느 정도 설득이 필요할 것 같군, 음?"

해리엇이 그를 쳐다보았다.

"난 절대로 당신에게 항복하지 않을 거예요. 당신이란 인간은 정말이지 어쩔 수가 없군요. 어떻게 그런 상상을 할 수 있죠?"

몰랜드가 고개를 끄덕였다. 그는 꽤 유쾌해 보였다.

"그렇다면 설득으로 안되겠군. 약간의 완력이 필요하겠어. 좋아, 난 그 방법을 더 좋아하지, 당신도 알다시피 말야. 그렇지 않아도 내게 앙탈을 부리는 여자를 본 적이 없기 때문에 아쉬웠던 판이었는데 잘됐군. 여자들은 하나같이 너무나 쉽게 내 침대로 쓰러졌거든."

"어떻게 감히?"

해리엇이 낮게 중얼거렸다.

"그런 건 별로 어려운 일이 아니었지. 난 오랫동안 이번 기회를 기다려왔어. 오늘 아침 당신 남편과 불쾌하고 짤막한 대화를 나눈 뒤, 난 당신을 찾아다녔지. 난 때가 온 거라고 생각했어, 오늘 당신을 갖게 되리라는 걸 알았지. 성 저스틴이 날 무척, 무척 화나게 했거든."

"날 뒤쫓아왔다구요?"

"물론이지. 당신이 이 안으로 들어가는 걸 보자마자, 난 이곳이 내가 원하는 기회를 줄 수 있을지 탐색해 보려고 마음먹었어. 다행스럽게도 이곳은 그런 기회를 가질 만한 기회도, 장소도 아주 많더군. 게다가 이 방의 열쇠는 문 바로 바깥에 꽂혀 있었어."

몰랜드가 주머니에서 육중한 철제 열쇠를 꺼내 킬킬거리며 자랑삼아 보여주었다. 그러더니 외투 주머니에 도로 집어넣었다.

"비명을 지르겠어요."

"아무도 당신 목소리를 듣지 못할 거야. 이 방의 벽은 돌로 만들어진 데다가 무척 두껍지. 그리고 이젠 아무도 층계를 내려오지 않을 거라구. 이곳은 이미 닫혔으니 말야."

해리엇은 몇 걸음 더 뒤로 물러났지만 이미 거의 통로 끝이었다.

조금만 더 가면 마지막 캐비닛의 모퉁이를 돌아 그 다음 통로로 뛰어올라갈 수 있을 거야.

그 다음에 어떻게 해야 할지는 알 수 없었지만, 그녀에게 필요한 건 뭔가 생각이 나리라는 낙관적인 확신이었다. 하지만 그 사이에 몰랜드를 저지해야 했다.

"성 저스틴에게 복수하는 일에 왜 그렇게 집착하는 거죠?"

해리엇이 물었다.

"그가 도대체 당신에게 무슨 짓을 했다는 건가요?"

"그가 무슨 짓을 했냐구?"

평소에는 대천사처럼 보이던 브라이스의 잘생긴 얼굴에 분노로 일그러진 표정이 스쳤다.

"그는 태어날 때부터 모든 걸 가지고 있었어. 항상 그랬지. 하지만 내겐 아무것도 없었어, 아무것도, 단 한 가지도 말이야. 내 가족과 그의 가족은 여러 해 동안 이웃에 살았지. 난 자라면서 그와 그의 형이 모든 걸 손에 넣는 걸 지켜보아야 했어. 말과 마차와 옷과 학교 따위 말이지.”

“브라이스 씨, 내 말 잘 들어요.”

“그게 어떤 건지 당신은 알아? 아니, 물론 당신은 모르지. 상류 인사들은 블랙손 홀을 방문했어. 모두들 하드캐슬 백작의 마음에 들려고 아부를 떨었지. 그런데 난 어땠는지 알아? 난 하드캐슬 무도장에 초대된 것만으로도 감사를 느껴야 했어.

난 지방에서 열리는 사냥 대회에 합류해 달라는 요청을 받을 만큼 운이 좋았지. 내 부모는 한낱 시골 귀족에 불과했거든. 부모님은 하드캐슬 백작 앞에 머리를 조아린 채 엎드려서는 아첨을 해댔지. 하지만 난 절대로 그 사람이나 그의 아들들에게 머리를 조아리지 않았어. 난 그들과 동등했다구.”

“당신은 왜 성 저스틴이 세상의 모든 걸 소유한 사람이라고 단정하는 거죠?”

해리엇이 다그쳤다.

“그의 미래에는 백작 작위와 거대한 재산이 기다리고 있어, 하드캐슬 가의 모든 것을 물려받을 상속인이라구. 하지만 난 필요한 돈을 쥐기 위해 재산 빼면 시체 같은 그런 보잘것없는 상인의 딸과 결혼해야 했어. 그건 공정한 게 아니야.”

“당신은 그의 친구라고 했잖아요.”

몰랜드가 보기 좋은 모양의 어깨를 달싹여 보였다.

“그의 집단에 있는 친구들은 나와 같은 위치에 있는 사람에게 매우 유용하거든. 성 저스틴 같은 친구들은 최고의 클럽과 최고의 객실과 최고의 침대에 들어갈 수 있으니까. 난 성 저스틴 같은 그런 부류의 친구들을 얻는 걸 하나의 소중한 습관으로 만들었어. 하지만 성 저스틴은 더 이상 특별히 유용하다 싶을 만한 게 없었지. 그리고 그는 내 성질을 건드렸어."

해리엇이 그를 쳐다보았다.

"당신은 자신이 그보다 더 우수한 사람이라고 믿고 있군요, 그렇죠? 그가 부유하고 지위가 높은 반면 당신은 그보다 훨씬 더 영리하고 잘생기고 더 매력이 있다고 여기고 있어요."

"이제야 당신 입에서 진실된 말이 나오는군."

"하지만 당신은 그가 앞으로도 영원히 당신보다 훨씬 더 나은 사람이 될 거라는 사실을 알고 있기 때문에 그를 미워하고 있는 거예요. 그리고 그를 더 우수하게 만드는 건 그의 재산이나 작위 같은 사회적인 위치가 아니라는 것, 그건 당신이 평생 발버둥쳐도 절대로 소유하지 못할 것이라는 게 기던을 증오하는 이유일 거예요. 내 말이 맞지 않나요, 브라이스 씨?"

"그것도 썩 그럴듯한 이유가 될 것 같군, 귀여운 해리엇."

"내게 상처를 준다고 해서 당신의 모든 문제가 해결될 것 같아요? 당신이 기던보다 우월하다는 걸 뭘로 증명할 거죠?"

브라이스의 눈동자가 반짝거렸다.

"내가 성 저스틴의 여자를 그에게서 빼앗아갈 수 있었다는 걸 또 한 번 증명해 줄 거야. 당신을 손에 넣고 나면 성 저스틴이 자기 여자라고 생각했던 두 여자를 모두 내가 가졌다는 사실만으로도 난 만족감을 느낄 거라구. 물론 그게 그다지 큰 만족을 주는 건 아니지만, 난 그 놀이를 즐기지."

"당신은 바보예요, 브라이스 씨. 당신이 날 공격하려 했다

는 걸 성 저스틴이 알게 되면 어떻게 나올지 생각해야 한다구
요.”

“오, 당신이 우리의 짧은 밀회에 대해 그에게 얘기하리라고
는 생각하지 않소, 부인.”

브라이스가 다 알고 있다는 표정을 던졌다.

“여자들이란 대개 다른 남자와 함께 있었다는 걸 고백하지
않는 법이니까, 강제로 끌려갔더라도 말이야. 여자들은 비난
받는 걸 죽는 것보다 더 두려워하지. 그리고 ‘블랙손 홀의 짐
승’과 결혼한 여자라면 어느 누구도 그에게 정조를 지키지 못
했다는 걸 절대 고백하지 못할 거야. 너무 두려워서 그렇게
하지 못할 걸? ‘짐승’은 분명히 그 여자를 적대시할 테니까.”

해리엇은 손가락으로 마지막 캐비닛의 끝부분을 더듬거렸
다.

“난 성 저스틴에게 진실을 밝히는 걸 두려워하지 않을 거예
요. 그는 날 믿을 거고 분명히 내 대신 복수해 줄 거라구요.”

“오호, 순진한 해리엇. 다시 한 번 생각해 봐, 당신을 죽일
가능성이 훨씬 더 크다구.”

브라이스가 둘 사이의 거리를 좁히며 말했다.

“하긴, 당신이 그걸 알 만큼 현명하지 못하다는 게 당신 잘
못은 아니지. 그는 자기의 새 신부가, 그토록 자랑스럽게 사교
계에 내놓았던 여자가 이미 정숙하지 못한 짓을 저질렀다는
걸 알면 참지 못할 거요.”

“당신은 그에 대해서 아무것도 알지 못해요.”

갑자기 해리엇이 열지어 있는 캐비닛의 모퉁이를 휙 돌았
다.

브라이스는 그런 그녀를 비웃으며 쳐다보았다. 사악한 불길이 담긴 눈동자였다.

해리엇은 캐비닛의 두 번째 통로로 달아났다. 브라이스는 그녀의 바로 등뒤에 있었다. 그가 성큼 두 걸음만 내딛으면 그녀는 그에게 붙잡히고 말 것이다.

순간 위조된 화석을 관찰할 때 사용했던 의자가 해리엇의 눈에 들어왔다. 의자는 통로 한가운데에 그대로 놓여 있었다. 그녀는 의자로 훌쩍 뛰어올라 캐비닛 위로 기어올라갔다. 바로 그때 브라이스가 그녀의 치맛자락을 움켜쥐었다. 하지만 그는 그녀를 놓쳤다.

해리엇은 캐비닛에서 캐비닛으로 건너뛰었다. 해골과 대퇴골과 척추골들이 아래쪽의 통로로 흩어져내렸다. 브라이스가 통로를 따라 쿵쾅거리며 뛰었다. 그녀가 출입문 쪽으로 가려 할 때 그녀를 붙잡으려고 하는 게 분명했다.

"이제 내려와도 괜찮아, 앙증맞은 년. 이 짓을 끝낼 수 있는 유일한 방법이 있어."

이제 브라이스의 목소리에는 위험 천만한 성적인 흥분이 섞여 있었다.

해리엇은 그의 말을 무시했다. 그녀의 목표물은 통로의 마지막 캐비닛 꼭대기에 놓여 있는 커다란 돌덩이였다. 거기에는 커다란 등뼈 물고기의 화석이 새겨져 있었다. 그녀는 돌덩이가 너무 무거워서 들어올리지 못할 정도가 아니기를 기도했다.

브라이스는 그녀의 의도를 전혀 눈치채지 못한 것 같았다. 여자가 자신을 보호하기 위해 그런 수단을 쓴다거나 그런 생각을 한다고 해도 그럴 만한 힘이 있을 거라는 생각은 추호도 하지 못할 것이었다.

하지만 해리엇은 오랫동안 딱딱한 바위에서 화석을 파내곤 했다. 그녀는 나무 메와 끌을 휘두르며 여러 시간을 보내기도 했으며 자신이 약골이 아니라는 것을 알고 있었다.

그녀는 돌덩이를 움켜쥐고 그가 그녀의 발목을 그러쥘 만큼 올라온 순간 브라이스의 금발머리를 향해 내리쳤다.

브라이스는 마지막 순간에야 사태를 짐작한 모양이었다.

"빌어먹을 년, 안돼."

브라이스가 뒤로 떨어져내리면서 내지른 고함소리가 방안에 울려퍼졌다.

하지만 너무 늦어버린 후였다. 그는 육중한 돌덩이의 충격을 피하지 못했다. 공교롭게도 돌덩이는 그의 머리를 내리치고 어깨를 무겁게 쾅 친 후 요란한 소리를 내며 바닥으로 떨어졌다.

기우뚱거리던 브라이스가 이내 바닥으로 넘어졌다. 그는 눈을 감은 채 미동도 하지 않고 누워 있었다. 이마에 엉겨붙은 머리카락 속에서 피가 새어나왔다.

끔찍한 침묵이 뼈로 가득찬 어두컴컴한 방을 메웠다.

해리엇은 캐비닛 꼭대기에 선 채 입을 다물지 못하고 숨을 들이쉬었다. 심장이 두근거리고 손가락이 떨렸다. 그녀는 브라이스를 내려다보았다. 잠시라도 이성적으로 생각할 수가 없었다.

그러다가 그녀는 억지로 캐비닛 꼭대기에서 기어내려왔다. 그녀는 브라이스에게로 다가가는 게 두려웠다. 그가 죽은 건지 살아 있는 건지 도무지 알 수가 없었으며 알아보고 싶지도 않았다.

하지만 그녀에게는 그곳에서 나갈 열쇠가 필요했다.

해리엇은 여러 번 깊이 숨을 들이쉬고는 미동조차 하지 않는 브라이스에게로 다가갔다. 그가 꿈틀거리거나 눈을 뜰 기미가 보이지 않자 그녀는 그 옆에 무릎을 꿇고 앉아 열쇠를 찾기 위해 그의 주머니에 손을 넣었다.

손가락에 차갑고 육중한 철제 물건이 잡히는 게 느껴졌다. 그녀는 재빨리 그것을 꺼냈다. 손에 든 열쇠는 너무나 차가웠다. 브라이스는 여전히 움직이지 않았다. 그녀는 그가 숨을 쉬고 있는지도 정확히 알 수가 없었다.

해리엇은 더 이상 기다리지 않았다. 그녀는 출입문으로 뛰어가 자물쇠에 열쇠를 집어넣고 돌렸다.

그녀는 자유였다.

1층으로 이어진 층계를 냅다 뛰어올라가던 그녀는 모든 것이 그림자 속에 잠겨 있다는 것을 알았다. 늦은 오후의 태양을 차단시키기 위해 창문에 무거운 커튼을 드리워놓았던 것이다.

갑자기 홈볼트의 서재 문이 열리면서 구부정하고 구레나룻이 짙은 한 형체가 마치 커다란 거미처럼 문께에 모습을 드러냈다. 그 형체가 그녀에게 험악하게 고함을 질렀다.

"이봐, 왜 이렇게 늦게…… 어? 당신은 내 저녁을 가져온 요리사가 아니잖아. 대체 여기서 뭘 하고 있는 거지? 모든 방문객들은 지금쯤 가고 없어야 하는데 말야."

"막 가려던 참이었어요."

"뭐라구? 큰 소리로 말해봐, 아가씨."

그가 잘 듣기 위해 귀에 손을 갖다 댔다.

"금방 가려던 참이었다구요."

해리엇이 큰 소리로 말했다.

그가 성급하게 손을 내저었다.

"어서 가, 여기서 나가라구. 난 해야 할 중요한 일이 있어. 빌어먹을 방문객을 맞이하기엔 너무 늦었다구. 더 많은 화석을 구입할 돈이 필요하다는 사실 때문이 아니라면, 난 절대 아무도 이 집에 들여놓지 않을 거야. 아마추어나 호기심에 들뜬 탐구자들은 질색이야. 전부 바보들뿐이니까."

발을 쿵쿵 구르며 서재로 돌아간 훔볼트는 쾅 소리가 날 정도로 세차게 문을 닫았다.

해리엇은 몸이 떨려왔다. 그녀는 재빨리 치맛자락에 묻어 있는 먼지를 털어냈다. 그리고는 박물관의 대문을 열고 거리로 나섰다.

베스가 마차 옆에서 기다리고 있었다. 그녀는 마부가 하는 말을 듣고는 뭐가 그리 재밌는지 깔깔 웃고 있었다. 입장료를 받던 젊은이도 두 사람과 함께 있었다. 세 사람이 모두 고개를 돌려 해리엇을 쳐다보았다.

"떠날까요, 마님?"

마부가 공손하게 물었다.

"그래, 그래."

해리엇은 마차로 힘차게 걸어갔다.

"얼른 떠나지, 이미 집에 당도했어야 했는데."

베스가 해리엇이 입고 있는 먼지투성이의 노란 드레스와

외투를 보자 눈을 동그랗게 떴다.

"맙소사, 마님. 그 예쁜 드레스가 완전히 망가졌어요. 그 더러운 낡은 뼈 같은 게 그렇게 중요한 건가요, 옷을 망칠 정도로요? 죄송해요, 마님이 사용하실 수 있도록 제가 앞치마를 가져왔어야 하는 건데……."

"신경쓰지 마, 베스."

해리엇은 마차 안에 자리를 잡았다.

"서둘러, 얼른 집에 가고 싶어."

"네, 마님."

입장권을 팔던 젊은이가 그녀를 쳐다보았다.

"다른 신사분은 어떻게 되신 거죠? 혼자서 화석을 연구하고 싶다고 하셨던 분 말예요?"

해리엇은 차갑게 웃음을 지었다.

"모르겠어요. 제가 나올 때는 아무도 없었어요."

젊은이가 머리를 긁적거렸다.

"그럼, 아마 제가 보고 있지 않을 때 나가셨나보군요."

"그럴 거예요."

해리엇은 마부에게 떠나라는 신호를 보냈다.

"그건 우리가 걱정할 일이 아니에요."

20분 후, 해리엇은 런던 시내에 있는 집에 당도하자마자 곧바로 마차에서 내렸다. 아직까지도 남편에게 어떻게 말해야 할지 결정을 내리지 못하고 있었다.

하지만 그의 팔로 달려들어 모든 것을 애기해 주고 싶었다. 그녀는 훔볼트의 박물관에서 있었던 끔찍한 사건에 대해 누군가에게 말을 해야 했다.

다른 한편으로는 기던이 무슨 마음을 먹을지 몹시 두려웠다. 그는 아마 아내가 당한 모욕을 그냥 지나치려 하지 않을 것이다.

해리엇이 홀로 들어섰을 때 기던은 서재의 문께에서 어슬렁거리고 있었다. 그가 그녀의 먼지투성이 옷을 보고는 아주 유쾌하게 웃었다.

"당신 드레스에 묻은 먼지를 보니 훔볼트 씨의 박물관에서 무척 즐거운 시간을 보낸 모양이구려, 부인."

"매우 재미있는 경험이었어요. 당신에게 전부 얘기해 주고 싶어 죽겠어요."

장갑을 벗는 해리엇의 손가락이 떨리고 있었다.

그녀는 박물관에서의 그 끔찍한 사건에 대해 일종의 신체적인 반응을 경험하고 있었다. 온몸의 움직임이 부자연스런 느낌이었다. 그녀는 몸을 타고 흐르는 보이지 않는 떨림을 멈출 수 없을 것 같았다.

해리엇은 곧장 기던을 지나쳐 서재로 들어갔다. 관찰하는 듯한 그의 두 눈이 잠시 그녀의 얼굴에 머물더니 관대한 미소가 사라졌다. 그가 서재의 문을 닫고 돌아서서 그녀를 마주보았다.

"무슨 일이 있었던 거요, 해리엇?"

해리엇은 그에게 돌아서며 할 말을 찾아내려 애썼다. 몸이 찢어질 것만 같았다. 더 이상 자제할 수가 없었다.

그녀는 낮게 울부짖으며 기던에게로 달려가 그의 단단한 가슴에 쓰러지며 그의 다부진 몸에서 위안을 찾았다.

"오, 기던. 끔찍한 일이 벌어졌어요. 제가 브라이스 씨를 죽
였어요."

또 다른 결투

그녀에게서 모든 얘기를 끌어내기란 쉬운 일이 아니었다.
기던은 참을성을 갖고, 그녀가 위조된 화석과 물고기가 새겨
진 돌덩이와 브라이스 몰랜드를 관련시켜 두서없는 설명을 해
주는 동안 해리엇을 꼭 안고 있었다.

몰랜드의 이름이 나오자 기던은 당장 차가운 분노의 물결
에 휩쓸렸다.

"그래서 전 그에게 그 돌덩이를 던졌어요."

해리엇이 기던의 어깨에서 고개를 들었다.

"돌은 그의 머리에 명중됐구요. 피가 났어요, 기던, 아주 많
이……. 그리고는 그가 바닥으로 쓰러지고 확신할 수는 없지

만, 그가 아마 캐비닛에 머리를 찧었을 거예요. 그의 주머니에서 열쇠를 꺼내기 위해 다가갔을 때 그는 움직이지 않았어요. 기던, 우린 어떻게 해야 하죠? 브라이스 씨를 살해한 대가로 전 교수형을 받게 될까요?”

기던은 분노를 억누르기 위해 안간힘을 썼다.

“아니.”

그가 말했다.

“당신은 살해죄로 교수형을 당하지 않을 거요. 내가 그렇게 내버려두지 않겠소.”

해리엇의 어깨가 안도감으로 축 늘어졌다.

“고마워요, 여보. 그 말을 들으니 안심이 되는군요. 얼마나 걱정했는지 몰라요.”

그녀는 그가 내민 하얀 손수건을 받아들고는 눈가를 꼭꼭 눌렀다.

“소문을 피하기 위해 해외로 떠나야 할까요?”

“아니, 그럴 필요도 없을 거요.”

기던은 뱃속이 뒤틀렸다.

몰랜드가 이번에는 도가 지나쳤군.

“고마워요, 정말.”

해리엇이 손수건에 코를 풀었다.

“이런 특별한 순간에 해외로 떠나야 한다면 정말 끔찍할 거예요. 내 일을 계속하고 싶어도 어퍼 비들턴으로 돌아갈 수가 없으니 할 수도 없을 거구요. 그리고 당신은 해외에서 당신 가족의 재산을 감독하기가 훨씬 더 어려울 거예요.”

“분명히 그럴 거요.”

기던이 그녀의 어깨를 세게 틀어쥐었다.

"해리엇, 그가 당신을 해치지 않은 게 확실하오?"

그녀는 초조하게 고개를 흔들어 보이고는 또다시 손수건에 코를 풀었다.

"네, 네. 전 괜찮아요, 여보. 물론 이 드레스는 제외하고 말예요. 틀림없이 드레스가 엉망일 거예요. 하지만 그 모든 일에 대해 브라이스 씨를 비난할 수는 없어요. 사실 그가 나타났을 때 제 옷은 이미 상당히 더러워져 있었거든요."

그녀의 말은 모두 맞았다. 기던이 부드럽게 그녀의 어깨를 쓰다듬었다. 그는 그녀를 보호하지 못했던 것이다.

"용감하고 꾀 많은 내 귀여운 해리엇. 당신이 무척이나 자랑스럽소, 부인."

그녀가 간만에 밝게 웃었다.

"아무렴요. 고마워요, 기던."

"하지만 당신을 잘 돌보지 못한 내게 무척 화가 나는구려."

기던이 험상궂은 표정으로 덧붙였다.

"당신을 오늘 같은 위험에 방치해 놓은 건 다 내 잘못이오."

"그건 당신 잘못이 아니에요, 기던. 당신은 브라이스 씨가 훔볼트 씨의 박물관에 갈 거라고는 생각 못했잖아요."

해리엇은 잠시 말을 끊었다가 열띤 목소리로 계속했다.

"정말이지 훌륭한 박물관이에요. 제가 브라이스 씨를 죽이게 된 상황을 설명하느라 여념이 없어서 그 박물관에 대해 얘기할 기회가 없었던 것 같아요. 하지만 애석하게도 전 제 것과 닮은 이빨 화석을 찾지 못했어요."

기턴은 메마른 웃음을 지었다. 그는 그녀의 입술에 손가락을 대고 그녀의 말을 막았다.

"그 얘긴 나중에 해도 되오. 지금은 여기서 할 수 있는 일이 무언지 알아보러 가는 게 좋을 것 같소."

해리엇이 놀란 표정을 지었다.

"무슨 뜻이에요?"

"훔볼트 씨의 박물관으로 가서 브라이스가 죽었는지 살았는지 알아봐야겠소."

기턴이 그녀의 이마에 키스했다.

"그의 현재 상태를 알게 되면 더 자세한 계획을 세울 수 있을 거요."

"그래요, 물론이죠."

해리엇이 윗입술을 깨물었다.

"그가 살아 있을 가능성이 있을까요? 그렇다면 그는 날 살인 미수로 고발하겠죠?"

"내 생각엔,"

기턴이 부드럽게 말했다.

"몰랜드는 당신을 살인죄로 고소할 거요."

하지만 그는 당신을 고발하는 데 정신이 팔려서 자기 자신이 받을 벌은 생각도 못할 거요.

그는 속으로 중얼거렸다.

"그건 잘 모르겠어요."

해리엇이 생각에 잠긴 표정으로 이마를 찌푸렸다.

"그는 그다지 좋은 사람이 아니에요. 당신 말이 맞았어요, 그는 외모에서 풍기는 것 같은 그런 천사가 아니었어요."

“그렇소.”

기던이 그녀를 놓아주었다.

“위층으로 올라가시오, 여보. 내가 가서 브라이스를 살펴보고 돌아오리다.”

해리엇이 근심어린 눈빛을 하고 그의 팔을 만졌다.

“주의깊게 행동할 거죠, 여보? 누군가 당신을 시체 옆에서 보게 될까봐 무서워요. 그는 분명히 죽었을 거예요. 만약 그가 살아 있다면, 당신이 위험할지도 몰라요. 조금이라도 위험한 일을 당해서는 안돼요.”

“조심하겠소.”

기던이 문 쪽으로 다가갔다.

“얼마 동안 내가 옆에 없더라도 날 걱정하지는 말아요.”

해리엇이 미심쩍은 표정을 지었다.

“마음이 놓이지가 않아요, 저도 당신과 함께 가겠어요. 제가 브라이스 씨를 남겨두고 떠났던 장소를 당신에게 알려줄 수 있어요.”

“나 혼자서도 찾을 수 있소.”

“하지만 제가 당신과 동행하면 당신이 시체를 돌보는 동안 제가 망을 볼 수 있잖아요.”

그녀가 자기의 계획에 열을 올리며 말했다.

“혼자서도 아주 잘 처리할 거요. 자, 괜찮다면 해리엇, 떠나야겠소.”

그가 밖으로 나서며 그녀에게 말했다.

그녀는 마음속으로 여러 가지 생각들을 떠올리며 천천히 문으로 걸어갔다.

"여보, 그 일에 대해 생각할수록 제가 따라가는 게 좋을 거라는 예감이 들어요."

"아니라고 했잖소, 해리엇."

"하지만 당신 계획이 항상 완벽하게 들어맞는 건 아니라는 걸 저도 당신도 알고 있잖아요. 그날 밤 동굴에서 무슨 일이 일어났는지 생각해 보세요. 모든 게 당신이 절 당신 계획에 끼워주지 않았기 때문이었다구요."

"내 계획이 어긋날 때는 말이오, 부인, 당신이 갑작스럽게 끼여들 때뿐이오."

기던이 위엄있는 목소리로 말했다.

"오늘 밤만은 당신이 내가 시키는 대로 따라주면 좋겠소. 몰랜드는 내가 다룰 테니 걱정하지 말고, 당신은 곧장 당신 방으로 가서 목욕을 하고 차를 마시면서 이 일을 잊어버리도록 해요. 그리고 내가 돌아올 때까지 이 집을 떠나서는 안되오. 내 말 분명히 알아듣겠소, 부인?"

"하지만 기던……."

"내 말을 못 알아들은 것 같군. 자, 통명스럽게 말하리다. 당신이 지금 당장 저 층계를 올라가지 않는다면 내가 당신을 데리고 올라가겠소. 이제 우린 서로의 말을 이해한 거요, 부인?"

해리엇이 눈을 찡긋해 보였다.

"당신이 그런 식으로 나온다면……."

"그렇소."

그가 그녀를 안심시켰다.

해리엇은 마지못해 그를 지나갔다.

"좋아요, 여보. 하지만 제발 조심하셔야 해요."

"조심하겠소."

기던이 무뚝뚝하게 말했다.

"해리엇?"

그녀가 무슨 일인지 묻는 표정으로 뒤를 힐끔 쳐다보았다.

"네?"

"앞으로 내가 당신을 더 잘 돌볼 거라고 확신해도 되오."

"오, 그런 소심한 말씀은 하지 마세요. 당신은 이미 절 잘 돌보고 있는 걸요."

기던은 그녀가 층계를 올라가는 걸 지켜보면서 그녀의 말이 틀렸다고 생각했다. 그는 그녀를 전혀 잘 돌보지 못했으며 오늘 자신이 부주의했던 대가를 그녀가 치를 뻔했던 것이다. 하지만 한 가지는 확실했다. 몰랜드를 영원히 제거할 때가 되었다는 것.

물론 해리엇이 이미 그렇게 하지 않았다면 말이다.

초저녁의 거리는 사람들로 북적거렸다. 기던은 훔볼트의 박물관을 향해 걸어갔다.

기던이 그곳까지 걸어가기로 결정한 것은 걸리적거리는 말이나 마차 없이 보다 신속하게 길을 갈 수 있을 거라고 생각한 것 외에도 또 다른 이점이 있었다. 런던 시내를 끊임없이 오가는 사람들과 혼잡한 마차 사이를 걸어가는 것이 생각에 몰두하기가 더 쉬웠던 것이다.

성 저스틴의 말들이 사람들의 눈에 띄지 않기란 거의 불가능했다. 많은 사람들이 그의 말들을 알아보았으며, 기던은 오늘 저녁만큼은 사람들의 주의를 끌어들이고 싶지 않았다. 눈에 익은 얼굴이라도 발견한다면, 가까운 골목길이나 오솔길로 숨어버릴 생각이었다.

훔볼트의 박물관이 위치한 거리에 이르자, 기던은 골목에 서서 주위에 아무도 보이지 않을 때까지 기다렸다. 그리고 나서 그 집의 지하층에 불빛을 밝혀줄 수 있도록 땅 속으로 가라앉은 앞뜰 쪽으로 다가갔다. 다른 집과 마찬가지로 거리로 이어진 바깥 층계를 보호하는 대문과 철제 난간이 있었다.

대문을 통해 안으로 들어가려던 기던은 문이 잠겨 있는 것을 보고는 걸음을 멈춰섰다. 그는 사람이 없는지 확실히 알아보기 위해 한 번 더 주위를 힐끔 둘러보고는 난간을 훌쩍 넘어 석조 계단으로 뛰어내렸다.

하인들과 상인들의 출입구 역할을 하도록 만들어진 층계는 아래쪽의 어떤 문으로 이어져 있었는데 그 문 역시 잠겨 있었다. 기던은 그 지하층에 빛을 제공하기 위한 것으로 여겨지는 조그만 창문을 통해 안을 들여다보려 했지만, 무거운 커튼이 쳐져 있었기 때문에 그것도 여의치가 않았다.

창문을 부수고 들어가야 하는 건 아닐까 잠시 고민하다가 기던은 잠겨 있지 않은 창문 하나를 발견했다.

그는 그 창문을 열고는 창틀에 한쪽 다리를 걸쳤다. 잠시 후 그는 캐비닛과 상자와 온갖 뼈로 꽉 들어찬 어두컴컴한 방으로 내려섰다. 하지만 그곳은 해리엇이 말해주었던 그 암실이 아니라는 걸 금세 알 수 있었다.

기던은 벽에서 쑥 머리를 내밀고 있는 촛대에서 초 하나를 집어 불을 붙이고는 지저분한 방에서 나와 조그맣고 어둠침침

한 홀로 들어섰다. 홀의 끝에 있는 암실의 문이 열려 있었다.

암실로 들어서는 순간 기던은 그 방이 해리엇이 공격을 당했던 방임을 직감했다. 높은 캐비닛 사이의 통로를 하나하나 점검하는 동안 몸 속에서 차가운 분노가 끓어올랐다.

그녀가 몰랜드에 의해 이곳에 갇혔었다니.

그는 그녀가 자신을 방어할 능력조차도 없는 무력한 암사슴이라도 된 듯이 그녀를 궁지로 몰아넣은 후 공격했던 거야.

해리엇을 구한 건 그녀의 재치였어.

기던은 촛불을 꽉 움켜쥐었다. 그 순간 그는 몰랜드가 옆에 있기라도 하듯 마구 분노가 솟구쳤다.

난 해리엇이 이런 위험에 빠지는 일이 없도록 했어야 해. 난 그녀의 남편으로서의 의무를 완수하지 못했다구. 난 그녀를 제대로 돌보지 못했어.

그는 해리엇이 몰랜드에게 돌덩이를 던졌던 통로를 발견했다. 바위 같은 돌덩어리가 바닥에 놓여 있었고 덩어리의 일부분은 부서져 있었다. 그는 브라이스가 당한 자리를 확인하기 위해 무릎을 꿇었다. 괴이한 등뼈 해양 생물의 흐릿한 형상 위에 몰랜드의 피로 보이는 것이 말라붙어 있었다.

바닥 여러 군데에 검은 핏자국이 말라 있었다. 기던은 일어서서 재빨리 방의 다른 부분을 확인했다. 하지만 어디에도 몰랜드의 흔적은 보이지 않았다.

기던은 방을 떠나면서 먼지 속에 흉하게 남아 있는 시커먼 핏자국을 몇 군데 더 발견하고는 다시 홀로 내려갔다. 그리고는 곧장 아까 들어왔던 창문으로 돌아갔다. 촛불을 위로 치켜들자 창틀에 피로 낙인찍은 듯한 손자국이 보였다. 몰랜드가 이 창문을 통해 기어나간 게 확실했다. 그 때문에 이 창문만이 유일하게 잠겨 있지 않았던 것이리라.

갑자기 그 잔악한 인간을 죽였다며 공포에 떨고 있을 불쌍한 해리엇이 떠올랐다.

몰랜드는 바닥에서 몸을 일으킨 후 이 집을 몰래 빠져나갈 만큼 기운이 남아 있었던 게 분명했다.

기던은 차갑게 미소지으면서 촛불 바로 앞에 코를 대고 킁킁거렸다. 몰랜드가 죽지 않았다는 사실에 그는 뿌듯한 만족을 느꼈다. 몰랜드를 위한 다른 게임을 시작할 기회를 잃지 않았다는 것이 무척이나 기뻤던 것이다.

20여 분 후, 기던은 시내에 있는 브라이스의 조그만 집 계단을 올라가 초인종 소리를 듣고 나온 가정부에게 자신의 신분을 밝혔다. 가정부는 앞치마에 손을 닦으면서 연신 그의 흉터를 멍하니 쳐다보았다.

"누구에게든 집에 안 계신다고 하시랬어요."

여자가 중얼거렸다.

"반 시간 전쯤 오셨는데 직접 그렇게 말씀하셨죠. 집으로 오신 직후에요. 사고를 당하셨대요."

"고맙군."

기던은 놀라는 여자를 옆으로 밀치며 홀을 향해 걸음을 옮겼다.

"내가 직접 전하겠네."

"이봐요, 나리."

가정부가 투덜거렸다.

“전 명령을 받았다구요. 주인어른께서는 지금 기분이 별로 좋지 않으세요. 서재에서 쉬고 계신다구요.”

“그 사람의 기분은 걱정하지 마, 내가 그를 끝장내고 나오면 훨씬 더 기분이 안 좋아질 테니까.”

기던은 복도 왼편에 있는 첫 번째 문을 열어보고는 자신의 추측이 정확했다는 사실에 만족해했다. 그는 성난 사자 같은 걸음걸이로 서재 안으로 들어갔다. 하지만 오늘 목표로 한 사냥감의 흔적은 보이지 않았다. 그때 브라이스가 난로 쪽으로 향하고 있는 흔들의자의 반대편에서 입을 열었다.

“여기서 꺼져.”

브라이스는 서재로 들어온 자가 누구인지 뻔히 알 수 있다는 듯 고개를 돌리지도 않고 투덜거렸다.

“빌어먹을 여편네 같으니라고. 방해받고 싶지 않다고 했잖아.”

“하지만 내가 원하는 건 말야, 브라이스,”

기던은 매우 부드럽게 말했다.

“자네를 방해하는 것이네. 그것도 아주 대단히 말야.”

브라이스가 앉아 있는 의자 쪽에서부터 밀려오는 충격의 파문으로 그렇지 않아도 적막하던 방안의 침묵이 한층 더 깊어졌다. 잠시 후 브라이스가 의자에서 몸을 일으키고는 홱 돌아서서 기던을 마주보았다. 그의 손에 들린 브랜디 잔이 흔들리며 술이 카펫으로 튀었다.

브라이스의 얼굴 모습은 더 이상 대천사의 것이 아니었다. 세심하게 손질해 두었던 금발은 심하게 흐트러져 있었고, 이마에는 피가 말라붙어 있었으며 눈에는 흥분으로 들뜬 표정이 담겨 있었다. 그가 떨리는 손가락으로 브랜디 잔을 내려놓았다.

"성 저스틴, 자네였군. 도대체 여기서 뭘 하는 건가?"

"굳이 관대한 주인 행세를 하려고 들 필요는 없다네, 몰랜드. 자네 기분도 별로 좋아 보이지 않는데 말야. 그건 그렇다 치고, 내가 찾아오게 된 이유는 자네 이마에 난 보기 싫은 상처 때문이라네."

기던이 웃음을 베어물었다.

"이걸 어쩐다, 흉터가 남을 것 같군."

"꺼져, 성 저스틴."

"그녀는 그 돌덩이에 맞아 자네가 죽지 않았을까 두려워하더군. 해리엇은 매우 강한 여자야, 의지력도 그렇고 그 힘도 말일세. 그리고 그건 상당히 큰 돌덩이였고, 그렇지 않았나? 나도 자네가 그녀를 공격하려 했던 암실 바닥에서 그걸 보았지."

단박에 브라이스의 눈이 동그랗게 커졌다.

"대체 무슨 말을 하고 있는지 모르겠군. 하지만 설명해 주려 애쓸 필요는 없네, 알고 싶지도 않으니 말야. 당장 떠나주게."

"자네와 내가 조그만 어떤 일을 끝내는 대로 즉시 떠나겠네."

"무슨 일 말인가?"

기던이 한쪽 눈썹을 치켜 올렸다.

"내가 설명하지 않았던가? 물론 자네더러 입회인 이름을 대라는 거지. 그러면 내 쪽에서 그들에게 우리의 결투에 관한 세부사항을 정하도록 할 수 있을 걸세.”

브라이스가 잠시 말을 잃었다.

“입회인? 결투? 자네 미쳤나? 무슨 말을 하고 있는 거야?”

“당연한 얘기지만, 난 자네에게 결투를 신청하고 있는 거야. 자네도 그 정도는 예상하고 있을 거라고 생각했네. 자넨 내 아내를 모욕했잖은가? 나 같은 위치의 신사가 그 밖에 뭘 할 수 있겠나?”

“난 자네 아내를 조금도 건드리지 않았어. 무슨 말을 하고 있는 건지 모르겠군.”

브라이스가 재빨리 말했다.

“그녀가 모욕당했다고 말했다면, 그건 거짓말이야. 거짓말이라구. 내 말 알아듣겠나?” .

기던이 고개를 저었다.

“자넨 그녀를 다시 모욕하고 있어. 어떻게 감히 내 아내가 거짓말을 했다고 비난할 수 있는 거지, 몰랜드? 이젠 결투를 신청해야겠군. 그걸 피할 수는 없어.”

“빌어먹을, 성 저스틴. 난 사실을 말하고 있는 거야. 난 절대로 그녀를 건드리지 않았다구.”

“그래, 알아.”

기던이 참을성있게 말했다.

“그녀가 자네에게서 도망갈 수 있었다는 사실은 아주 좋은 일이지만, 그렇다고 해서 그녀가 당한 모욕이 사라지는 건 아닐세. 자넨 신사니까 이런 일에 있어서 내 의무가 어떤 건지 제대로 알고 있을 거야.”

브라이스가 분노와 절망이 교차된 표정으로 그를 쳐다보았다.

"그녀가 거짓말을 한 거야, 내가 말했잖나. 그 이유를 모르겠지만, 그녀는 거짓말을 하고 있는 거라구. 내 말 좀 들어보게, 성 저스틴. 우린 한때 친구였잖나. 날 믿을 수 있겠지?"

기던은 그를 찬찬히 쳐다보았다.

"정말로 내가 자네 말을 내 아내에게 옮기기를 바라나?"

"그래, 빌어먹을. 맞아, 그렇다구. 자넨 왜 그녀를 믿어야 하는 거지? 그녀는 자네가 자기의 몸을 더럽혔기 때문에 어쩔 수 없이 자네와 결혼했어. 난 모든 걸 알고 있다구. 자네가 없는 동안 그 소문이 시내에 쫙 퍼졌었어."

"그게 정말인가? 하지만 이제 그런 소문은 별로 중요하지 않아, 그렇지 않은가? 난 그 숙녀와 결혼했네. 사교계의 눈으로 볼 때, 그건 모든 걸 말해주지. 우리 둘 다 알고 있다시피 말일세."

"하지만 자넨 그녀를 믿어서는 안된다구."

브라이스가 말했다.

"그녀는 자네를 사랑하지 않아, 데어드레가 그랬던 것처럼 말일세. 제대로 눈이 박힌 여자라면 어떻게 자네를, 그 흉측한 얼굴을 한 자네를 원할 수 있겠나? 자네 아내는 데어드레가 그렇게 할 수밖에 없었던 것처럼 자네의 청혼을 받아들일 수밖에 없었던 거라구."

"자네가 데어드레의 이름을 끄집어내다니 놀랍군."

기던이 부드럽게 말했다.

"그녀에게 그런 일을 저지르고도 말일세."

브라이스의 입술이 몇 초 동안 움직였지만 아무 소리도 새어나오지 않았다.

"내가 그녀에게 무슨 일을 저질렀다는 건가? 대체 지금 무슨 말을 하고 있는 거야?"

"그녀가 날 만나러 온 날 밤 자기를 유혹한 남자의 이름을 말해주었다네."

기던이 말했다.

"데어드레는 내가 자기의 교활한 음모에 속지 않자 분노했지. 그래서 자신이 무슨 말을 하는지도 잘 몰랐을 걸세. 난 그날따라 그녀의 행동이 참 이상하다고 생각했네. 자네도 알다시피, 그녀가 별안간 결혼할 때까지 기다릴 수 없을 정도로 내게서 압도적인 매력을 발견했다는 게 말이야."

"그녀는 너라면 치를 떨었어, 꼴도 보기 싫어했지."

"그래, 그녀는 내가 자기의 매우 관대한 제안을 거절한 날 밤에 그 점을 매우 분명히 했지. 그녀는 무척 화를 냈어. 화가 난 상태에서 그녀는 자네에 대해 많은 얘기를 했다네.

몰랜드, 자네가 그녀를 얼마나 사랑했는지는 모르지만 아마 자넨 그녀와 결혼할 생각이 없었을 거라는 확신이 드네. 당시 상황도 그랬지만 자넨 아내라는 사람에게 불편을 느끼는 사람이니까.

하지만 어떻게 그녀가 임신한 사실을 안 후에 날 유혹하라고 제안할 수 있었지? 어떻게 자네와 그녀는 그녀가 나와 결혼한 후에도 계속해서 애정행각을 벌일 계획을 꾸밀 수 있었던 건가?"

브라이스가 손등으로 입술을 훔쳤다.

"데어드레가 거짓말을 한 거야."

"그래?"

"물론이지."

브라이스가 소리쳤다.

"그리고 자네도 그건 알고 있었어. 그걸 알고 있었던 게 분명해. 그렇지 않았다면 자넨……."

"6년 전에 자네에게 결투를 신청했을 거라구? 내가? 무슨 목적으로? 그녀가 원한 건 자네였고, 그녀는 자네에게 기꺼이 몸을 내주었어. 그녀 스스로 선택한 거야. 그리고 그녀는 내 꼴을 보고 참을 수가 없다는 걸 분명히 했는데, 왜 내가 굳이 그녀 일로 자네에게 결투를 신청하겠나? 자네를 죽여봐야 득이 될 건 전혀 없었을 텐데."

"그녀가 거짓말을 한 거라구."

브라이스가 주먹을 움켜쥐고 성난 몸짓으로 의자를 내리쳤다.

"빌어먹을, 그 여자들 둘 다 거짓말을 한 거야."

"내 아내는 거짓말을 하지 않아."

기턴이 조용하게 말했다.

"그리고 난 그녀를 모욕하는 걸 참을 수 없네. 자네 쪽 입회인들을 대보게."

"어떤 입회인 이름도 말하지 않을 거야."

브라이스가 굵은 목소리로 말했다.

"아."

기턴이 말했다.

"얼마 전의 부상으로부터 제대로 회복되지 않아서 우리의 결투에 관한 세부사항을 다룰 믿을 만한 두 사람의 이름을 생각해 낼 수가 없나보군. 좋아, 시간을 주겠어."

"시간?"

브라이스가 갑자기 귀를 쫑긋하게 모았다.

"그래, 오늘 밤을 주겠네. 내일 새벽에 내 쪽 입회인들을 자네에게 보내겠네. 그때까지는 자네도 두 사람을 생각해 내야 하네. 잘 있게, 몰랜드. 우리의 만남을 고대하겠네."

기던이 문 쪽으로 돌아섰다.

"기다려."

브라이스가 잽싸게 달려나왔다. 그의 한쪽 손이 술잔을 내리치자 잔이 카펫으로 굴러떨어졌다.

"기다리라고 했잖아, 빌어먹을 자식. 넌 내게 결투를 신청할 수 없을 거야. 소문이 나돌 걸 생각해 보라구."

기던이 미소를 머금었다.

"소문 따위가 날 걱정시키지는 않는다네. 그 분야에는 어느 정도 일가견이 있지, 최악의 사태에 익숙해지면서 6년을 보냈거든. 그리고 보니까 생각나는 게 있는데, 그 6년 동안 난 어떤 일에 대해 깜빡 잊고 살 때도 있었다네."

기던이 돌아서서 그에게 다가오자 브라이스가 놀라며 허리를 쭉 폈다.

"그게 뭔가? 어, 가까이 오지 말고 얘기해. 내게서 물러나라구, 성 저스틴."

"이 일에 대해 아주 정확히 하려면, 내가 장갑을 벗지 않고 자네 얼굴을 갈겨줘야 할 것 같군, 그렇지 않나?"

기던이 한쪽 주먹을 단단히 그러쥐고는 브라이스의 턱을 세게 내리쳤다.

브라이스가 숨죽인 신음을 내뱉으며 바닥에 고꾸라졌다.

기던은 그를 내려다보며 서 있었다.

"형식을 간과해서 미안하군. 바로 이런 거라네. 나처럼 오랫동안 사교계를 떠나 있으면, 진짜 신사에게서 기대되는 사소한 것들을 가끔 잊어버리게 되지."

기던은 클럽에 가야겠다고 마음먹었다. 브라이스만 이번 결투의 세부 사항을 다룰 두 사람을 찾아야 하는 건 아니었다. 기던도 입회인 두 명이 필요했다. 그리고 사교계에는 절친한 친구가 하나도 없었기 때문에, 선택은 제한되어 있었다.

하지만 다행히도 해리엇에게는 여러 명의 친구가 있었다.

기던은 성 제임스 가에 위치한 클럽의 본실에 앉아 있는 젊은 애플게이트를 발견했다. 프라이 경도 그와 함께 있었다. 기던이 자기들에게로 다가오는 것을 깨달은 두 사람은 걱정스러운 표정으로 고개를 들어 기던을 계속 쳐다보고 있었다.

"안녕하십니까, 신사분들?"

기던은 자리에 앉자마자 프라이 경이 건네는 술병을 받아들어 손수 적포도주를 한 잔 따랐다.

"여기에서 두 분을 만나게 되어 기쁩니다. 그렇지 않아도 부탁드릴 일이 있었는데 말입니다."

프라이 경은 두려워하던 일이 발생했다는 듯 놀란 토끼처럼 눈을 동그랗게 떴다. 애플게이트가 확고한 표정으로 기던을 쳐다보았지만 그의 손에 들린 술잔은 가볍게 떨리고 있었다.

"결투를 신청하러 온 거라면, 난 준비가 되어 있소."

기던이 미소를 지었다.

"말도 안돼요. 내 아내가 그 사소한 유괴 문제에 대해서는 다 설명해 주었소. 지나간 일은 지나간 일로 치부하기로 했소."

"이봐요."

프라이 경이 눈을 가늘게 떴다.

"사실이오?"

"물론이오. 당신들과 전혀 다른 문제를 의논하고 싶소."

애플게이트가 당황스러워하며 이마를 찡그렸다.

"그게 뭡니까?"

의자에 등을 기대며 기던은 애플게이트와 프라이 경을 자세히 쳐다보았다.

"두 사람 모두 내 아내가 브라이스 몰랜드에게 모욕을 당했다는 사실을 알면 무척 분개할 거라고 확신합니다."

프라이 경과 애플게이트가 서로를 힐끔 쳐다보고는 다시 기던에게로 시선을 돌렸다.

애플게이트가 얼굴을 잔뜩 찌푸렸다.

"첫눈에 그 녀석이 전혀 마음에 들지 않더라니…… 그 자식이 그녀에게 뭐라고 한 거요?"

"정확한 말을 옮길 수는 없소."

기던이 중얼거렸다.

"단지 난 그 일을 그녀에 대한 심각한 공격 행위로 여기고 결투를 신청하겠다고 결심했소. 이 정도면 충분한 이유가 될 거라고 생각해요. 내 입회인 노릇을 해줄 믿을 만한 두 사람이 필요하오. 당신들이 지원할 수 있겠소?"

애플게이트가 눈을 깜박거리며 자기와 똑같이 뒤통수를 맞은 표정을 짓고 있는 프라이 경을 쳐다보았다.

"이봐요."

프라이 경이 더듬거렸다.

"브라이스에게 결투를 신청했소?"

애플게이트가 조심스럽게 물었다.

"그 상황에서 달리 대안이 없었소."

기던이 설명했다.

"아시다시피 그건 명예에 관한 문제요. 그 사람이 내 아내를 모욕했단 말이오."

애플게이트의 이마가 더 심하게 찌푸려졌다.

"브라이스가 성 저스틴 부인을 모욕한 일을 그대로 방관할 수만은 없지요."

"내 생각이 바로 그거요."

기던이 동의하자 프라이 경의 구레나룻이 움찔거렸다.

"난 항상 브라이스가 약간 불쾌한 놈이라고 생각해 왔소. 그에게는 뭔가 너무 매끈한 구석이 있다구요, 너무 인위적이지. 그가 넘지 말아야 할 선을 넘었다니 놀라운 일도 아니지."

애플게이트가 진지하게 고개를 끄덕였다.

"네, 가끔 그에 관한 소문이 나돌곤 했습니다. 대부분 그가 매춘굴을 방문했을 때 탐닉한다는 매우 불쾌한 변태 행위에 관한 것이었어요. 물론 단순한 억측이지만, 그런 인간은 끊임없이 조심해야 해요."

"그가 두 번 다시 내 아내를 괴롭히는 일이 없도록 확실히 못박아두고 싶소."

기던이 말했다.

"당신들 도움을 받을 수 있을까요?"

애플게이트가 허리와 어깨를 쭉 폈다. 그는 당황스러워하는 것 같았지만, 두 눈은 열정에 차서 반짝거렸다.

"전에는 이런 일을 해본 적이 없어요. 지금까지 대개는 발톱 화석을 연구하는 데만 전념해 왔죠. 하지만 나도 그 일을 할 수 있을 것 같습니다. 물론이죠, 경. 당신의 입회인 노릇을 한다면 그건 제 평생에 영광일 겁니다."

"나도 그럴 거요."

프라이 경의 두 눈이 반짝거렸다. 그의 얼굴은 벌써 검붉게 달아올라 있었다.

"이봐요, 그거 정말 영광이겠소. 우리에게 모든 세부 사항을 알려주시오. 우리가 내일 새벽에 브라이스를 방문하겠소."

"좋아요."

기던이 일어섰다.

"당신들에게 빚을 졌군요, 신사분들."

'블랙손 홀의 짐승'이 그들에게 빚을 졌다는 생각은 프라이 경과 애플게이트 모두에게 놀라운 일임이 분명했다. 기던은 놀란 표정으로 앉아 있는 두 사람을 두고 그곳을 떠났다.

클럽 바깥의 거리로 나온 기던은 지나가는 마차를 세워 시내에 있는 집 주소를 대고 마차 안으로 훌쩍 올라탔다.

그는 어두워진 거리를 가만히 응시하면서 여러 가지 준비 사항에 대해 곰곰이 생각해 보았다. 그는 입회인들의 신의를 의심하지 않았다. 애플게이트와 프라이 경은 해리엇을 위해서라면 분명히 무슨 일이든 할 것이다. 그들이 '블랙손 홀의 짐승’이 내보이게 될 분노를 감수하면서까지 그녀를 납치했을 때 그 점은 충분히 증명됐던 것이다.

그가 한 가지 더 노리고 있는 것은 그들이 입회인으로서의 역할에 대해 비밀을 지킬 수는 없을 거라는 확신이었다. 그는 그들의 눈에서 흥분된 표정을 보았다. 둘 다 남자다운 결투 기술을 익힌 적이 전혀 없어 보였다. 그들은 자신들을 행동하는 사람이 아니라 과학적인 사람들이라고 여기는 데에 익숙했던 것이다.

명예가 달린 일에 대해 입회인 역할을 해달라는 부탁은 두 사람 모두에게 자신들의 새로운 이미지를 떠올리게 했음이 분명했다.

몰랜드의 말이 맞았어.

내일 아침 식사 시간쯤이면 이번 결투에 관한 소문이 시내 전역에 퍼져 있을 것이다.

기던이 원하는 것은 정확하게 어떤 것일까.

몇 분 후 그는 마차에서 내려 집의 층계로 올라갔다. 아울이 대문에서 그를 기다리고 있다가 기던에게 인사했다.

“마님께서 주인님이 들어오시는 대로 곧장 와달라고 전하라고 하셨습니다.”

아울이 심상치 않은 표정으로 말했다.

“고맙네, 아울.”

기던이 그에게 모자와 장갑을 내밀었다.

“마님은 어디 계시나?”

“침실에 계실 겁니다, 주인님.”

기턴은 고개를 끄덕이고 층계를 한 번에 두 계단씩 올라갔
다. 층계를 다 올라서자 그는 돌아서서 홀로 내려가 해리엇의
방문 앞에서 걸음을 멈추고 노크를 한 번 했다.

"들어오세요."

해리엇이 기다렸다는 듯 즉시 응답했다.

기턴이 문을 열고 방안으로 어슬렁어슬렁 들어가자 해리엇
이 그에게 뛰어왔다.

"마침내 집으로 돌아오셨군요, 정말 고맙게 생각해요."

그녀가 숨을 들이쉬며 그를 힘차게 껴안았다.

"얼마나 걱정했는지 당신은 정말 모르실 거예요. 시체는 찾
았나요? 그걸 어떻게 했죠? 우린 그걸 어떻게 제거해야 하는
건가요?"

"시체를 찾았소."

기턴은 그녀의 촉촉한 머리카락에 대고 미소를 떠올렸다.

"그런데 그 시체는 많은 부분이 살아 있었소. 몰랜드는 집
에서 상처를 치료하고 있었소."

"그가 살아 있어요?"

해리엇이 뒤로 물러나 손뼉을 치며 기뻐했다. 그러나 곧 양
미간을 좁혔다.

"확실해요?"

"물론이오. 이제 안심해도 되오, 내 사랑. 당신은 그를 죽이
는 데에 성공하지 못했소. 그게 더 애석한 일이지만 말이오.
하지만 이제 모든 게 잘될 거요. 어쨌든 축하하오."

해리엇이 무겁게 한숨을 내쉬었다.

"제가 그 사람을 좋아할 수 없는 것만큼이나 그가 죽지 않

았다는 게 기뻐요. 하지만 그걸로 복잡한 일이 끝나지는 않았을 거예요.”

“그럴 거요.”

기던은 목에 맨 네커치프를 풀고 어깨를 달싹여 보였다. 그리고는 재킷을 벗으면서 그녀의 방과 연결된 옆방으로 가려고 했다.

“그가 뼈로 가득찬 그 전시장에서 죽은 채로 발견되었다 하더라도, 그 큰 돌덩이는 단지 우연하게 그에게 떨어진 것으로 보였을 거요.”

그가 문을 열고 자신의 침실로 들어갔다.

“그렇게 생각하지 않소?”

해리엇이 재빨리 그를 뒤따라갔다.

“아마 당신 말이 맞을 거예요, 여보. 모든 일이 끝나서 얼마나 안심이 되는지 몰라요. 브라이스 씨의 끔찍스런 행동에 대해 그를 벌줄 수 있는 방법이 있었으면 좋겠지만 말예요. 하지만 제가 그에게 해를 입히지 않았다는 걸 알았으니 기뻐해야 할 거예요.”

“음.”

기던이 네커치프와 재킷을 옆으로 툭 던져놓으며 건성으로 대답했다. 그가 와이셔츠를 벗었다.

해리엇이 날카로운 시선으로 그를 쳐다보았다.

“그의 집으로 그를 보러 갔었다고 하셨나요?”

“그렇소.”

기던이 주전자에서 세면기에 물을 따르고는 얼굴을 씻기 시작했다. 오늘 밤 나가기 전에 다시 면도를 해야 할 것 같았다. 짙은 턱수염은 아무리 봐도 보기 싫었다.

"옷을 갈아입을 생각은 도통 하지 않는구려, 내 사랑. 오늘 밤 벅스턴의 무도회에 참석하기로 되어 있지 않소?"

"네, 그건 저도 알고 있어요."

해리엇이 초조하게 말했다.

"기던, 브라이스 씨를 보러 갔을 때 정확히 무슨 일이 있었던 거죠?"

그녀가 주저하다가 마침내 조심스럽게 물었다.

"어쨌든 경솔한 짓을 하지는 않았겠죠?"

"난 경솔한 사람이 아니오, 해리엇."

기던은 수건을 집어들어 얼굴과 손의 물기를 닦아냈다. 그리고는 거울에 비친 자신의 모습을 가만히 들여다보았다.

"면도를 해야 할 것 같소?"

"글쎄요. 기던, 저 좀 보세요."

그는 거울을 통해 그녀의 얼굴과 마주치자 눈썹을 치켜 올렸다.

"무슨 일이오, 해리엇?"

"당신은 지금 뭔가를 피하려 하고 있어요, 제 말이 맞죠? 당신에게서 분명히 그런 인상을 받았다구요."

"제시간에 무도회에 도착하기 위해 준비를 하려는 것뿐이오. 상류 사회의 사람들답게 늦게 가는 걸 원하는 거요?"

그녀가 그에게 얼굴을 찌푸려 보였다.

"당신은 무도회에 제시간에 도착하든지 말든지 전혀 신경 쓰는 사람이 아니잖아요. 무슨 일이 있었던 거죠, 기던?"

"당신을 걱정시킬 만한 일은 전혀 없었소, 해리엇."

"지금 저한테 그런 말이 필요한 건 아니라구요, 기던. 진실
을 알아야겠어요."

그가 눈을 가늘게 뜨고 그녀를 쳐다보았다.

"그런 말이 어디 있소, 해리엇?"

"전 심사가 매우 불편하답니다, 나리."

그녀가 비꼬며 말했다.

"아시다시피 전 무척 예민한 사람이라구요."

"그래, 알아요."

그가 히죽 웃으며 대꾸했다.

"기던, 브라이스 씨에게 무슨 짓을 한 거죠?"

"별로 한 일이 없소. 그가 당해도 싼 정도의 일도 못하고
왔다니까."

해리엇이 그의 팔에 손을 얹었다.

"사실을 말씀해 주세요, 여보."

그는 정말 아무 일도 없었다는 듯이 한쪽 어깨를 들어올려
보였다. 하지만 그녀가 오늘 밤 무도회장에서, 또는 아무리 늦
어도 내일까지는 그 사실을 알게 되리라는 걸 잘 알고 있었
다. 모두들 그 얘기를 떠들어댈 것이다. 그가 선택한 입회인들
이 그 점을 확실하게 해줄 것이다.

"나 같은 위치의 신사라면 했을 만한 일을 한 것뿐이오. 그
에게 결투를 신청했소."

"그럴 줄 알았어요."

해리엇이 소리쳤다.

"그럴까봐 걱정했다구요. 당신이 그가 아직 살아 있다고 말
하는 순간, 전 당신이 그런 바보 같은 짓을 했을까봐 걱정했

어요. 하지만 저는 그걸 허락하지 않겠어요, 기던. 제 말 듣고
있어요?"

"진정해요, 해리엇. 당신이 애플게이트에 대한 결투 신청을
막았던 것처럼 이번에도 내게 그만두라고 할 수는 없소."

기던이 조용히 말했다.

"아뇨, 그만두라고 하겠어요. 브라이스 씨와 결투하지 마세
요. 제가 반드시 못하게 하겠어요. 당신이 죽거나 다치게 될
수도 있어요. 브라이스 씨가 정정당당하게 싸우지 않을 거라
는 건 보나마나 뻔해요. 그건 아주 분명하다구요."

"내 존경하는 입회인들로 하여금 모든 게 공정하게 이루어
지도록 할 거요."

해리엇이 그의 팔을 움켜쥐었다.

"당신 입회인들요?"

"애플게이트와 프라이 경 말이오. 아이러니컬하지 않소? 두
사람 다 기꺼이 도와주기로 했소."

"맙소사, 믿을 수 없어요. 기던, 제발 아무런 대안이 없는
것처럼 말하지 마세요. 당신이 이런 일을 겪도록 내버려두지
않겠어요."

"날 믿어요, 해리엇. 모든 게 잘될 거요."

"기던, 우린 전에 당신이 애플게이트 경을 쏘겠다고 위협했
을 때 이런 일을 한 번 겪었잖아요. 전 이런 행동을 참을 수
없어요. 위험이 너무 크단 말예요. 무슨 일이든 잘못될 가능성
이 있어요. 당신이 심한 상처를 입거나 당국의 추적을 받을
수도 있는 거라구요."

해리엇이 허리를 꼿꼿이 펴고는 턱을 치켜 올렸다.

“제가 허락하지 않겠어요.”

“이미 결투를 신청했소, 해리엇.”

기던은 차분한 태도로 세면대에 면도 도구를 펼쳐놓았다. 그는 거품을 섞어 얼굴에 바르기 시작했다. 차가운 물로 면도를 한다는 건 유쾌한 일이 아니었지만, 부엌에서 뜨거운 물을 끓여오는 동안 기다리면서 시간을 낭비하고 싶지는 않았다.

“이 일은 내게 맡겨야 하오.”

“안돼요.”

해리엇이 큰 소리로 말했다.

“당신이 이런 말도 안되는 일을 겪도록 내버려두지 않겠어요, 기던.”

“모두 괜찮을 거요, 해리엇.”

거울에 비친 그녀와 눈이 마주쳤을 때 그는 그녀의 아름다운 청록색 눈동자에서 공포와 걱정스런 표정을 발견했다. 그리고 그 공포와 걱정이 자기를 위한 것임도 그는 알고 있었다. 그는 몸 속 깊은 곳에서부터 마음이 따뜻해지는 걸 느꼈다.

“죽지 않겠다고 약속하리다.”

“하지만 당신도 그걸 확신할 수는 없잖아요. 기던, 당신에게 무슨 일이라도 일어난다면…… 전 그 일을 이겨낼 수가 없을 거예요. 당신을 사랑해요.”

기던은 천천히 면도날을 내려놓았다. 그는 거품이 잔뜩 묻은 얼굴을 돌려 그녀를 마주보았다.

“뭐라고 했소?”

“들었잖아요.”

해리엇이 말했다.

"당신이 왜 그렇게 놀란 것처럼 행동하는지 모르겠군요. 전 상당히 오래 전부터 당신을 사랑해 왔어요. 대체 왜 제가 그 동굴에서 당신이 저와 사랑을 나누도록 하락했을 거라고 생각하시는 거죠?"

기쁨의 물결이 기던을 몸을 뚫고 지나갔다. 잠시 그는 벅차오르는 흥분 때문에 제대로 생각할 수가 없었다.

"해리엇."

"그래요, 알아요. 그게 당신에게는 말도 안되는 소리라는 걸 말예요. 당신이 절 사랑하지 않는다는 것도 잘 알고 있어요."

그녀가 재빠르게 말했다.

"하지만 핵심은 그게 아니에요, 기던. 문제는 우리가 이 결혼에 동의했고, 그랬으면 당신은 어떤 일에 대한 저의 바람을 존중해야 한다는 거예요."

"해리엇……."

"이건 그런 일 중의 하나예요."

그녀가 격하게 말을 맺었다.

"전 저 때문에 당신이 결투를 하도록 내버려두지 않을 거예요. 누군가 다치게 되는 걸 원치 않는다구요."

"해리엇, 제발 잠시만 조용히 해주겠소?"

"그러죠."

그녀가 비꼬듯이 말했다.

"네, 입을 다물겠어요. 실은 당신에게는 아주 입을 다물겠어요. 그게 당신이 원하는 거라면 말예요, 경."

"좋아요."

"사실은, 당신이 이 바보 같은 짓을 끝낼 때까지 당신에게 말을 하지 않을 거예요. 제 말 이해하시겠어요, 경?"

기던이 미간을 좁혔다.

"내게 말을 하지 않겠다구? 당신이? 15분 이상 침묵을 지키겠다는 거요? 그거 재미있겠군."

"제 말 잘 들으세요. 한 마디도 더 하지 않겠어요, 이 순간부터요. 더 이상 당신에게 말을 하지 않겠다구요."

해리엇은 발뒤꿈치에 힘을 주고 홱 돌아서서는 기던의 침실에서 성큼성큼 걸어나갔다.

기던은 그녀의 뒷모습을 바라보며, 기뻐 소리치고 싶은 욕망과 지금 당장이라도 기세 좋은 해리엇을 자신의 무릎 위에 앉히고 싶은 강한 열정 사이에서 심하게 갈등했다.

그녀가 날 사랑한다구.

기던은 한밤중에 해리엇을 끌어안은 것처럼 그 사실을 가슴에 더욱 더 세차게 끌어안았다.

가라앉은 폭풍

사교계 전체에 알려진 기던과 브라이스의 결투에 대한 소문은 대단한 반향을 불러일으켰다.

해리엇이 남편에게 말을 하지 않는다는 사실도 사교계의 모든 사람들을 더 흥분시키고 있는 것 같았다. 해리엇은 그 점이 무척이나 짜증스러웠다.

무도회가 있던 그날 밤 소문은 들불처럼 번져나갔다. '블랙 손 홀의 짐승'의 신부가 남편에게 냉랭한 태도를 보이고 있다는 사실 때문에 이번 싸움의 원인에 관한 추측이 난무하고 있었다.

결국 해리엇이 남편에게 말을 하지 않는 이유에 대한 관심

은, 평소 사교계 사람들에게 즐거운 오락거리가 됐던 결투보
다도 훨씬 더 흥미거리였던 것이다.

해리엇은 기던이 그 스스로 무시당하지 않기로 결심했을
때는 그를 무시하는 것이 굉장히 어렵다는 것을 금세 깨닫게
되었다. 그리고 그는 사람들 앞에서 그녀를 괴롭히는 데서 즐
거움을 느끼는 것 같았다.

그녀가 무도회에 참석한 화석 열성가 그룹과의 대화에 흠
뻑 빠져 있을 때 갑자기 기던이 나타났다. 그는 다행스럽게도
저녁 내내 눈에 보이지 않았었다.

하지만 11시 정각에 그가 터벅터벅 문을 지나 곧장 해리엇
에게로 다가왔다. 언제나 그렇듯이 그는 그녀에게로 다가오면
서 어느 누구에게도 인사를 건네지 않았다.

"잘 지내고 있소, 해리엇?"

그가 그녀 앞에서 걸음을 멈추며 침착하게 말했다.

"왈츠를 연주할 것 같군. 나와 춤추겠소?"

해리엇은 턱을 치켜들고 그에게서 시선을 돌렸다. 그녀는
자신의 바로 위에 거대한 산처럼 서 있는 매우 커다란 몸집의
남편이 보이지 않는 듯 그를 무시한 채 대화를 계속했다.

그녀 주위의 사람들은 해양 화석에 관한 논의를 계속하려
고 대단한 노력을 기울였지만, 기던이 그녀의 뒤에 계속 서
있는 이상 아무도 대화에 집중할 수 없는 게 분명해 보였다.
그들은 하나같이 이 새로운 사태에 훨씬 더 호기심이 많은 것
같았다.

해리엇은 그 무시무시한 명성의 '짐승'을 무시할 수도 있겠
지만, 다른 사람은 어느 누구도 그럴 수가 없었던 것이다.

기던은 그녀로부터 매몰스럽게 거절당했다는 걸 눈치채지 못한 척 딴청을 부리고 있었다.

정말 너무 능청스럽군.

"고맙소, 해리엇. 당신이 왈츠를 거절할 수는 없을 거라고 생각했다오, 당신은 왈츠를 좋아하니까 말이오."

기던의 육중한 손이 등뒤에서 그녀의 허리를 감싸자 해리엇은 숨을 죽이고 놀란 비명을 낮게 질렀다.

그가 킬킬거리며 그녀를 일으켜세워서는 실망스러운 듯이 입을 떡 벌리고 있는 사람들을 지나 별 무리 없이 무도실로 향했다. 그리고는 그녀를 멈춰 세우고 팔로 끌어당긴 후 왈츠곡에 맞춰 홱 돌렸다. 그녀는 그의 팔이 만들어낸 부드러운 감옥에서 도망칠 길이 없었다.

해리엇은 그를 노려보았다. 기던이 그녀를 내려다보며 미소지었다. 그의 황갈색 눈동자가 반짝거렸다.

"당황스러워 할 말을 잃었소, 해리엇?"

그녀는 그에게 일장 연설을 늘어놓고 싶었지만 그럴 수가 없었다. 그렇게 되면 침묵의 약속을 깨게 되기 때문이었다. 한바탕 쏟아진 왈츠곡을 끝내는 수밖에 다른 도리가 없었다. 해리엇은 주위 사람들의 호기심에 찬 시선과 그들이 중얼거리는 말이 어떤 것인지를 잘 알고 있었다.

이 구경거리가 내일 아침에는 얼마나 재미있는 화제 거리가 될 것인가 생각하니 해리엇은 한심스러웠다. 무도실에서는 이미 그 이야기가 비밀스럽게 나오고 있었다.

'블랙손 홀의 짐승'이 저지른 또 한 번의 잔인무도한 행동.

기던은 날씨에 대한 얘기부터 시작해 벅스턴의 무도실을

가득 채운 많은 사람들에 이르기까지 모든 걸 건성건성 얘기하고 있었다. 해리엇은 그가 무도실로 안내할 때부터 계속해서 그의 어깨 너머로 한 곳만 노려보고 있었다.

"프라이 경과 애플게이트가 도착했군."

기던이 중얼거리는 사이에 음악이 끝났다.

"실례를 구하겠소, 해리엇. 저 사람들과 의논할 일이 있어서 말이오."

해리엇은 홱 돌아서서 친구들에게 합류하기 위해 굳은 자세로 성큼성큼 걸어갔다. 그녀는 어깨 너머로 뒤를 힐끔 돌아보고는 프라이 경과 애플게이트가 기던과 함께 매우 심각해 보이는 대화에 푹 빠져 있는 것을 보았다.

그녀만 세 사람을 본 건 아니었다. 무도실의 다른 모든 사람들도 그들을 목격했다. 무슨 일이 일어나고 있는지에 대한 말들이 잽싸게 퍼졌던 것이다.

"결투에 관한 소문이에요."

해리엇이 친구들에게 돌아오자 영스트리트 부인이 그녀에게 어두운 표정으로 속삭였다.

"프라이가 물론 그건 비밀이라고 했어요. 그와 애플게이트는 성 저스틴의 입회인 노릇을 할 거라던데 해리엇 양은 물론 자세한 사항을 전혀 모르겠지요?"

"네, 몰라요."

해리엇이 단호하게 말했다.

몇 분 후 에피가 그녀에게 다가왔다.

"무도실 전체가 난리법석이야. 그게 사실이니? 성 저스틴이 결투를 할 거라구?"

"제가 손을 쓸 수 있다면 그렇지 않을 거예요."

해리엇이 중얼거렸다.

에피가 눈길을 좁히고 그녀를 쳐다보았다.

"무슨 일이 어떻게 되고 있는 거니, 해리엇? 그리고 대체 몇 분 전의 그 경솔한 일은 뭐였니? 성 저스틴이 널 일으켜세워서 무도실로 데려갔던 거 말이다. 모두들 그 얘기를 하고 있다."

"사람들은 항상 성 저스틴 얘기를 하잖아요."

해리엇이 낮게 중얼댔다.

"레모네이드나 한 잔 마셔야겠어요. 아니면 더 강한 것도 좋구요."

영스트리트 부인이 밝게 미소지었다.

"저기 쟁반을 든 하인이 오는군요. 내가 아까 한 잔 부탁했거든요. 해리엇 양이 마셔도 좋아요."

해리엇은 샴페인인지 레모네이드인지 보지도 않고 가장 가까이에 있는 잔을 집어들었다. 그녀는 한 모금 마시고는 한쪽 발가락을 톡톡 두드렸다.

에피가 얼굴을 찌푸렸다.

"오늘 밤 사람들의 시선을 끌 만한 일은 더 이상 저지르지 않도록 해라, 해리엇. 지금으로도 충분해."

"네, 에피 고모."

에피가 다시 한 번 엄한 표정을 지어보이고는 이내 사람들 속으로 사라졌다.

몇 명의 화석 열성가들은 다시 활발하게 대화를 시작하려 했다. 하지만 클라이브 러시턴이 나타나자 그들의 노력은 이

내 허사가 되어버렸다.

그가 팔꿈치를 밀치며 곧장 해리엇이 있는 곳으로 다가와서 그녀에게 불안한 시선을 고정시켰다. 화석 열성가들이 약속이나 한 듯 같은 순간에 모두 입을 다물었다.

"그렇다면,"

러시턴이 초조한 목소리로 말했다.

"당신은 '짐승'과의 결혼에 성공한 거로군. 축하하오, 성 저스틴 부인. 살인자와 결혼한 것을 말이오."

해리엇은 놀라서 그를 쳐다보았다.

"어떻게 그런 말씀을 하실 수가 있죠?"

러시턴은 그녀와 화석 수집가들의 반응을 무시했다.

"얼마나 가능하겠소?"

러시턴이 억양을 붙여 말했다.

"그 괴물과 얼마나 사통할 수 있을 것 같소? 얼마나 있으면 '짐승'이 당신에게서 돌아설 것 같소? 당신은 얼마 동안이나 안전할 것 같소, 성 저스틴 부인?"

해리엇의 손이 떨리고 있었다. 그녀가 쥐고 있는 잔에 담긴 액체가 심하게 출렁거렸다.

"제발. 그렇게 오랜 세월이 흘렀는데도 당신은 여전히 슬픔에 젖어 비비꼬여 있군요. 정말이지 유감입니다. 하지만 당신이 이런 식으로 제게 얘기하고 있다는 걸 성 저스틴이 알기 전에 떠나시는 게 좋을 것 같아요."

"너무 늦었소."

기던이 해리엇의 옆에 모습을 드러내며 조용하게 말했다.

"그가 한 말은 이미 들었소."

러시턴의 강렬한 눈빛이 신속하게 기던에게 옮겨갔다.

"살인자. 네놈이 그녀를 죽였어, 네놈이 내 딸을 죽였다구."

그가 목소리를 한껏 높이면서 고함을 내질렀다.

"자, 모두들 내 말을 새겨듣는 게 좋을 걸? '블랙손 홀의 짐승'은 이제 곧 또 다른 희생양을 취할 거요. 그의 순진한 아내는 죽음으로 내몰릴 거라구요. 내 순진한 딸이 그랬던 것처럼 말이오."

사람들이 러시턴의 의도를 깨닫기도 전에, 그가 영스트리트 부인의 손에서 샴페인 잔을 빼앗아 움켜쥐고는 기던의 얼굴에 그것을 뿌려버렸다.

해리엇은 분노가 일었다.

"빌어먹을 당신 말예요, 그를 '짐승'이라고 부르지 말아요."

그녀는 자신의 잔에 담긴 샴페인을 어리벙벙해하는 러시턴의 얼굴에 퍼부었다. 그리고 나서 그에게 다가가며 대들었다.

러시턴이 놀라 뒤로 한 발짝 물러나며 자기를 보호하기 위해 두 손을 치켜 올렸다.

순간 영스트리트 부인이 비명을 질렀다. 그 광경을 본 다른 여러 명의 여자도 비명을 질러댔다. 남자들은 잔뜩 두렵고 혼란스런 표정을 지은 채 하릴없이 가만히 서서 지켜보고 있었다. 아무도 움직이지 않았다.

숙녀에 의해 시작된 무도실에서의 말다툼을 어떻게 다뤄야 하는 건지 아무도 모르는 게 분명했다.

기던을 제외하고는 말이다.

그가 앞으로 한 걸음 나아가 해리엇이 러시턴을 막 주먹으로 치려는 순간 그녀를 붙잡았다. 기던은 그녀를 놓칠 정도로 심하게 웃어젖히고 있었다.

"됐소, 부인."

기던이 가볍게 그의 어깨에 그녀를 걸치고는 한쪽 팔로 그녀의 허벅지를 끌어안았다.

"당신은 성공적으로 내 명예를 지켜주었소. 선량한 러시턴 씨가 진 것 같군. 그렇지 않소, 러시턴 씨?"

해리엇은 기던의 어깨에 매달려 있는지라, 일이 어떻게 돌아가고 있는지 알기가 힘들었다. 그녀는 러시턴의 성난 얼굴을 볼 수 있을 만큼 고개를 충분히 뒤로 비틀었다.

러시턴은 기던의 빈정거림에 대꾸하지 않았다. 그 대신 그는 홱 돌아서서 놀란 사람들 틈을 뚫고 무도실 바깥을 향해 걸어갔다.

기던이 해리엇을 내려놓자 그녀는 치맛자락을 매만지고 나서 고개를 들어 그를 쳐다보았다. 그가 히죽거리며 그녀를 내려다보고 있었다. 그의 눈동자는 황금빛이었다.

"왈츠 한 곡 더 추겠소, 부인?"

기던이 그녀의 손 위로 대범하게 허리를 굽히며 물었다.

해리엇은 방금 전의 사건에 하도 정신이 없던지라 한 마디 말도 하지 못하고 그의 팔에 안기는 처지가 되었다.

그날 밤 기던은 그녀가 침대에 든 후 마치 아무 일도 없었던 것처럼 자연스럽게 그녀의 방으로 들어왔다.

그 행동이 해리엇의 심사를 뒤틀리게 했다. 그녀는 벅스턴의 무도회에서 내보인 구경거리로부터 이미 회복되어 있었던 것이다. 그가 침대로 어슬렁어슬렁 다가오자 그녀는 그에게 등을 돌렸다.

"저녁은 즐거웠소, 해리엇?"

기던이 침대 옆에 있는 탁자에 촛불을 내려놓으며 물었다.

해리엇은 돌처럼 굳게 침묵을 지켰다.

"아, 단조로운 저녁이었지, 그렇지 않소? 실은 매우 따분했을 거요."

기던은 실내복을 벗어 의자에 툭 걸치고는 이불을 젖힌 후 그녀 옆으로 미끄러져 들어왔다. 그는 알몸이었다.

"하지만 당신은 언제나처럼 사랑스러워 보였소."

해리엇은 그의 팔이 등뒤에서 그녀의 허리로 다가오는 것을 느꼈다. 그의 손이 그녀의 젖가슴에 놓였다. 그녀는 그것을 무시하려 애썼다.

"해리엇, 아까 날 사랑한다고 했던 말은 진심이었소?"

기던의 물음은 도가 지나쳤다. 해리엇은 그만 침묵하겠다던 맹세를 잊어버리고 말았다.

"제발 기던, 지금은 내게 그걸 물어볼 때가 아닌 것 같군요. 전 당신에게 화가 나 있단 말예요."

"그래요, 알아요. 그래서 당신은 앞으로 내게 말을 하지 않기로 했었지, 아마?"

그가 그녀의 뒷목에 키스했다.

"그래요, 그러기로 했죠."

"하지만 아까 내가 물은 것에 대답해 봐요, 그건 진심이었소?"

"그래요."

그녀는 속으로 투덜거리며 인정했다. 그의 손이 이제는 그녀의 엉덩이를 따라 흘러내리고 그의 한쪽 다리가 그녀의 다리 사이로 들어오고 있었다.

그녀는 그가 그녀의 부드러운 그곳을 찾고 있음을 느낄 수 있었다. 그녀는 그에게 등을 돌리고 있었지만, 그런 행동이 그를 조금이라도 단념시키는 데 도움이 되는 것 같지는 않았다.

"기쁘오."

기던이 말했다. 그가 그녀의 잠옷자락을 허리로 밀어올렸다.

"내가 얘기하고 싶었던 건 그게 전부였소. 말하고 싶지 않으면 다른 말은 전혀 할 필요가 없소. 내가 이해하겠소."

"기던……."

"쉿."

그가 그녀에게 상체를 기울이고 그녀의 목과 민감한 귓불에 키스했다. 그의 손이 그녀의 엉덩이 위로 움직였다. 갑자기 손가락 하나가 그녀의 부드러운 두 쪽의 엉덩이 사이로 미끄러졌다.

해리엇은 몸을 떨었다. 그의 손길에 그녀의 몸은 금세 달아올랐다.

"기던, 당신에게 말을 하지 않겠다고 한 건 진심이었어요."

"당신 말을 믿어요."

그의 손가락이 더 아래로 내려가 천천히 그녀 안으로 들어갔다. 그가 부드럽고 촉촉하게 젖어 이미 뜨거워진 그곳을 열었다.

"기던, 날 비웃고 있는 건가요?"

"난 절대로 당신을 비웃지 않을 거요, 내 사랑. 하지만 때로 당신은 날 웃게 만들거든.”

갑자기 그의 손가락이 치워지더니 그가 부드러운 동작으로 천천히 크고 딱딱한 그의 남성을 선두로 그녀 안으로 들어왔다.

해리엇이 그 순간 대화를 하고 싶었다 하더라도 그렇게 할 수 없었을 것이다. 그때 밀려든 쾌감이 그녀의 머릿속에 남아 있던 모든 생각을 몰아내버렸던 것이다.

다음날 아침 해리엇은 펠리시티와 에피와 함께 쇼핑을 가기로 되어 있었다. 하지만 그녀는 별로 내키지가 않았다. 그녀는 에피가 벅스턴의 무도실에서 벌어졌던 사건에 대해 심하게 연설을 늘어놓고 싶어하리라는 것을 알고 있었던 것이다.

하녀가 노크를 하고 동생과 이모가 도착하여 기다리고 있다고 알려주자, 해리엇은 방금 다 쓴 편지를 봉투에 집어넣고 봉했다.

“이걸 오늘 보내, 알겠지?”

그녀가 하녀에게 말했다.

하녀가 얼른 고개를 끄덕이고는 하인을 찾으러 방을 떠났다. 해리엇은 잠시 주저하다가 보닛을 집어들고 층계를 내려갔다.

하지만 홀에 당도했을 때 펠리시티와 에피의 흔적은 보이지 않았다.

“어디 있는 거죠, 아울?”

“두 분이 마님을 기다리시는 동안 주인님께서 그 분들을 서재로 초청하셨습니다, 마님.”

아울이 그녀를 위해 서재 문을 열어주며 대답했다.

"알겠어요. 고마워요."

해리엇은 급히 서재로 들어가 펠리시티와 에피가 기던의 건너편에 앉아 있는 것을 보았다. 그녀는 신음을 내뱉었다.

기던이 뭐가 재미있는지 눈빛을 반짝이며 일어섰다.

"잘 잤소, 해리엇? 떠날 준비가 된 것 같군. 집에는 몇시에 돌아올 거요?"

해리엇은 어젯밤과 마찬가지로 침묵의 맹세를 지키기가 무척 어렵다는 것을 알았다. 하지만 그녀는 오늘 아침에도 여전히 그런 노력을 하고 있었다. 기던이 정신을 차리도록 할 수 있는 유일한 무기는 그것뿐이라고 결론을 내렸던 것이다.

해리엇은 보닛의 끈을 묶으면서 펠리시티를 쳐다보았다.

"쇼핑에서 돌아온 후에 '화석과 유물 연구 학회'의 모임에 참석할 거라고 경께 말씀드려줘. 4시까지는 돌아올 거라고 말야."

재미있다는 듯이 펠리시티의 눈빛이 빛났다. 그녀는 일부러 헛기침을 하고 기던에게 시선을 돌렸다.

"언니가 그러는데 4시까지는 돌아올 거래요, 형부."

"좋아. 공원에서 승마할 시간이로군."

해리엇이 이맛살을 찌푸렸다.

"펠리시티, 오늘은 공원에서 승마 같은 걸 즐길 기분이 아니라고 경께 좀 전해주겠니?"

펠리시티가 웃음을 감추며 기던을 쳐다보았다.

"언니가 그러는데……."

"나도 들었어, 처제."

기던이 해리엇에게 눈길을 주며 중얼거렸다.

"하지만 난 오늘 오후에 공원에서 승마를 하고 싶고 그녀는 나와 동행하길 원하게 되리라는 걸 알아, 정말 확신할 수 있다구. 난 그녀가 새 암말을 타는 걸 보고 싶어 죽겠는 걸?"

"무슨 새 암말요?"

해리엇이 물었다. 그리고는 기던에게 질문을 했다는 것을 깨달았다. 그녀는 얼른 동생에게 둘러댔다.

"그가 말한 새 암말에 대해 경에게 물어봐주렴."

"이런."

에피가 웅얼거렸다.

"정말 믿을 수가 없구나, 이건 우스꽝스런 일이라니."

하지만 펠리시티는 이 놀이를 즐기고 있었다.

"언니는 새 암말에 호기심이 많은가봐요, 형부."

"그래, 그럴 거라고 생각해. 암말이 어제 우리 마구간에 도착했고, 오늘 오후에 그녀가 나와 함께 공원에서 승마를 할 때 저절로 보게 될 거라고 얘기해 주겠어, 처제?"

해리엇이 그를 노려보았다.

"펠리시티, 뇌물 따위에는 절대 넘어가지 않을 거라고 내 남편에게 말해다오."

펠리시티가 해리엇의 경고를 중개해 주기 위해 입을 열었지만, 기던이 먼저 입을 열었다. 그가 한 손을 들어올렸다.

"이해해. 내 아내는 내가 암말이라는 선물로 그녀의 침묵을 깨려고 애쓰고 있다고 생각하나봐. 하지만 그녀에게 그럴 의도는 전혀 없다고 확실하게 말해줘. 그 암말은 그녀가 내게 말하지 않게 되기 전에 구입한 거니까, 그 일에 대해서는 말다툼을 할 필요가 없다고 말야.”

해리엇은 믿지 못하겠다는 표정으로 그를 쳐다보고 나서
펠리시티에게 시선을 돌렸다.

“그 말에 대해서는 고맙지만, 오늘은 그와 함께 말을 타기
에 좋은 날이 아닌 것 같다고 전해주렴. 우린 대화를 할 수
없을 테고 그러면 승마는 아주 따분해질 테니까.”

“언니가 그러는데…….”

펠리시티가 입을 열었다.

“그래, 들었어.”

기던이 말했다.

“실은, 어젯밤의 사건이 있은 후이기 때문에 오늘 내가 혼
자 공원으로 승마하러 가면 사람들이 수군거릴 게 분명해. 난
여러 가지 불쾌한 추측의 대상이 될 거야. 심지어 내가 아내
를 구타한다고 말하는 사람도 있을 거라구.”

“말도 안돼.”

해리엇이 펠리시티에게 쏘아붙였다.

“그건 그다지 확신이 가는 상황이 아니야.”

기던이 생각에 잠긴 표정으로 말했다.

“사람들은 ‘블랙손 홀의 짐승’으로부터 최악의 사태를 기대
하지. 아내를 때린다는 소문은 쉽사리 가라앉지 않을 거야. 그
리고 러시턴이 어젯밤 극단적인 예언과 비난을 퍼부은 후로,
모든 사람이 최악의 사태가 발생하길 기다리고 있을 게 분명
해. 그렇지 않겠어요, 아쉬콤브 부인?”

에피가 생각에 잠긴 표정을 지었다.

“그래, 아주 그럴듯한 얘기네. 한 가지는 확실해. 오늘은 소

문거리가 떨어지지 않을 거야. 자네들 두 사람은 이런저런 소문 따위로 자신들을 악명높은 존재로 만들었어."

해리엇은 그의 말이 옳을 수도 있다는 가능성에 놀라 이를 갈았다. 사람들은 항상 기꺼이 기던에게서 최악의 사태를 예견했으며, 그는 그러한 소문을 중단시킬 노력을 전혀 하지 않았다.

어젯밤 그녀는 항상 그의 주위를 떠돌던 소문에 또 다른 소문을 덧붙였던 것이다. 그녀가 오늘 그와 함께 나타나지 않는다면, 둘 사이에 불화의 징조가 보인다는 소문이 무성해질 게 분명했다.

"좋아."

해리엇이 턱을 치켜 올렸다.

"펠리시티, 오늘 오후에 그와 함께 공원에서 승마를 하겠다고 경께 말씀드려주렴."

"그 말을 들으니 기쁘오, 해리엇."

기던이 낮게 중얼거렸다.

에피가 눈을 굴렸다.

"이런 어리석은 대화는 이걸로 충분해. 이제 떠나자꾸나."

"네."

해리엇이 먼저 서재를 나갔다. 그녀는 기던이 속으로 자기를 비웃고 있다는 것을 알고 있었기 때문에 한 번도 뒤를 돌아보지 않았다.

잠시 후 에피와 펠리시티가 마차 안의 해리엇 건너편에 자리를 잡고 앉았다. 펠리시티가 킬킬거리며 웃음을 터트렸다.

"뭐가 그렇게 재미있는지 모르겠구나."

해리엇이 투덜거렸다.

"앞으로 얼마 동안이나 그에게 말을 하지 않고 배겨낼 수 있을 것 같아?"

펠리시티가 물었다.

"어젯밤 무도실에서 내 파트너를 했던 여러 명의 남자들이 하는 얘기를 들었는데 말야, 여러 클럽에 내기가 걸려 있다던 걸? 모두들 이 싸움이 얼마나 갈지 예견하고 있다는 거야."

"상관없어."

해리엇이 쏘아붙였다.

에피가 심하게 얼굴을 찌푸렸다.

"그럴려면 넌 네 싸움을 비밀로 유지했어야지."

"그러기가 불가능했어요."

해리엇이 말했다.

"기던은 기회만 있으면 제 심사를 건드린다구요. 몇 분 전에 서재에서 그랬던 것처럼 말예요. 그는 제가 그에게 말을 하지 않는다는 사실을 존중하려 들지 않아요."

에피가 호기심어린 눈초리로 그녀를 쳐다보았다.

"사교계에서 이 일을 얼마나 재미있어하는지 모를 거야. 네 남편은 항상 소문의 주인공이었어."

"알아요."

해리엇이 인정했다.

"어젯밤처럼 네가 러시턴을 공격했다는 사실은 소문에 흥미로움을 더해주었을 뿐이야."

해리엇이 얼굴을 찌푸렸다.

"러시턴은 성 저스틴을 또다시 짐승이라고 불렀어요. 누구

든 그를 그런 끔찍한 이름으로 부르는 건 참을 수가 없다구
요.”
　“언니가 혼자 있을 때 만날 기회를 가진 게 요즘 들어 처음
인 것 같아.”
　펠리시티가 호기심어린 표정으로 상체를 앞으로 숙이며 말
했다.
　“언니가 왜 성 저스틴에게 말을 하지 않는지 알고 싶어 죽
겠다구. 소문에 들리는 결투 신청과 무슨 관계가 있는 거야?
일이 어떻게 되어가고 있는 거야, 해리엇?”
　해리엇은 동생과 이모를 쳐다보며 울음을 터트릴 뻔했다.
　“그 결투 얘기를 들었니?”
　“모두들 알고 있어.”
　펠리시티가 확신시켜 주듯 말했다.
　“맙소사, 성 저스틴이 입회인으로 프라이 경과 애플게이트
경을 골랐대. 두 사람 다 비밀을 지킬 수가 없었지. 그들은 둘
다 자기들이 세상을 지배하기라도 할 것으로 여기고 있다고.”
　“그건 말도 안돼.”
　에피가 불평을 했다.
　“결투란 비밀리에 치러져야 하는 거란다.”
　“결투에 관한 소문은 항상 있게 마련이에요.”
　펠리시티가 지적했다.
　“그래, 하지만 이번 경우에는 그게 실제로 공공연한 구경거
리가 되었어. 그 일에 대해서는 온 세상이 다 알고 있다구.”
　“오, 맙소사.”
　해리엇은 손가방에서 손수건을 찾아 더듬거렸다.

"너무 끔찍해. 성 저스틴이 총에 맞거나 망명하게 될지도 모른다는 사실 때문에 너무나 겁이 나. 모두 다 브라이스 씨 때문이야. 그는 결투를 할 자격이 없어. 내가 성 저스틴에게 그 점을 설명했지만, 그가 결투를 철회하려 들지 않아."

에피가 그녀를 가만히 들여다보았다.

"그래서 남편에게 말을 하지 않는 거니? 결투에서 그의 목숨이 날아갈까봐, 그게 화가 난 거야?"

해리엇이 슬픈 표정으로 고개를 끄덕였다.

"네, 그리고 어떤 의미에서 그건 모두 제 탓이에요."

펠리시티가 의자에 등을 기댔다.

"성 저스틴이 브라이스 씨가 언니에게 한 말 때문에 결투를 신청했나보군? 그런 일이 있었던 거야?"

해리엇이 한숨을 내쉬었다.

"모욕을 약간 넘어선 것이었어. 하지만……."

"얼마나 심한 것이었는데?"

에피가 물었다.

"정 아셔야겠다면, 브라이스 씨가 절 공격했어요."

해리엇은 고모의 눈에 비친 공포스런 표정을 보고는 서둘러 그녀를 안심시켰다.

"하지만 대단한 해가 가해진 건 아니었어요. 브라이스 씨를 제외하고는 말예요. 제가 그의 머리에 꽤 큰 돌덩어리를 떨어뜨렸거든요. 하지만 성 저스틴은 그 일을 그냥 넘어가려 하질 않아요."

"내 생각엔 그가 옳은 듯싶구나."

에피가 비꼬듯이 말했다.

"이 소식은 모든 걸 바꾸어놓을 거야. 물론 성 저스틴은 뭔가 조치를 취해야 해."

"오, 해리엇."

펠리시티가 숨을 들이쉬었다.

"성 저스틴은 언니의 명예를 걸고 결투를 할 거야. 끔찍하도록 낭만적인 일이 되겠군."

"난 그렇게 생각하지 않는다."

해리엇이 쏘아붙였다.

"결투를 중단시킬 방안을 찾아야 해."

"그는 언니를 무척이나 사랑하는 게 분명해."

펠리시티가 경이로운 표정이 가득한 눈빛으로 말했다.

해리엇은 오만상을 했다.

"그건 전혀 그렇지 않아. 저스틴은 자신의 명예를 매우 심각하게 여기고 있는 것뿐이라구."

"그리고 언니는 그의 아내니까, 언니의 명예는 그의 명예에 달려 있어."

펠리시티가 부드럽게 말했다.

"불행히도 그렇구나."

해리엇이 단호하게 허리를 쭉 폈다.

"하지만 이 어리석은 결투를 중단시킬 방법을 찾아볼 거야. 난 이미 조치를 취했다구."

"조치?"

"오늘 아침 고모하고 네가 도착하기 전에, 도움을 청하기 위해 사람을 보냈단다."

에피가 그녀를 쳐다보았다.

"어떤 도움 말이냐?"

"성 저스틴의 부모님께요."

해리엇이 만족스런 표정으로 말했다.

"뭔가 끔찍한 일이 일어날 거라고 적은 쪽지를 급하게 보냈어요. 그 분들은 제가 이 일을 끝낼 방법을 찾도록 도와주실 거예요. 결국, 성 저스틴은 그 분들의 유일한 아들이자 상속인이니까요. 그 분들은 그가 결투에서 목숨이 위험해지는 걸 저 못지않게 바라지 않으실 게 분명해요. 제 판단이 맞을 거예요."

결투와 말다툼과 해리엇이 러시턴을 공격했다는 소문은 사교계의 흥을 돋굴 뿐 아니라, '화석과 유물 연구 학회' 모임의 애깃거리이기도 하다는 것을 해리엇은 그날 오후에 알게 되었다.

매우 진지한 표정으로 영스트리트 부인의 객실로 들어서는 프라이 경과 애플게이트의 모습은 '행동하는 사람들'이라는 조각상을 생각나게 했다. 모두들 정보 부스러기라도 주워보려는 희망으로 두 사람에게 바짝 다가갔다.

"명예에 관한 문제요."

프라이 경이 진지한 목소리로 말했다.

"그 문제를 더 이상 논의할 수는 없소. 매우 심각한 일이오. 실은 무척 심각하죠."

"그 일에 대해서는 절대 얘기할 수 없어요."

애플게이트가 말했다.

"모두들 이해하실 것으로 믿어요. 성 저스틴이 이 일을 신사답게 처리하고 있다는 것만 말씀드리죠. 이 일에 관련된 상대에 대해서는 같은 말을 할 수 없을 것 같군요. 그는 우리를 만나거나 그의 입회인들의 이름을 거론하길 거부해요."

소파에 앉아 있던 해리엇은 애플게이트의 말을 엿듣고 약간 마음이 밝아졌다. 그녀는 그 말이 브라이스 씨가 이 결투를 취소할 방법을 찾게 되리라는 걸 의미하는 건 아닐까 하는 희망이 생겼다. 아마 그는 기던에게 사과의 뜻을 전달할지도 모른다.

그녀는 애플게이트의 말을 더 잘 듣기 위해 바짝 긴장하며 앞으로 몸을 숙였다.

애석하게도 영스트리트 부인이 그 순간을 택해 그녀 옆에 앉았다. 그녀가 해리엇에게 익살맞게 눈을 깜박여 보였다. 해리엇은 그녀가 이미 오후에 마실 모든 분량의 셰리주를 마신 상태라는 걸 알았다.

"자, 자, 자, 아가씨."

영스트리트 부인이 호들갑스럽게 말했다.

"당신이 어젯밤에 해낸 건 상당한 작품이었어요. 조그만 암사자처럼 러시턴에게 달려들었잖아요."

"그가 성 저스틴을 짐승이라고 불렀어요."

해리엇이 방어하듯 말했다.

영스트리트 부인이 생각에 잠긴 표정으로 고개를 갸웃이 기울였다.

"난 최근까지 러시턴을 특별히 잘 알지 못했어요. 그 동안 그가 사교계에 얼굴을 많이 내민 것 같지는 않거든요. 하지만 요즘에는 어디서나 그를 볼 수 있어요, 그렇지 않아요?"

"네,"
해리엇이 중얼거렸다.
"그래요."

사람들이 결투 애기를 옮길수록 그 애기는 더욱 더 불길하고 불가피한 것이 되어갔다. 해리엇에게는 기던에게 말을 하지 않음으로써 그의 마음을 바꾸려는 계획이 제대로 되고 있는 것 같지 않았다. 그녀는 그 전술을 버려야 하는 건 아닐까 생각하며 우울해졌다.

그는 그녀가 화가 나 있다는 걸 계속 무시하고 있었던 것이다.

그날 오후 역시 그는 여느 때와 다름없이 그녀가 아름다운 새 암말에 올라타는 걸 도와주면서 즐거운 듯 일방적인 대화를 했다.

"그렇다면, 그 말에 대해서는 무슨 생각을 가지고 있소? 그 말은 당신에게 썩 잘 어울려요."

기던이 해리엇을 가볍게 들어올려 안장에 앉히고는 뒤로 물러나 암말 위에 걸터앉은 그녀의 모습을 칭찬했다. 그리고는 만족스러운 듯 고개를 끄덕였다.

"실은 놀라울 정도요."

숱많은 머리에 의기 양양하게 빨간 모자를 쓰고 루비빛 승마복을 차려입은 해리엇은 입을 다물고 있기가 몹시 힘들었다. 귀여운 아라비아 종 암말은 정말로 아름다웠다.

해리엇은 지금까지 그토록 아름다운 말을 타본 적이 없었다. 그녀는 경이로운 표정으로 말의 매끄러운 목을 톡톡 두드렸다.

부드럽고, 지적이고, 태도 바른 암말이 기던의 육중한 적갈색 종마 옆에서 즐겁게 걸음을 옮겼다. 아라비아 종 암말은 종마의 몸집에 조금도 주눅들지 않는 것 같았다.

말을 타고 공원으로 들어가는 동안 해리엇은 사람들의 시선을 느낄 수 있었다. 그녀는 자신과 기던을 둘러싼 소문 때문만이 아니라, 아마도 둘이서 함께 말에 올라타서 그려내는 광경 때문에 사람들의 시선을 황홀하게 하는 부부로 보인다는 것을 알았다.

해리엇은 그 영상에 사로잡혀서 침묵의 맹세를 깨고 기던에게 말을 건넬 뻔했다. 그녀가 입술을 벌리고 말을 내뱉으려다가 곧 단호하게 다물어버렸다.

기던이 순한 미소를 떠올렸다.

"침묵을 지키는 일이 당신에게 매우 힘든 일이라는 걸 알아요, 해리엇. 그리고 그럴 필요는 전혀 없소. 당신은 내가 매우 고집스런 사람이라고 주장하곤 했잖소. 하지만 당신이 계속 이런다면 당신도 나와 다르지 않다는 걸 증명하는 것 외에는 아무것도 아니오 그래도 침묵을 지키는 일에 대해 마음을 바꾸지 않을 거요?"

해리엇은 그를 노려보며 그의 말이 맞다는 것을 알았다. 이 남자는 믿을 수 없을 만큼 고집스러웠다. 그녀는 괴로움과 교차한 안도의 감정을 느끼며 침묵의 시위를 포기했다.

"당신 말이 맞아요."

그녀가 까칠한 목소리로 말했다.

"당신은 무척 고집스런 사람이에요. 하지만 말을 고르는 데 있어서는 훌륭한 안목을 가지고 있죠."

그녀가 아름다운 암말을 내려다보며 행복하게 미소지었다.

"전 당신에게 많은 의지를 하고 있어요. 하지만 당신이 이 어리석은 결투에서 죽는다면 제겐 아무런 도움이 되지 못할 거예요."

그녀가 충동적으로 그에게 시선을 돌렸다.

"기던, 이런 일은 그만두어야 해요."

기던의 입술이 오므라졌다.

"당신은 참 집요한 사람이구려, 부인. 다시 한 번 말하겠는데, 이 일 때문에 당신이 걱정할 것은 아무것도 없소. 모든 게 잘될 거요. 당신의 불쌍한 남편에게 조금이라도 믿음을 가져 보도록 하시오."

"그건 믿음의 문제가 아니에요, 상식의 문제라구요."

해리엇은 암말의 귀 위로 앞을 똑바로 쳐다보았다. 갑자기 그녀에게 어떤 생각이 떠올랐다.

"기던, 여기에서 제가 알지 못하는 어떤 일이 벌어지고 있는 거예요? 혹시라도 비밀스런 음모를 꾸미고 있는 건가요?"

"내게 계획이 있소, 해리엇. 난 항상 그렇소. 지금 이 순간 내가 말할 수 있는 건 그게 전부요."

"그게 뭔지 말해주세요."

해리엇이 요구했다.

"그럴 수 없소."

기던이 말했다.

"왜 안되나요? 전 당신 아내잖아요."

기던이 살짝 미소를 떠올렸다.

"그건 상식의 문제요."

해리엇은 그에게 이맛살을 찌푸려 보였다.

"제가 비밀을 지킬 수 없을 거라고 여기시는 거죠? 그건 저에 대한 모욕이에요."

"그게 아니오, 해리엇. 나 이외에는 아무도 어떤 계획이 세워졌는지 모르는 게 가장 좋을 것 같아 그러는 거요."

"하지만 당신은 당신 계획에 애플게이트 경과 프라이 경을 끌어들였어요."

해리엇이 항의했다.

"부분적으로 끌어들였을 뿐이오. 용서하시오, 해리엇. 하지만 이런 일에 대해서는 나 혼자 다루는 데 워낙 익숙해서, 그건 오래된 습관이오."

"당신에게는 이제 아내가 있어요."

그녀가 상기시켰다.

"날 믿어요. 그건 나도 잘 알고 있소."

이틀 후, 램즈데일의 무도실로 들어서던 해리엇은 기대에 들떠 재잘거리는 소리를 듣고 그녀가 더욱 더 불쾌한 소문의 대상이 되었다는 것을 알았다. 그것이 그녀의 화를 돋구기 시작했다.

아직 기던의 부모는 보이지 않았다. 그녀는 전갈이 제대로 전달되지 않은 건 아닌지, 혹은 기던과 그의 아버지 사이의 불화가 너무 심해서 백작이 생사의 문제에 있어서까지 아들을 돕기 위해 오기를 거부한 것은 아닌지 초조해지기 시작했다. 아니면 백작은 여행을 할 만큼 상태가 좋지 않을 수도 있었다.

갖가지 생각이 다 떠올랐지만, 최종 결론은 그녀 혼자서 임박한 결투의 재난을 다루게 될 것이라는 사실이었다.

혼자서 그 일을 다루겠다는 기던의 고집을 꺾기 위한 그녀의 노력은 아무런 진전을 보이지 않고 있었다.

해리엇이 '화석과 유물 연구 학회'의 몇몇 친구들과 함께 서 있는데 펠리시티가 그녀를 발견했다.

"애플게이트 경과 프라이 경이 도착했어."

펠리시티가 들뜬 목소리로 말했다.

"방금 전에 그들이 들어오는 걸 봤어. 형부를 찾고 있는 것 같던 걸?"

영스트리트 부인의 눈빛에 떠오른 흥분은 누가 보더라도 금방 알 수 있었다.

"그렇다면 바로 그거로군. 프라이가 말해줬는데 두 사람은 오늘 오후에 브라이스를 몰아붙여 시간과 장소에 대해 동의하도록 만들 거라고 했어."

"오, 맙소사."

해리엇은 온몸에서 힘이 빠져나가는 걸 느꼈다.

"그토록 많은 사람들 앞에서 결투가 벌어진다는 건 한 번도 듣지도 보지도 못했어요."

다른 회원 하나가 중얼거렸다.

"아주 이상하군요."

대퇴골에 전문가인 조지 경이 심각한 표정을 지었다.

"그들은 조심해야 할 거요. 당국에서 그 시간과 장소를 알게 되면 체포령을 내릴지도 몰라요."

"맙소사."

해리엇이 낮게 중얼거렸다. 그녀는 기던이 감옥에 들어간다는 생각에 순간적으로 비틀거렸다. 펠리시티가 위안하는 손길로 그녀의 팔을 토닥였다.

"걱정마, 언니. 형부가 제대로 끝내는 방법을 모르면서 이 일을 시작하지는 않았을 거야."

"그건 그가 항상 하는 말일 뿐이야."

해리엇은 기던을 찾을 수 있는지 알아보기 위해 발꿈치를 들었다. 그는 몸집이 무척 컸기 때문에 보통은 사람들 틈에서 찾아내기가 아주 쉬웠다.

그는 무도실의 한쪽 끝에 있는 창문 옆에 서 있었다. 해리엇은 그 옆에 얼핏 보이는 대머리를 보고는 프라이 경이 분명하다고 생각했다.

갑자기 사람들이 웅성거렸다. 웅성거림은 무도실의 한쪽에서 시작되어 해리엇의 방향으로 파도처럼 몰려왔다.

파도가 그녀를 향해 굴러옴에 따라 웅성거리는 목소리가 더 커졌다.

"무슨 일이야?"

해리엇이 펠리시티에게 물었다.

"일이 대체 어떻게 되어가고 있는 거야?"

"아직 모르겠어. 무슨 일이 일어났나봐."

펠리시티가 기대 섞인 눈빛으로 기다렸다.

조지 경이 큰 소리로 말했다.

"장소가 정해졌나보군요. 아마 권총으로 동의했을 거예요. 더 이상 쌍날칼을 사용하는 사람은 없으니까요. 하긴 그건 너무 시대에 뒤떨어지지."

"드로어리 오솔길에서 그 일이 치러질지도 몰라요. 사교계 사람들을 초청할지도 모르구요."

영스트리트 부인이 소견을 말했다.

해리엇은 펠리시티의 팔을 움켜쥐었다.

"이제 어떻게 해야 하지? 기던이 이 결투를 치르도록 그냥 내버려둘 수는 없어."

"일이 어떻게 되는지 기다려봐."

펠리시티가 조언했다.

사람들의 웅성거림이 이제 더 가까워져서 거의 그들이 있는 곳까지 다가왔다. 몇 마디가 선명하게 들려왔다.

"유럽대륙으로 떠났다며?"

"……아무에게도 말하지 않고……."

"그의 하인들도 몰랐대……."

"겁쟁이로군……."

"……인품에 비해 너무 잘생겼다는 얘기가 있었어. 그 남자에게는 용기가 없어……."

누군가가 상체를 기울이고 영스트리트 부인에게 뭔가를 말해주었다. 영스트리트 부인은 자세히 귀담아듣고 나서 해리엇 주위에 모여든 몇몇 사람들에게 발표하기 위해 고개를 돌렸다. 모두들 숨을 죽인 채 그녀의 입이 떨어지기만을 기다렸다.

"브라이스가 유럽대륙으로 도망쳤대요."

영스트리트 부인이 소리쳤다.

"한밤중에 가방을 싸들고 사라져버렸대요. 그의 하인들에게도 알리지 않고 말이에요. 아침이면 채권자들이 그의 집 대문을 두드릴 거라는군요."

모두들 흥미로운 대화에 끼여들었다. 해리엇은 현기증이 느껴졌지만 영스트리트 부인의 눈길을 끌려고 애썼다.

"결투가 벌어지지 않을 거라는 뜻인가요?"

"분명히 그럴 거야. 겁쟁이 브라이스가 달아나버렸으니까."

영스트리트 부인이 말했다.

"성 저스틴이 그를 이 나라에서 몰아낸 거라구."

조지 경이 다 알고 있다는 표정으로 고개를 끄덕였다.

"성 저스틴은 항상 위풍 당당하다는 말을 들었어요. 지난 몇 년 동안 그가 당했던 일을 참기 위해서는 그만한 기상을 가지고 있어야 했을 거요."

"그에 관한 소문은 모두 거짓말이었던 게 분명해요."

영스트리트 부인이 큰 소리로 말했다.

"그가 강한 성격의 남자가 아니었다면 우리의 해리엇 양은 결코 그와 결혼하지 않았을 거예요."

다른 회원들이 웅얼거리며 동의를 표했다. 해리엇은 어찌나 안도가 되던지 다른 사람들이 하는 말은 거의 귀에 들어오지 않았다.

"펠리시티, 결투가 벌어지지 않을 거래."

"그래, 나도 들었어."

펠리시티가 환하게 웃었다.

"이제 성 저스틴 자작과 사교계와의 싸움을 중단할 수 있겠군. 모두 끝난 거야. 내가 잘못 들은 게 아니라면, 형부는 자기의 명예를 더럽힌 오점을 씻어낸 것 같아. 아주 훌륭히 말야."

“그의 명예에는 결코 오점이 없었어.”

해리엇이 자기도 모르게 말했다.

“그건 모두 소문이었을 뿐이야.”

“그래, 그건 이제 다른 사람들의 잘못된 견해였던 게 분명해졌어.”

펠리시티가 웃음지었다.

“사교계 사람들이 그토록 신속하게 견해를 바꿀 수 있다는 게 놀랍지 않아? 모든 사람은 분명한 승리자를 후원하길 좋아하지. 내일 아침에 깨어나면 형부가 모든 사람들의 입에 승리자로 오르내린다는 걸 알게 될 거야.”

하지만 해리엇은 더 이상 동생의 말을 듣고 있지 않았다. 그녀는 사람들이 옆으로 갈라지는 걸 보고 기던이 길게 늘어선 사람들 틈을 지나 자신을 향해 성큼성큼 걸어오고 있다는 것을 알았다.

여러 사람이 그에게 말을 건네려 하고 있었지만, 기던은 눈길조차 돌리지 않았다. 그의 반짝거리는 시선은 해리엇에게 고정되어 있었으며, 전혀 흔들리지 않았다. 그가 그녀 앞에서 걸음을 멈추고는 그녀의 손을 잡았다.

“왈츠곡이 연주될 것 같소. 나와 춤을 추겠소?”

“오 그럼요, 기던. 물론이죠.”

해리엇이 낮게 소리치며 그의 팔로 뛰어들었다.

기던은 호쾌하게 웃어젖히면서 그녀를 무도실로 데려갔다.

집으로 돌아가는 길에 마차에 앉은 해리엇은 기던을 마주 보고 있었다. 오늘 저녁 그와 단둘이 있게 된 것은 처음이었다.

"정말로 끝난 거예요, 기던?"

"그런 것 같소. 애플게이트와 프라이 경이 브라이스에게 무슨 일이 일어났는지 알아내기 위해 애를 좀 썼지만, 그들은 마침내 오늘 밤 그 일을 마무리했소. 그들은 그가 이 나라에서 도망친 걸 알고 꽤 실망했을 거요. 그들은 입회인으로서의 의무를 완수하기를 고대하고 있었으니 말이오."

해리엇은 강한 눈빛으로 그를 쳐다보았다.

"말해보세요, 기던. 당신이 계획했던 게 바로 이것이었나요? 브라이스가 결투 장소에서 당신과 마주치는 대신 도망갈 거라는 걸 예상하고 있었던 거예요?"

기던이 어깨를 으쓱거렸다.

"음, 그건 처음부터 명백했소. 난 그가 겁쟁이라는 걸 알고 있었소."

"제게 말씀을 해주셨어야죠, 기던. 얼마나 걱정했다구요."

"당신이 전에 이런 말을 했었지? 항상 계획대로만 되는 것은 아니라고 말이오. 나 역시 예측했던 대로 일이 풀릴 거라고는 백 퍼센트 확신할 수가 없었소. 그래서 당신에게 말하지 않은 거요. 당신에게 쓸데없는 희망을 키워주고 싶지 않았으니까. 여전히 실제로 그를 만나야 할지도 모르는 가능성도 남아 있었고, 그러면 당신이 걱정하리라는 건 뻔했으니 말이오."

해리엇의 머릿속에 안도감과 분노가 교차했다.

"당신이 저와 의논했더라면 정말 좋았을 거예요. 아무것도 모르고 있는 건 무척 괴로운 일이에요."

"난 최선이라고 생각되는 대로 했소, 해리엇."

"당신이 생각할 때 최선이라고 여기는 것과 제 생각이 항상 일치하는 건 아니잖아요."

그녀가 힘이 들어간 목소리로 그에게 말했다.

"당신은 굳이 설명하지 않고 행동하는 데에 너무 익숙해 있어요. 그런 성향을 고치는 법을 배워야 한다구요."

기던이 희미하게 미소를 머금었다.

"오늘 남아 있는 밤을 내게 설교만 하면서 보낼 작정이오, 해리엇? 난 더 하고 싶은 일이 있소."

마차가 두 사람의 집 앞에서 멈추자 해리엇이 한숨을 내쉬었다.

"당신이 안전할 거라는 게 명백해지고 나서 이처럼 안도하지 않았다면, 밤새도록 당신에게 설교를 해대고 아침까지도 그치지 않았을 거예요."

"하지만 난 안전하오."

하인이 문을 열자 기던이 천천히 점잔을 빼며 부드럽게 말했다.

"그리고 당신은 안심하고 있으니까 설교는 건너뛰고 그만 침대로 갑시다, 음?"

해리엇은 바닥으로 내려서면서 그를 날카롭게 노려보았다. 기던이 그녀 뒤의 바닥으로 내려서서, 그녀의 팔을 잡고 그녀를 층계로 끌고 올라갔다. 그는 아직도 미소를 머금고 있었다.

문이 열리더니 곧 아울의 모습이 나타났다. 그의 뚱한 표정은 평소보다 더 험악해 보였다.

"즐거우셨습니까, 마님? 주인님?"

해리엇은 얼굴을 살짝 찌푸리며 그를 쳐다보았다.

"누가 죽기라도 했어요, 아울?"

"아닙니다, 마님."

아울이 기던을 쳐다보았다.

"손님들이 와 계십니다."

"손님들이라구?"

기던의 얼굴에서 미소가 사라졌다.

"대체 이렇게 늦은 시간에 누가 우리를 방문했다는 건가?
아무에게도 초대장을 보낸 일이 없는데 말야."

"주인님 부모님께서 도착하셨습니다."

아울의 말에 해리엇은 기분이 좋아졌다.

"멋진 소식이군요."

"내 부모님이라구?"

기던이 폭발할 것처럼 소리쳤다. 그의 눈빛이 분노로 이글
거렸다.

"제기랄, 대체 그 분들이 여기서 뭘 하고 계신 거지?"

아울이 해리엇에게 시선을 돌렸다.

"마님으로부터 초대장을 받았다고 하시더군요, 주인님."

"네, 사실이에요."

기던이 점점 심하게 화가 솟구치는 표정을 지으며 그녀에
게 시선을 돌리자 해리엇은 그를 못본 체했다.

"그 분들이 저를 도와 브라이스 씨와의 끔찍한 결투를 중단
시킬 수 있을 거라고 생각되길래 제가 초청했어요."

"당신이 그 분들을 초청했다구? 내 허락도 없이?"

기던이 위험한 목소리로 말했다.

"전 최선이라고 생각되는 일을 한 거예요, 경. 당신이 절 민

지 않겠다고 한다면, 아무리 사소한 일에 대해서도 제가 당신을 믿을 거라고는 기대하지 마세요.”

해리엇은 시부모에게 인사하기 위해 서둘러 그를 지나쳐 충계를 올라갔다.

하드캐슬 백작과 마가렛은 서재의 난로 앞에 앉아 있었다. 그들 옆에는 차주전자가 놓여 있었다.

해리엇이 급하게 서재로 들어서자 두 사람 모두 놀라고 걱정스런 표정으로 고개를 들었다.

백작이 먼저 해리엇을 쳐다보고는 그녀를 지나쳐 기던을 바라보았다. 그가 아들에게 눈살을 찌푸리자, 아들도 그와 똑같은 표정을 지어보였다.

“전갈을 받았다.”

하드캐슬이 퉁명스럽게 말했다.

“살인이 날지도 모르는 사건에 관한 것이었어.”

“제기랄.”

기던이 말했다.

“해리엇은 항상 쪽지로 일을 처리하는 버릇이 있죠.”

화 해

　두 시간 후 기던은 해리엇의 침실과 자신의 침실을 이어주
는 문을 발로 차 열고는 성큼성큼 아내의 방으로 들어섰다.
그는 금방이라도 전투를 시작할 듯이 씩씩거리고 있었다.

　해리엇은 침대에서 일어나 베개에 몸을 기대고 앉았다. 그
녀는 이러한 상황에 어느 정도 마음의 준비가 되어 있었다.
그녀는 집에 도착하여 그의 부모가 서재에서 기다리고 있음을
알게 된 후로 기던이 성질을 죽이느라 사력을 다하고 있다는
것을 잘 알고 있었다.

　기던은 백작과 어머니에게 공손하게 굴었다. 그건 거의 없
는 일이었다. 그는 발생한 사건에 대해 간단하게 설명해 주기

까지 해서 부모를 놀라게 했다.

하지만 해리엇에게는 전혀 정중해지고 싶은 기분이 아닌 것 같았다. 해리엇을 제외하고는 누구나 그 사실에 대해서 매우 초조해했다.

기던이 침대 발치의 조각이 새겨진 기둥을 한 손으로 움켜쥐었다. 그는 바지만 입고 있었다. 그가 어둠 속에서 모습을 드러내자 촛불이 그의 넓은 가슴과 어깨의 근육을 드러내주었다. 그의 눈이 반짝거렸다.

"난 지금 당신에게 기분이 별로 좋지 않소, 부인."

기던이 험악하게 말했다.

"네, 알 수 있을 것 같아요, 경."

"어떻게 감히 당신 마음대로 내 부모님께 초청장을 보낼 수 있단 말이오?"

"그만큼 절박했던 거라구요. 당신은 런던을 돌아다니며 결투를 위한 계획을 짜고 있었고 제 말을 들으려 하지 않았어요. 전 당신을 제지할 방법을 찾아야 했다구요."

"난 모든 걸 제대로 처리했소."

기던이 성을 냈다. 그가 기둥을 놓고 그녀에게 더 가까이 다가왔다.

"물론 당신을 제외하고 모든 걸 말이오. 빌어먹을, 여자들이란. 남편은 자기 집의 왕인 법이오."

"당신은 이 집의 왕이에요, 거의 모든 부분에서요."

해리엇은 그를 달래려는 듯 미소를 지으려 애썼다.

"하지만 또다시 제가 강제로 조처를 취해야 하는 한두 가지 일이 튀어나왔어요. 당신은 그 고집스런 태도를 또 내보였고 제 말을 귀담아듣지 않았어요."

"브라이스와의 일은 내 일이었소."

"저도 관계가 있었어요, 기던. 당신은 처음에 저 때문에 그에게 결투를 신청했다구요."

"그게 요점이 아니잖소?"

"아뇨, 그렇지 않아요."

해리엇은 무릎을 끌어올려 두 팔로 감싸안았다.

"저도 당신만큼 관련이 있었어요. 그런데 당신은 왜 그렇게 화가 나신 거죠?"

"이유를 알고 있잖소. 당신이 내 부모님을 이 집으로 불러들이기 전에 나와 의논하지 않았기 때문이오."

기던이 거친 목소리로 말했다.

"난 부모님이 여기에 계신 걸 원치 않소. 당신이야 잘 모르겠지만, 난 부모님과 거의 애기를 나누지 않소. 당신이 부모님께 사람을 보내면서 뭘 얻을 것으로 여겼는지 정말 상상이 가지 않소."

"그 분들이 당신을 걱정하시는 게 분명하니까요. 당신이 결투를 벌이고 목숨이 위험해질지도 모르는 계획을 세우고 있다는 것을 아시면 말려주실 거라고 생각했어요."

"나를 걱정한다구? 제기랄. 부모님이 내가 결투를 벌이다가 죽기라도 할까봐 걱정하는 단 한 가지 이유는 그게 혈육이 끊긴다는 걸 의미하기 때문이오."

"어떻게 그런 말씀을 하시는 거죠? 오늘 밤 우리가 서재로 들어섰을 때 어머님의 표정을 보셨잖아요. 그 분은 무척 놀라셨던 거예요."

"좋아요. 어머니가 아직도 나에 대해 어떤 감정을 가지고 있을 수도 있다는 건 인정하겠소. 하지만 내 아버지가 내게서 원하는 건 대를 이을 손자뿐이오. 그 때문에 그에게는 내가 살아 있어야 하는 거요. 하지만 그가 실제로 다른 이유 때문에 내 신변을 걱정한다고 믿는 바보짓은 저지르지 마시오."

"오 기던, 그건 절대 사실이 아니에요."

해리엇이 무릎을 꿇으며 그의 팔에 손을 댔다.

"아버님은 정말로 당신을 걱정하고 계세요. 그 분은 모든 면에서 꼭 당신만큼 고집이 세고 오만하고 거만하시죠. 또 그 분은 당신보다 연세도 더 많으세요. 아마 경험은 훨씬 더 많으실 거예요."

"내겐 그 분만큼 경험의 연륜이 없을 수도 있소."

기던이 아무렇게나 내뱉었다.

"하지만 나도 그 분만큼 내 나름대로 경험을 가지고 있소, 왜 날 못 믿는 거지?"

"그렇게 뻣뻣하게 굴지 말아요. 당신은 그 분보다 훨씬 더 참을성이 많고 융통성이 있어요."

기던의 양 눈썹이 올라갔다.

"내가?"

"그래요. 당신이 저에 대해 얼마나 많이 참아주고 있는지만 봐도 알 수 있죠."

"바로 그거요."

기던이 중얼거렸다.

"난 당신에 대해 너무 많이 참아왔소, 부인."

"기던, 전 여기에서 요점을 말하려는 거예요. 제 말 잘 들어

보세요. 다시 아버님과 친밀한 관계를 만들고 싶다면 그 분을 위해 마음을 풀어야 해요. 그 분은 지난 6년 동안 쌓아올린 벽을 무너뜨리는 법을 모르실 거예요.”

“왜 내가 굳이 그 분과 친밀한 관계를 유지해야 한단 말이오? 그 분은 내게 등을 돌린 사람인데.”

“완전히는 아니었어요, 기던. 아버님은 가문의 재산 관리에 대해 당신을 믿었잖아요.”

“그건 그 분에게 선택의 여지가 별로 없었기 때문이오.”

기던이 비꼬듯 말했다.

“난 그에게 남겨진 유일한 아들이니까 말이오.”

“그 분은 모든 대화를 단절하지는 않으셨어요.”

해리엇이 계속했다.

“당신은 꽤 자주 그 분을 방문하러 가잖아요. 동굴에서 지낸 다음날, 그 분 소식을 듣고 나서 당신이 얼마나 서둘러 떠났던가를 생각해 보세요.”

“내 아버지는 자기가 죽어가고 있다고 여길 때만 내게 오라는 명령을 내리오.”

“아마 아들을 불러들이기 위해서는 아버님의 건강을 구실로 삼는 게 가장 좋다고 생각하신 거겠죠.”

기던이 그녀를 쳐다보았다.

“맙소사, 당신의 상상력은 정말 못 말리겠군. 대체 어떻게 그런 결론에 도달한 거요?”

“그 동안의 여러 가지 일들을 논리적으로 생각해 봤어요. 당신이 생각하는 그런 이유는 아버님께서 오늘 밤 당신을 구하러 달려오게 만든 구실이 아니었다는 걸 아시게 될 거예요.

그 분은 당신에게 무슨 일이 일어날지 걱정이 되어서 오신 거라구요.”

기던의 커다란 손이 그녀의 어깨를 덮었다. 그가 그녀에게 가까이 상체를 기울였다.

“내 아버지는 오늘 밤 날 구하러 달려오신 게 아니오. 그 분은 해리엇 당신이 내 어머니를 놀라게 하고, 내가 하드캐슬 백작 집안의 대를 끊을 걸로 생각하게 만들었기 때문에 오신 거요. 그 분이 여기에 온 이유는 그것뿐이오. 그리고 난 이 말도 안되는 소리가 지겨워졌소.”

“저도 그래요. 기던, 아버님께 공손하게 굴겠다고 약속해 주셨으면 해요. 그 분께 당신과의 사이에 생긴 틈을 메울 수 있는 기회를 드리세요.”

“오늘 밤은 더 이상 내 아버지에 대해 얘기하고 싶지 않소. 난 당신과 얘기를 하러 온 거요, 부인.”

해리엇이 기대에 찬 눈빛으로 그를 쳐다보았다.

“무슨 얘기를 하고 싶으신데요?”

“아내로서의 당신의 의무 말이오. 이제부터 당신은 내 부모님과 접촉하면서 이번에 당신이 취한 것과 같은 중요한 결정을 내릴 때에는 먼저 나와 의논해야 하오. 내 말 분명히 알아듣겠소?”

“저도 조건이 있어요.”

해리엇이 활짝 웃음을 머금었다.

“당신이 저와 의논하면 저도 당신과 의논하겠다고 약속할게요. 앞으론 브라이스 씨에게 결투를 신청하는 것과 같은 어리석은 일에 대해서는 저와 의논하겠다고 약속해 주셨으면 해요.”

“결투는 벌어지지 않았소. 대체 왜 그토록 그 말을 반복하는 거요?”

“전 당신이라는 사람을 알고 있기 때문이에요, 기던. 전 브라이스 씨가 수모를 당할 걸 무릅쓰고 유럽대륙으로 도망가지 않았다면 결투가 벌어졌으리라는 걸 알아요. 그리고 일이 잘못되었다면, 당신은 죽었을 수도 있구요. 전 그런 생각을 참을 수가 없어요.”

갑자기 기던의 눈빛이 밝게 빛났다.

“날 사랑하기 때문이오?”

“네.”

해리엇이 소리치다시피 하며 대답했다.

“당신을 사랑한다는 말을 대체 몇 번이나 더 해야 하는 거죠?”

기던이 그녀를 밀어 침대에 눕히고는 무겁게 그 위로 기어올라가며 말했다.

“아주아주 여러 번 얘기해야 할 거요, 셀 수 없이 여러 번. 남은 여생 동안 그 말을 되풀이해야 할 거요.”

“좋아요, 나리.”

해리엇은 그의 목에 팔을 두르고 그를 가까이 끌어당겼다.

“사랑해요.”

“직접 보여주시오.”

그의 손은 이미 그녀를 더듬고 있다.

그녀는 그것을 증명하기 위해 그에게 자신의 마음을 직접 보여주기 시작했다. 그가 기뻐하는 모습을 보기 위해서라면

영원히 계속할 수 있으리라는 생각에……. 6년 전 기던은 사
랑하는 법을 잊어버린 사람이었다. 하지만 해리엇은 그가 그
기술을 다시 익히게 되기를 간절히 기도했다.

다음날 아침 기던은 아침식사를 마치고 곧바로 서재로 물
러갔다. 그는 그의 부모님 중 어느 누구도 대면하고 싶은 기
분이 아니었다.

하지만 그의 부모님은 그의 집안에 계셨으며 그 사실에 대
해 그가 할 수 있는 일은 아무것도 없었다. 그가 자신의 부모
를 발로 차 내보낼 수는 없는 일이었다. 하지만 그는 해리엇
이 그들을 런던으로 초청했으니만큼 그녀가 그들을 즐겁게 해
줄 수 있을 거라고 생각했다.

기던은 자신이 해야 할 다른 더 중요한 일이 있는 거라고
속으로 중얼거렸다. 그는 책상에 앉아 피의자 명단의 최종 사
본을 자세히 들여다보았다.

손님 명단에서 도둑일 가능성이 있는 사람들의 이름을 가
려내는 것은 흥미롭고도 절망스런 일이었다. 모든 목록에 등
장한 사람은 그야말로 수십 명이 넘었다.

물론 그렇다고 해서 그들 모두가 초청장을 받고 그곳에 참
석한 것은 아니었다. 시즌이 이루어지는 동안 어떤 사람들은
대단한 유행을 퍼트리고 모든 야회와 무도회, 카드놀이 파티
에 초청을 받았다. 하지만 매우 고급스런 모임을 제외하고는
그들이 초청장이 왔다고 해서 어디든 참석했으리라고 기대할
수는 없었다.

기던이 직면한 문제 가운데 하나는 초청장을 받은 사람이

실제로 어떤 모임에 참석했는지를 어떻게 알 수 있느냐 하는 것이었다. 그는 문득 현재 인기가 좋은 사람과 그렇지 못한 사람, 초청장을 받고도 그걸 무시했을 만한 사람을 정확히 파악하고 있지 못하다는 생각이 들었다.

지난 6년 동안 사교계를 떠났던 사람에게 그것은 매우 복잡하고 미묘한 일이었다.

기던이 길다란 목록을 더 세분화시키기 위해 한 번 더 훑어보고 있는데 문이 열렸다. 그의 아버지가 성급하게 서재로 들어와서는 책상 앞에서 멈춰섰다.

"네 아내가 여기 있을 거라고 하더구나."

하드캐슬이 말했다.

"원하시는 게 있으세요?"

"괜찮다면, 너와 얘기를 좀 하고 싶구나."

기던은 어깨를 달싹여 보였다.

"앉으시지요."

백작이 방을 가로질러 책상 반대편에 자리를 잡았다.

"바쁜가보구나, 음?"

"벌써 며칠 동안 작업하고 있는 일이에요."

"알겠다."

하드캐슬이 서재를 힐끔 둘러보고 나서 한두 번 헛기침을 했다.

"해리엇이 내게 사람을 보냈다는 걸 넌 몰랐나보더구나."

"네."

하드캐슬이 이맛살을 찌푸렸다.

"알다시피, 네 아내는 좋은 뜻으로 그런 거야."

"그녀는 모든 게 잘 되어가는 상황에 과민하게 반응했어요."

"그래. 어젯밤에 네가 새아기에게 너무 심하게 군 건 아니었으리라 믿는다, 어느 정도 화가 났다는 건 이해하지만."

기던이 한쪽 눈썹을 치켜 올렸다.

"해리엇과 저는 그 문제에 대해 얘기를 나눴어요. 아버지가 그녀를 걱정하실 필요는 없습니다."

"빌어먹을 자식. 그게 다 무엇 때문이었니? 결투? 브라이스? 대체 왜 브라이스에게 결투를 신청해야 했던 거냐?"

"그가 훔볼트의 박물관에서 해리엇을 겁탈하려고 했습니다. 그녀는 커다란 돌덩이로 그의 머리를 내리쳐서 자신을 지켰죠. 애석하게도 그는 살아남았지만요. 그래서 제가 그에게 결투를 신청했던 거예요. 실제로 아주 간단하고 별일도 아니지만, 해리엇은 그 일로 무척 놀랐나봐요."

"브라이스가 해리엇을 공격했다구?"

하드캐슬은 깜짝 놀란 게 분명했다.

"대체 그가 왜 그런 짓을 했다는 거냐?"

기던은 앞에 있는 명단을 들여다보았다.

"아마 데어드레를 유혹했던 것처럼 그녀를 유혹할 수 없다는 걸 알았기 때문이겠죠."

그는 펜으로 이름 하나에 표시를 끝냈다.

"데어드레!"

오랜 침묵이 흘렀다. 기던은 고개를 들지 않았다. 그는 계속해서 이름에 표시를 해나갔다.

"그, 그러니까 지금 브라이스가 6년 전에 데어드레 러시턴을 유혹했단 말을 하고 있는 거냐?"

하드캐슬이 마침내 입을 떼었다.

"네. 그녀가 다른 남자와 연애를 하고 있었고, 전 결코 그녀를 건드리지 않았다는 말씀을 몇 번 드린 적이 있는 것 같은데요."

"그래, 하지만……."

"하지만 아버지는 그녀 뱃속의 아기가 내 자식이라고 생각하셨죠."

기던이 말했다.

"전 그걸 부정했지만…… 아무도 귀담아들어주려 하지 않았습니다."

"그 애는 교구 목사의 딸이었어."

하드캐슬의 목소리에는 방어하고자 하는 열기가 담겨 있지 않았다. 커다란 슬픔만이 가득했다.

"그리고 그 애가 자기 하녀와 아버지에게 그 아기는 네 아이라고 했다니까…… 죽으면서까지 그 애가 거짓말을 했다고 누가 믿을 수 있겠니?"

"저도 가끔 그게 궁금했어요. 하지만 데어드레는 그때 아주 여러 가지 거짓말을 했어요. 한 가지 더 말씀드리자면…… 그게 뭐였는지는 상상도 못하실 거예요."

하드캐슬이 한쪽 눈썹을 꿈틀거렸다.

"그때 브라이스가 그녀와 함께 있었다는 걸 알고 있었니?"

"그날 밤 그녀가 직접 그렇게 말했어요. 나중에, 모든 게 끝났을 때는 그걸 증명할 방법이 없었죠. 브라이스는 결혼한 상태였고 그의 불쌍한 아내는 그걸 잘 극복해야 했어요."

"그의 아내? 그녀에 대한 기억은 희미해. 상당히 우울해 보이는 사람이었지, 생기라곤 전혀 없었어."

기던은 잠시 말을 끊고 기억을 더듬었다.

"그가 자신의 아내를 친절히 보살피지 않는다는 소문이 무성했죠. 저에게는 그가 데어드레를 유혹했다고 공개적으로 비난할 이유가 없었어요. 아무도 절 믿으려 하지 않았을 거고 그래봐야 브라이스의 조그맣고 불쌍한 아내에게 더 큰 시련을 가져다 줄 뿐이었을 테니까요."

"알겠다. 난 네가 더 이상 브라이스와 가까이 지내지 않는다는 걸 알고 있었지만, 그건 브라이스가 사교계의 다른 모든 사람들과 함께 네게서 등을 돌렸기 때문이라고 여겼다. 그런데 절교를 한 건 너였구나."

"네."

"그때는 우리 모두에게 힘든 시기였다."

하드캐슬이 말했다.

"네 형이 겨우 몇 달 전에 죽었었잖니, 네 에미는 그 충격에서 벗어나지 못한 상태였고."

"아버지도 마찬가지셨죠."

기던이 냉담하게 말했다.

"아버지도 결코 그 악몽에서 벗어나지 못하시리라는 게 분명했어요."

"그는 내 첫아들이었다."

하드캐슬이 천천히 입을 열었다.

"오랫동안 그 애는 내겐 유일한 자식이었지. 네 에미는 랜달이 태어난 후 여러 해 동안 임신을 할 수 없었어. 그 애는 우리가 가진 전부였고 아들과 상속자에게서 기대할 수 있는 모든 것을 가지고 있었어. 그 애가 총애받는 아이였던 건 어쩌면 당연한 일이었을 거야. 네가 태어난 후에도 말이다.”

“아버지가 보시기에 제가 형의 자리를 차지한다는 건 결코 불가능할 거라고 하신 것도 무리가 아니었어요. 게다가 아버지는 그 점을 매우 분명히 하셨구요.”

하드캐슬과 기던의 눈이 마주쳤다.

“말했다시피, 랜달을 잃고 나서 얼마 되지 않아 데어드레의 죽음에 관한 소문에 맞닥뜨려야 했던 건 매우 커다란 충격이었어. 우린 거기에 익숙해질 시간이 필요했다, 기던.”

“물론이시겠죠.”

기던은 명단을 내려다보았다: 그들 부자는 적어도 서로에게 고함을 지르지는 않고 있었고, 기던은 그것만으로도 다행이라는 생각을 하고 있었다. 그들은 지난 몇 년 동안 실제로 조신한 목소리로 얘기를 나눈 적이 없었던 것이다.

“알고 싶은 게 있어요. 떠도는 다른 얘기들을 하나라도 믿으신 적이 있습니까?”

하드캐슬이 양미간을 좁혔다.

“바보처럼 굴지 말거라. 물론 우린 단 한순간도 네가 랜달의 죽음에 어떤 관련이 있다고는 믿지 않았다. 네가 데어드레 러시턴에게 명예스럽지 못한 행동을 했다고 생각한 건 인정한다만, 네 에미나 난 한순간도 네가 살해자라고는 생각하지 않았어.”

기던은 아버지의 선명하고 흔들림없는 시선에 마음이 약간 누그러졌다.

“그렇다니 기쁘군요.”

그는 그 동안 자신의 부모가 어떤 소문을 듣고, 그걸 어느 정도 믿고 있는지 확실히 알지 못했던 것이다. 6년 전에는 너무나 많은 얘기가 떠돌고 있었으며, 소문들은 점점 더 험악한 양상을 보이고 있었다.

“지금 하고 있는 일은 뭐냐?”

잠시 후 하드캐슬이 물었다.

기던은 주저하다가 설명해 주기로 마음먹었다.

“동굴을 사용하고 있던 도둑놈들의 배후 인물을 찾고 있다고 말씀드렸잖아요.”

“아마 사교계에서 받아들여지고 있고 화석에도 관심이 있는 사람일 거라고 했던 기억이 나는구나. 아, 나도 그럴듯한 후보감이라고 하지 않았던가?”

하드캐슬이 중얼거렸다.

기던은 힐끔 고개를 들고 아버지의 눈빛이 빈정대듯이 반짝거리는 것을 보았다.

“제가 피의자 명단에서 아버지를 뺐다는 걸 알면 안심하실 수 있을 거예요.”

“무슨 근거로?”

“아버지는 최근에 사교계에 나가지 않으셨다는 게 근거죠. 런던을 자유롭게 돌아다니면서 파티나 이런저런 모임에 참석하고 있는 누군가가 필요해요.”

기던이 말했다.

“아버지와 어머니는 몇 년 동안 하드캐슬 저택에서 은둔자처럼 살고 계시잖아요.”

"그건 내 건강 때문이다."

백작이 그에게 날카로운 시선을 던졌다.

"해리엇이 어젯밤에 지적했듯이, 아버지가 그녀의 전갈을 받고 런던으로 급하게 달려오지 못하게 할 만큼은 아니에요."

"요즘에는 좀 괜찮아지고 있다."

기던은 차갑게 미소지었다.

"곧 손자를 얻게 될 희망 때문일 게 틀림없군요."

하드캐슬이 어깨를 달싹해 보였다.

"그건 과거의 일이야……. 그 목록은 꽤 긴 것 같구나."

"그게 바로 어퍼 비들턴의 동굴을 알고 있었을 만한 사람을 알아내기가 어렵다는 걸 증명해 주죠. 클럽에서 질문을 던질 때마다 또 다른 회원이 화석 수집에 관심을 가져왔다는 걸 알게 되죠. 그토록 많은 사람들이 낡은 뼈에 정신이 빠져 있는지 몰랐어요."

"내가 도와줄 수도 있을 것 같구나. 난 화석을 수집하던 시절에 비슷한 기호를 가지고 있는 사람들을 많이 만났단다. 그 명단에 있는 이름들 중에 일부는 내가 알아볼 수 있을 거야."

기던은 주저하다가 아버지가 자세히 볼 수 있도록 명단을 돌려놓았다.

"흥미롭구나."

하드캐슬이 명단에 손가락을 짚으며 내려가면서 건성으로 말했다.

"도넬리와 젠킨즈는 제외시켜도 될 거야. 내가 기억하기로 그들은 런던을 떠난 적이 드물고, 어퍼 비들턴처럼 시대에 뒤떨어진 곳에는 전혀 가지 않을 게다. 화석에 대한 그들의 흥미는 제한되어 있어."

기던은 아버지를 쳐다보고 나서 앞으로 몸을 수그려 두 사람의 이름 옆에 표시를 했다.

"좋아요."

그가 딱딱하게 말했다.

"이 미궁 속의 남자를 붙잡는 일에 왜 그렇게 목을 매는 건지 물어봐도 되겠니?"

"어퍼 비들턴으로 돌아가는 즉시, 해리엇은 곧장 이전에 드나들던 동굴로 들어갈 거예요. 그녀가 그곳에서 안전하리라는 확신을 갖고 싶어요. 누가 체포된 도둑들을 조종하고 있었는지 알게 될 때까지는 안심할 수가 없죠. 다음 번에는 목에 칼을 들이대는 놈들을 만나게 될 수도 있다구요."

하드캐슬의 눈빛이 날카로워졌다.

"아, 알겠다. 이 배후 조종자가 그 동굴로 돌아올 거라고 믿는 거로구나?"

"그 열기가 가라앉자마자 그가 그와 비슷한 또 다른 음모를 꾸미지 말란 법은 없으니까요. 그는 분명히 제가 해안을 감시하기 위해 언제나 어퍼 비들턴에 머물 수는 없다는 걸 알고 있을 거예요. 그리고 해리엇이 실수로 그 동굴에 들어갔을 때까지 그 음모 자체는 아주 잘 진행되고 있었어요. 네, 그는 다시 그 짓을 시도할 거예요."

하드캐슬의 양미간이 좁혀졌다.

"그렇다면 우리가 손을 써야겠구나."

그는 명단에서 그 다음 두 명의 이름을 쳐다보았다.

"레스턴빌과 섀드윅은 둘 다 미다스도 부끄럽게 만들 정도로 많은 재산을 가지고 있어. 취미생활이 아니라면 그들이 도둑 패거리를 조종할 필요는 전혀 없을 것 같구나."

"좋아요."

기던은 두 사람의 이름에 표시를 했다.

그와 그의 아버지는 몇 분 동안 점차 목록을 줄여나갔다. 그들이 한참 작업을 하고 있는데 해리엇과 하드캐슬 부인이 외출복을 입고 서재로 살그머니 들어왔다. 기던과 그의 아버지가 자리에서 일어섰다.

"쇼핑하러 갈 거라고 알려드려야 할 것 같아서요."

해리엇이 과장된 목소리로 말했다.

"어머님이 최근 유행하는 옷을 보고 싶으신가봐요."

"새 보닛과 한두 벌의 새 드레스를 만들 옷감이 무척이나 필요해요."

마가렛이 말했다. 그녀가 해리엇에게 시험삼아 미소를 지어 보였다.

기던은 어머니가 해리엇을 쳐다볼 때의 눈빛에 드러난 표정을 놓치지 않았다. 그는 문득 아내가 어머니의 마음에 드는 데 성공했다는 생각이 들었다. 다른 모든 사람들에게도 그랬던 것처럼 말이다.

"여자들끼리 서로를 잘 알 수 있는 기회를 갖기 위해 쇼핑을 즐기는 것보다 좋은 것은 없어요."

해리엇이 활기찬 목소리로 말했다.

"어머님과 전 공통점이 아주 많아요."

기던이 한쪽 눈썹을 치켜 올렸다.

"예를 들자면?"

"물론 당신에 대해서죠."

해리엇이 히죽 웃었다.

마가렛이 불안스레 남편과 아들을 번갈아 쳐다보았다.

"두 사람이 무슨 일엔가 몰두하고 있었던 것 같군요."

"그렇소."

하드캐슬이 말했다.

"기던의 피의자 명단을 검토하고 있었소."

해리엇의 눈이 휘둥그래졌다.

"피의자요?"

기던이 신음 소리를 냈다.

"그 얘기는 하시지 말라고 경고했잖아요"

그가 아버지에게 으르렁거렸다.

"피의자라니오?"

해리엇이 고집스레 물었다.

"동굴을 침입했던 도둑들을 조종했을 만한 사람을 찾고 있소."

기던이 짧게 설명했다.

"최고의 객실을 드나들 만한 사람이라고 믿을 만한 근거가 있소. 그 사람은 그 절벽에 난 동굴들에 대해서도 알 만한 기회를 가졌던 사람이어야 해요."

"어쩌면 화석 수집가요?"

기던이 마지못해 고개를 끄덕여 보였다.

"그래요, 그럴 가능성이 아주 커요."

"참 똑똑한 생각이에요. 말씀드렸다시피, 화석 수집가들은 잔인무도한 악당이 될 수도 있거든요."

해리엇이 말했다. 그녀의 눈에서 흥분된 열기가 빛났다.

"아마 제가 도울 수 있을 거예요. 전 이곳 런던에서 많은 수집가들과 사귀었거든요. 어딘가 약간 수상쩍어 보이는 사람을 여러 명 생각해 낼 수 있을 거라구요."

기던이 힘없이 미소를 지었다.

"수많은 당신 동료들이 믿을 만한 가치가 없다는 걸 알게 될 거요. 당신 견해가 명단의 길이를 줄이는 데 그다지 도움이 될 것 같지는 않소. 하지만 '화석과 유물 연구 학회'의 회원들 이름을 대줄 수는 있겠지. 그러면 내가 그걸 내 명단과 비교하리다."

"물론이죠. 쇼핑하고 돌아오는 대로 그렇게 할게요."

마가렛이 남편을 힐끔 쳐다보았다.

"지금까지 명단에 누가 남아 있어요?"

"여러 사람이 있소, 꽤 긴 명단이오."

하드캐슬이 말했다.

"제가 봐도 될까요?"

마가렛이 책상 위로 몸을 숙였다.

해리엇도 뒤따라가서 그녀의 어깨 너머로 명단을 들여다보았다.

"맙소사. 이 많은 피의자 중에서 어떻게 범인을 찾아낼 거죠?"

"쉽지 않을 거요."

기던이 말했다.

"당신과 어머니는 가던 길을 가는 게 좋겠소, 부인. 아버지와 난 할일이 있으니 말이오."

마가렛이 얼굴을 찌푸린 채 명단을 쳐다보았다.

"브라이스 몰랜드의 이름이 없구나. 내가 기억하기로 그는 화석에 흥미를 나타낸 적은 없지만, 어퍼 비들턴에 대해서만큼은 분명히 구석구석 잘 알고 있을 거야."

기던은 그렇지 않느냐고 묻는 듯한 어머니의 시선과 마주쳤다.

"몰랜드가 배후에 숨어 있을 가능성에 대해 늘 생각해 왔어요. 그는 도둑질을 하고도 전혀 양심의 가책을 받지 않을 사람이에요. 하지만 그가 범인이라고는 생각되지 않아요. 게다가 배후 인물이 그 자라면, 우린 걱정할 게 하나도 없어요. 그는 이 나라를 떠났으니까요."

"그렇구나."

마가렛은 계속해서 명단을 자세히 들여다보았다.

"클라이브 러시턴은 어때? 그의 이름도 없구나. 그는 한때 매우 열성적인 수집가였어."

그녀는 하드캐슬을 쳐다보았다.

"오, 그래요. 제 기억이 맞다면 바로 그 사람이 당신을 화석 수집 취미에 끌어들였지요, 여보?"

긴장된 침묵이 흘렀다. 하드캐슬은 의자에서 불안스레 엉덩이를 꿈틀거렸다.

"그 사람은 내 교구 목사였소. 도둑 패거리를 조종할 그런 사람이 아니오."

기던이 천천히 자리에 앉더니 생각에 잠긴 표정으로 어머니를 쳐다보았다.

"처음에는 그의 이름을 명단에 넣었다가, 그가 강도를 당한

여러 집의 손님 명단에 끼지 않은 적이 많다는 것을 알고는
지웠어요. 몰랜드의 이름을 뺀 이유 중의 하나도 그것이죠. 제
가 추적하고 있는 사람은 사교계의 매우 고급스런 집에 초대
된 사람이에요. 러시턴과 몰랜드는 그런 사람들 틈에 끼지 않
았죠.”

“맙소사, 그건 중요하지 않아.”

마가렛이 밝은 목소리로 말했다.

“아주 고급스런 집들은 큰 야회나 무도회를 치르는 날 밤이
면 온 집안이 사람들로 가득 차지. 대문에 들어설 때 초청장
을 내밀게 되어 있는 게 사실이지만, 실제로는 어떤지 알잖니.
그런 날 밤에는 대문 앞의 계단과 현관까지 사람들로 북적거
리잖아. 누구든 살짝 지나갈 수 있어.”

“어머님 말씀이 맞아요, 여보.”

해리엇이 얼른 동의를 표했다.

“그래요. 옷을 제대로 차려입고 초청받은 다른 누군가와 함
께 있는 것으로 보이면, 북적거리는 무도실로 몰래 들어가기
란 간단할 거야. 그 많은 사람들 중에 한 사람의 손님이 더
왔다는 걸 어떻게 알겠니?”

기던은 손가락으로 책상을 두드렸다.

“요점을 짚으신 건지도 모르겠군요.”

하드캐슬은 그 말에 상당한 충격을 받은 것 같았다.

“아무렴, 사람이 가장 많아질 때까지 기다렸다가 정원을 통
해 들어갈 수도 있지. 아무도 눈치채지 못할 거야.”

“그렇다면,”

기던은 머릿속으로 재빨리 생각을 굴리며 말했다.

"그렇다면 러시턴도 가능성있는 후보감이군요. 몰랜드도 마찬가지구요. 빌어먹을, 이제 다른 많은 사람들도 마찬가지가 되어버렸어요."

하드캐슬이 손바닥을 위로 펼쳐 보였다.

"도둑떼를 조종한 인물은 어퍼 비들턴의 동굴을 매우 잘 알아야 한다는 사실이 여전히 남아 있다. 그 점을 감안하면 명단이 아주 길어지지는 않을 거야."

"네, 그럴 것 같네요."

"도움이 더 필요하다면 언제든 해리엇과 나를 부르거라."

마가렛이 장갑을 끼며 웃음을 머금었다.

"자 해리엇, 우린 갈 길을 가야겠구나. 다시 옥스퍼드 가를 걷고 싶어 참을 수가 없구나. 한때 그 거리에는 여잔데, 가장 진귀한 보닛을 만들던 키작은 프랑스인 모자상이 있었단다."

"네, 그러죠."

해리엇이 공손하게 말했다. 하지만 그녀의 시선은 기던 앞에 있는 명단에 머물러 있었다. 그녀는 쇼핑하러 가는 것보다 그 일을 함께 하고 싶어하는 게 분명해 보였다.

"오, 말이 나왔으니 말인데,"

마가렛이 문께에서 잠시 걸음을 멈추고는 덧붙였다.

"해리엇이 야회를 열자고 하더구나. 내가 그녀의 계획을 돕고 있다. 초청장은 오늘 오후에 발부될 거야. 돌아오는 목요일 저녁에 다른 계획은 잡지 않도록 하거라."

기던은 해리엇과 어머니가 서재를 떠날 때까지 기다렸다. 그리고는 책상 건너편에 있는 아버지와 시선을 마주쳤다.

"해리엇의 말이 맞을지도 몰라요."

기던이 천천히 말했다.

"뭐가 말이냐?"

"아마 전 제 자신과 제 계획에 대해 더 자주 다른 사람에게 설명해야 할 것 같아요. 지난 며칠 동안 혼자서 밝혀낸 것보다 피의자 명단에 대해 더 많이 알게 됐거든요."

하드캐슬이 쿡 하고 웃음을 터트렸다.

"최근에 몇 가지 사실을 알게 된 건 너만이 아닌 것 같구나. 자, 내게 또 다른 제안이 있다. 오늘 오후에 클럽 몇 군데에 함께 들르는 게 어떻겠니? 내가 알고 있는 몇 사람을 만나서 몇 가지 물어보고 이 명단을 지금보다 더 줄일 수 있는지 알아보자꾸나."

"좋아요."

기던이 말했다.

그는 오늘 아침에 이번 모험의 파트너로서 아버지를 받아들이게 되었다는 것을 깨달았다. 그건 어딘가 낯선 느낌이었지만 불쾌한 기분은 아니었다.

기던과 그의 아버지가 클럽 안으로 들어서자 사람들의 놀라 중얼거리는 소리가 여기저기서 들려왔다. 백작의 옛 친구 몇 명이 고개를 끄덕여 보였다. 여러 해가 지난 후에 옛 친구를 다시 만나게 되어 기쁜 모양이었다.

하지만 누군가 두 사람에게 다가오기 전에, 애플게이트와 프라이 경이 그들에게 와락 덤벼들었다.

"저희와 적포도주 한 잔 하시죠, 두 분."

애플게이트가 즐거이 그들을 초청했다. 그가 하드캐슬을 쳐다보았다.

"성 저스틴이 성공적으로 브라이스를 물리친 애기로 화제가 만발하고 있습니다. 당신은 그 애기를 듣지 못하셨을 거예요, 하드캐슬 백작님. 그 애기는 지금 시내 전역에 퍼져 있어요. 그 겁쟁이는 아드님과 대면도 하지 못한 채 유럽대륙으로 도망쳐버렸죠."

"나도 들었네."

"그 일로 6년 전의 그 불쾌한 모든 일들에 완전히 새로운 빛을 주게 되었죠."

프라이 경이 큰 소리로 말했다. 그가 비밀 애기라도 하려는 듯이 백작에게 상체를 기울였다.

"성 저스틴 부인이 그 사건에 대해 한두 가지 요점을 분명히 하셨답니다."

"그녀가 정말로 그랬소?"

하드캐슬이 적포도주 잔을 받아들었다.

"이제 브라이스가 관련된 이 일은 과거의 모든 소문이 완전히 빗나간 것이었다는 걸 어느 정도 증명해 주었죠."

프라이 경이 결론을 맺었다.

"성 저스틴은 겁쟁이가 아니고 숙녀의 명예를 위해 싸우는 걸 두려워하지 않아요. 게다가 그는 필요하다면 기꺼이 옳은 일을 하는 사람이라는 걸 증명했어요."

"성 저스틴 부인이 항상 그렇게 애기하곤 했죠."

애플게이트가 고개를 끄덕였다.

"소문이라는 게 어떤 건지 아실 거예요, 경. 정말 메스꺼운 노릇이죠."

두세 명의 다른 남자들이 다가와 하드캐슬에게 존경을 표시하고는 기던에게 시선을 돌렸다.

"브라이스에 대해서는 들었소."

그들 중 하나가 말했다.

"우린 그를 잘 제거한 거요. 그 사람은 별로 믿음이 가지 않았소. 지난 시즌에 그가 내 딸아이에게 눈독을 들였었죠. 그 애의 유산에 손을 대고 싶었던 게 분명해요. 그 어리석은 녀석은 그 애가 자기와 사랑에 빠졌다고 생각했어요. 그 애를 설득해 그놈에게서 떼어놓기란 쉽지 않았소."

"나도 한 가지 부탁이 있는데……."

다른 사람이 기던에게 말했다.

"내 아내가 그러는데 당신은 부인에게 멋진 암말을 사주었다더군요. 아내는 무척 부러워하며 내가 자기에게 새 말을 골라주길 원합니다. 테터솔에서 열리는 화요일 경매에서 당신 의견을 말해줄 수 있을지 모르겠군요."

"경매에 참석할 계획은 없습니다."

기던이 말했다.

남자가 당황스러워 얼굴을 붉히며 재빨리 고개를 끄덕였다.

"이해합니다, 강요할 뜻은 없었소. 단지 당신이 혹시 나타나면 내게 조언을 해줄 수도 있겠거니 여겼을 뿐이오."

기던은 아버지가 눈길을 좁히고 힐끔 쳐다보는 것을 알아차리고는 어깨를 달싹해 보였다.

"물론이죠. 테터솔의 화요일 경매에 참석하면, 당신 부인에게 적합할 한두 마리 말을 기꺼이 점찍어드리겠소."

신사의 표정이 밝아졌다.

"고맙소. 그렇다면 난 이만 떠나겠소. 오늘 저녁 어스킨즈의 무도회에서 보겠군요. 아내가 그러는데 우리도 모습을 나타내야 한다는군요. 온 세상 사람들이 당신과 성 저스틴 부인을 보러 올 거라나요?"

온 세상 사람들이, 아니면 적어도 사교계의 모든 사람들이 그날 밤 어스킨즈의 무도실에 나타났다. 그들이 기던과 해리엇의 환심을 사기 위해 왔다는 것은 금세 분명하게 나타났다.
성 저스틴과 그의 부인은 밤새도록 사람들의 주목을 받게 되었다. 하드캐슬 백작과 백작부인이 어스킨즈의 무도회에 참석했다는 사실도 주인에게는 덤으로 즐길 만한 자랑거리였다.
에피와 아델라이드는 자신들이 그토록 사람들의 눈길을 끄는 부부와 관련이 있다는 것을 알고는 한없이 기분이 들떴다. 펠리시티에게는 이 모든 일들이 무척이나 재미있는 모험처럼 여겨졌다.
파티가 정점에 달하자, 하드캐슬은 창문 옆에 홀로 서 있는 기던을 발견했다. 오늘 밤 기던이 혼자서 고독의 순간을 즐기고 있는 건 처음이었다.
"최근에 네가 얼마나 많은 친구를 사귀게 되었는지 놀랍구나, 애야."
하드캐슬이 모여든 사람들을 바라보며 샴페인을 한 모금 마셨다.
"그래요? 사교계에 관한 한 전 제 명예에 묻은 얼룩을 제거한 것 같아요. 모두 저의 놀라운 아내 덕분이죠."
"아니."

하드캐슬이 예기치 못하게 단호한 목소리로 말했다.

"나도 네가 사교계에서 명성을 되찾은 걸 네 아내에게 고맙게 여기긴 한다. 하지만 네 명성은 항상 너 혼자의 것이었어. 그리고 넌 결코 그걸 더럽힌 적이 없다."

기던은 하도 놀라서 쥐고 있던 샴페인 잔을 떨어뜨릴 뻔했다. 그는 고개를 돌리고 아버지를 쳐다보았지만 무슨 말을 해야 할지 알 수가 없었다.

"감사합니다, 아버지."

마침내 그가 겨우 입을 열었다.

"내게 감사할 건 하나도 없다."

백작이 중얼거렸다.

"널 내 아들이라고 부르는 게 자랑스럽다."

기던의 사랑

다음날 아침 해리엇이 그녀의 침실에 있는데 마가렛이 찾아왔다. 해리엇은 최근에 구입한 지구의 자연 역사에 관한 새 산문집을 옆으로 내려놓았다. 그녀는 시어머니에게 웃음을 지었다.

"어서 오세요, 어머님. 아직 주무실 거라고 생각했어요. 10시밖에 안됐잖아요. 어젯밤 아주 늦게 잠자리에 드셨구요."

"그래, 무척이나 늦었지, 안 그랬니? 난 시골에서의 생활에 익숙해져 있었나보다. 밤늦도록 깨어 있는 습관으로 돌아가려면 시간이 좀 걸리겠어."

마가렛이 창가의 조그만 의자로 다가가 아주 가볍게 앉았다.

"너와 얘기를 하고 싶었다. 네가 괜찮다면 말이야."

"그럼요."

마가렛이 부드럽게 미소를 떠올렸다.

"무슨 말을 어떻게 시작해야 할지 모르겠구나. 너에게 고맙다는 말부터 해야 할 것 같다."

해리엇이 눈을 깜박거렸다.

"무슨 일로요?"

"당연히 네가 기던을 위해 했던 모든 일에 대해서지. 또한 내 남편과 날 위해 애썼던 일에 대해서도 말이다."

"하지만 전 아무것도 한 게 없는 걸요."

해리엇이 말했다.

"사실, 급하게 이곳으로 와주셨으니 제가 신세를 진 거죠. 전 모든 게 제대로 끝나서 감사할 따름이에요. 시간이 나면 얼른 런던을 떠나 어퍼 비들턴으로 갈 거예요. 전 정말 도시 생활이 마음에 들지 않아요."

마가렛이 보기 좋게 한쪽 손을 내저었다.

"내게 고마워하지는 말거라. 런던으로 불러줘서 내가 더 고마워하고 있단다. 넌 내게 아들을 돌려주었어. 네게 보답이나 할 수 있을지 모르겠다."

해리엇이 그녀를 쳐다보았다.

"어머님, 그건 너무 과한 칭찬이세요."

"아니, 그렇지 않아. 6년 전 내 큰아들이 죽었을 때, 난 깊은 우울증에 빠져 헤맸단다. 그 동안 계속 그래왔어. 난 거기에서 빠져나오지 못할 것 같았지.

여러 달이 흐른 뒤 우린 어퍼 비들턴에서 하드캐슬 저택으로 이사를 하기도 했지. 의사가 환경을 바꾸면 내게 도움이 될지도 모른다고 했거든. 마침내 다시 생기를 찾기 시작하는데, 내 둘째 아들을 거의 잃을 뻔했다는 걸 알게 되었지."

"정말 안됐군요."

해리엇이 부드럽게 말했다.

"남편은 꽤 오랫동안 그 아이에게 말도 하지 않으려 했고 그 아이를 집에 들여놓지도 않았지. 모두들 불쌍한 데어드레 러시턴에게 가해진 그 끔찍한 행동에 대해 기던을 욕했지. 얼마 후 기던은 그걸 부정하는 걸 그만두어버렸어. 그는 우리 모두에게 등을 돌렸어. 그렇다고 누가 그를 비난할 수 있겠니?"

"하지만 아버님은 그에게 하드캐슬 가문의 재산을 관리하는 책임을 맡기셨잖아요."

"그래, 그는 자신의 건강이 악화되자 기던을 불러 모든 걸 그 아이에게 넘겨주었지. 난 그 행동이 우리의 불화를 치유하는 데 조금이나마 도움이 될 거라고 생각했지만, 그렇질 못했어. 기던이 집으로 올 때마다, 그와 그의 아버지는 말다툼을 했단다."

"기던은 고집이 아주 세요."

"그의 아버지도 그렇단다."

마가렛이 서글픈 표정으로 말했다.

"두 사람은 어떤 면에서는 매우 닮았어. 둘 다 그 동안 그걸 전혀 몰랐지만 말이다. 어제 너와 함께 서재에 들렀을 때 난 울음이 나올 정도로 기뻤다는 얘기를 해야겠구나. 두 사람이 조용히 함께 앉아 있는 건 6년 만에 처음이었어. 모두 다 네 덕분이다."

해리엇이 그녀의 손을 포근하게 잡았다.

"어머님, 그렇게 말씀해 주시니 감사하지만, 전 정말 한 게 없어요."

마가렛이 해리엇의 손을 살짝 덮었다.

"내 아들은 사람들이 그를 부르듯이 짐승처럼 사납고 위험스러워져 있었어."

"아휴."

해리엇이 말했다.

"그는 절대로 나쁜 사람이 아니었어요, 어머님. 전 그가 아주 합리적인 사람이라는 걸 알았어요. 그리고 항상 제게 매우 친절했는 걸요."

"친절했다구?"

마가렛은 깜짝 놀란 모양이었다.

"맙소사, 그는 네가 걸어다니는 땅도 숭배하는 거야."

해리엇은 놀라 그녀를 쳐다보고 나서 웃음을 터뜨렸다.

"말도 안돼요. 그는 제게 빠져 있긴 하지만, 그 점은 어느 정도 인정할게요. 하지만 기던이 절 숭배하는 건 아니에요."

"네 생각이 틀렸어, 해리엇."

해리엇은 단호하게 고개를 저었다.

"아니에요, 전혀 그렇지 않아요. 사랑하는 법을 잊어버렸다고 그가 직접 그랬는 걸요. 그는 무척이나 명예를 소중히 여기는 사람이고 선택의 여지가 없었기 때문에 저와 결혼한 거예요. 우린 좋은 친구가 되었죠. 그게 전부예요."

"너희들은 남편과 아내야."

마가렛이 단호하게 말했다.

"그 동안 내 아들이 널 쳐다보는 눈길을 지켜봤다. 하드캐슬 가문의 다이아몬드라도 내기에 걸 수 있어. 너희들의 관계는 좋은 친구 그 이상이란다, 애야."

해리엇이 얼굴을 붉혔다.

"네, 결혼한 사람들에게 기대되는 당연한 애정이라는 게 있죠. 하지만 전 그걸 필요 이상으로 부풀리지는 않겠어요."

마가렛이 그녀를 자세히 들여다보았다.

"그를 사랑하지, 그렇지?"

해리엇이 코허리에 주름을 잡았다.

"그렇게 확실해 보여요?"

"맙소사, 그래. 널 만난 순간 그걸 알았다. 다른 사람들도 모두 그걸 분명히 알 수 있을 거라고 생각해."

"오, 맙소사."

해리엇이 중얼거렸다.

"그걸 감추려 얼마나 애쓰고 있다구요. 사람들 앞에서 기던을 당황스럽게 만들고 싶지 않아요. 사교계 사람들은 남편과 아내 사이에 그런 감정이 조금이라도 내비치면 놀림감으로 삼고 말 거예요. 아주 구시대적이죠."

하드캐슬 부인이 마치 깃털로 만들어진 것처럼 가볍게 일어나더니 상체를 숙여 해리엇을 껴안았다.

"네가 내 아들을 당황스럽게 만들 수 있을 거라고는 생각하지 않는다. 다른 사람은 아무도 그를 믿지 않는다고 생각했을 때조차도 넌 그를 믿었어. 그는 결코 그걸 잊지 못할 거야, 잊지 못하고 말고.”

“그는 매우 충직한 사람이죠.”

해리엇이 다정하게 동의했다.

“사실은 의존할 만한 사람이에요. 제 아버지가 계셨다면 그를 무척 좋아하셨을 거예요.”

마가렛이 문으로 다가가더니 잠시 걸음을 멈추었다.

“사람들은 그 사건 이후로 내 아들을 짐승이라고 불렀어. 그의 몸집과 흉측스런 흉터가 그 별명이 붙게 만들었지. 어떤 면에서 난 그가 그런 딱지를 붙이고 살아가려고 안달하는 게 아닐까 하는 생각이 들었단다. 하지만 그에 대한 너의 믿음은 그를 바꿔놓았어. 그러니 넌 내 마음으로부터의 감사를 받아야 하는 거야.”

하드캐슬 부인이 가볍게 방에서 나가 아주 부드럽게 뒷손으로 문을 닫았다.

“악명높은 명성도 얻을 만하구나.”

성 저스틴 야회가 열린 날 밤 아델라이드가 큰 소리로 말했다.

“이 사람들을 봐. 해리엇, 넌 성공적인 여주인이 된 게 분명해. 축하한다, 얘야.”

“그래, 정말이야, 해리엇.”

에피가 만족스런 얼굴로 주위를 둘러보았다. 시내에 있는 성 저스틴의 집은 사람들로 넘쳐나고 있었다.

“대단해, 내일 아침이면 모두 신문에 날 거야.”

펠리시티가 언니를 보고 웃었다.

"언닌 사람들 앞에서 성 저스틴을 당황시키지 않기 위해 필요한 사교계의 예의 범절을 충분히 익힌 것 같아. 그가 적당한 여주인과 결혼한 게 아니라고 말할 사람은 아무도 없을 거야."

해리엇이 얼굴을 찡그렸다.

"나 혼자서 이 일을 해냈다고 생각하지 말았으면 좋겠어. 사실은 어머님께서 모든 일을 도맡아하셨거든. 난 초대받은 모든 사람들이 그 초대를 받아들여준 데 감사할 뿐이야."

"몇 가지가 더 있어."

펠리시티가 말했다.

"아무도 반대하지 못할 거야. 언니와 성 저스틴은 사교계에 폭풍을 몰고 왔다구. 그는 오랫동안 고통받은 사랑의 영웅으로 간주되고, 언니는 그의 어두운 과거에도 불구하고 그를 사랑한 숙녀야. 고대 소설에 나오는 얘기와 똑같아."

"고대 연애소설에 대해서는 난 모른다."

에피가 말했다.

"하지만 너희 두 사람의 사랑법이 현재 유행되고 있다는 건 부정할 수 없구나. 이런 야회를 연 건 시기를 완벽하게 맞춘 거야."

"어머님께서도 그렇게 말씀하셨어요."

해리엇이 말했다.

"개인적인 심정을 말하자면, 모든 게 끝나야 더 기쁠 거예요."

매우 잘생긴 두 젊은이가 나타나 펠리시티와 그녀의 친척들 쪽으로 다가왔다.

해리엇은 펠리시티 쪽으로 고개를 기울였다.

"아도니스 쌍둥이가 오는구나."

펠리시티가 매력적인 미소를 지으며 대꾸했다.

"그들은 멋있는 한 쌍이야, 그렇지 않아? 하지만 그들이 모든 걸 함께한다는 게 걱정돼. 어느 정도인지 궁금하다구."

에피가 심하게 얼굴을 찌푸렸다.

"정말이지, 펠리시티."

두 젊은이가 다가오자 해리엇은 웃음을 눌러참았다. 그녀는 모두가 인사를 주고받을 때까지 기다렸다가 조용히 빠져나갔다. 그녀가 없어진 걸 눈치챌 사람은 없을 것이다. 아도니스 쌍둥이는 펠리시티에게만 눈길을 주고 있었다. 해리엇은 자세히 살펴보아야 할 더 흥미로운 일들이 있었던 것이다.

기던과 그의 부모님은 사람들로 북적거리는 객실의 맞은편에 있었다. 그들은 한 부부와 얘기를 나누고 있었다. 해리엇은 모르는 사람들이었다.

아마 하드캐슬 경과 어머니의 친구들이겠지.

객실 안은 열기가 매우 뜨거워져 있었다. 해리엇은 빠르게 부채질을 해댔다. 그녀는 신선한 공기를 쐬기 위해 정원으로 나갈 생각이었다. 그녀가 문 쪽으로 걸어가는데 여러 사람이 친절한 태도로 그녀에게 고개를 끄덕여·보였다.

몇 분쯤 지난 후 그녀는 홀에 자리잡고 있었다. 아울이 샴페인과 전채 요리를 들고 분주하게 오가는 하인들을 감독하고 있었다. 그가 해리엇을 보고는 침울하게 고개를 끄덕였다.

"잘 돼가요, 아울?"

해리엇이 물었다.

"지금은 예정대로 잘 되고 있습니다, 부인. 하지만 사람들이 예상했던 것보다 더 많아요. 샴페인이 떨어지지 않기만 바랄 뿐이죠."

"어떡한담?"

해리엇이 깜짝 놀랐다.

"그럴 수도 있다는 건가요?"

"이런 큰 행사에는 항상 재난이 발생할 가능성이 있는 법이죠, 마님."

아울이 말했다.

"물론 그걸 피할 수 있도록 최선을 다하겠습니다."

"물론 그래야죠. 당신을 믿어요, 아울."

해리엇은 뒷문으로 향한 홀로 내려가다가, 갑자기 그녀의 가터 벨트 하나가 느슨해진 것 같다는 생각에 마음을 바꾸었다. 그녀는 침실로 올라가 옷 매무새를 다듬어야겠다고 마음먹었다.

층계 꼭대기에서 그녀는 왼쪽으로 돌아섰다. 의심의 여지가 없었다. 가터 벨트가 풀어지고 있는 게 분명했다. 그녀의 스타킹이 미끄러져내리기 시작했다. 그녀는 시간에 딱 맞춰서 문제가 있다는 걸 알아차리게 되어 다행이라고 생각했다.

처음으로 여는 야회가 한참 무르익어 가는데 긴 스타킹이 발목으로 미끄러진다는 건 무척 치욕스런 일일 것이다.

현관께가 평소보다 더 어두운 것 같아 해리엇은 이마를 찌푸렸다. 누군가 벽에 쑥 내민 촛대의 촛불을 몇 개 꺼버린 모양이었다. 틀림없이 아울의 투철한 절약 정신에서 비롯된 일이었으리라.

그녀는 자기의 침실 문을 열고 걸음을 멈췄다. 그녀의 접이식 책상에 놓인 촛불을 제외하고 그녀의 침실도 어두웠던 것이다.

하지만 해리엇은 조그만 책상 위에 촛불을 밝혀둔 적이 없다는 것을 깨달았다. 그녀는 얼굴을 찡그린 채 앞으로 나가며 하녀가 켜놓은 건 아닐까 생각하다가는 열린 서랍 위로 몸을 구부린 형체를 보았다. 순간적으로 그녀는 무슨 일인가 일어나고 있다는 것을 깨달았다. 그녀가 이빨 화석을 보관해 둔 바로 그 서랍이었다.

"멈춰, 도둑놈아!"

해리엇이 고함을 질렀다.

그녀는 유일한 무기인 부채를 휘두르면서 앞으로 달려나갔다.

"얼른 멈춰. 어떻게 감히 그럴 수 있지?"

그림자에 가려진 형체가 획 튀어올랐다. 그가 서랍을 쾅 닫고는 웅크린 채 획 돌아서서 해리엇을 쳐다보았다. 촛불에 구부정하게 서 있는 훔볼트의 형체가 드러났다.

"빌어먹을."

훔볼트가 날카롭게 내뱉었다. 그가 문 쪽으로 뛰어가면서 해리엇을 쓰러뜨렸다.

해리엇은 카펫 위로 쓰러지면서 침대에 부딪혔다. 허위적거리는 한 손에 주전자가 잡히자 그녀는 그것을 움켜쥐고 일어서려 했다.

"대체 여기서 뭘 하고 있는 거요?"

기던이 문께에서 소리쳤다.

"제기랄, 해리엇."

그 순간 도망치던 훔볼트가 움직이기 힘든 장애물인 기던에게로 곧장 뛰어갔다. 기던이 그의 옷깃을 붙잡았다. 그가 몸집이 작은 남자를 옆으로 밀쳐내자 훔볼트가 신음을 내뱉으며 그대로 카펫 위로 넘어졌다.

"그를 조사해 보게, 도브즈."

기던이 성큼성큼 두 걸음을 걸어가서 허리를 굽히고는 해리엇을 두 팔로 안았다.

"괜찮소?"

그가 거친 목소리로 물었다.

"네, 네, 전 괜찮아요."

그녀가 숨을 헐떡였다.

"그를 붙잡아줘서 고마워요. 기던, 그가 제 이빨 화석을 훔치려 했나봐요."

"보석을 찾고 있었을 겁니다, 성 저스틴 부인."

도브즈가 문께에서 말했다.

"사악한 악마 같으니라고. 도둑처럼 보이잖아요, 안 그래요? 항상 용모로 판단할 수 있는 건 아니지만 말입니다. 하지만 이 자식은 범죄 단체의 회원으로 통할 수 있을 거예요."

기던이 해리엇을 팔에 안고 돌아다보았다. 해리엇은 카펫에서 천천히 일어나고 있는 훔볼트를 노려보았다.

"정말이지, 훔볼트 씨. 어쩌면 그렇게도 낮게 구부릴 수 있었죠?"

해리엇이 물었다.

"부끄러운 줄 아셔야지요."

홈볼트가 신음을 내뱉었다. 도브즈가 발길질을 하자 그가 부루퉁하게 골이 난 표정을 지었다.

"난 단지 여기저기 돌아다니다가 여기에서 길을 잃은 것뿐이오. 당신 마님의 보석을 훔치려 했던 게 아니라구요. 내가 왜 그녀의 보석을 원했겠소?"

"당신이 보석을 찾고 있었다는 게 의심스럽긴 하지만, 아마 그걸 팔아 화석 수집 취미의 재정을 충당하려 했을 거예요."

해리엇이 말했다.

홈볼트가 그녀를 노려보았다.

"그건 사실이 아니오. 좋아요, 꼭 알아야겠다면, 난 당신이 어퍼 비들턴의 동굴에서 뭔가 흥미로운 걸 발견했다는 소문을 들었소. 물론 난 그걸 믿지 않았소. 내가 직접 오래 전에 그 동굴들을 샅샅이 뒤졌지만 중요한 물건은 전혀 남아 있지 않다는 것을 알고 있었으니까. 그렇지만 혹시라도 당신이 우연히 뭔가를 발견했다면 그걸 보고 싶었소."

"하, 그럴 줄 알았어요."

해리엇이 오만상을 찌푸리고 고개를 저으며 기던을 쳐다보았다.

"화석 수집가들은 어쩔 수 없이 무모한 사람들이라고 늘상 말씀드렸잖아요."

"그랬었지."

기던이 생각에 잠긴 표정을 지었다.

"다치지 않은 건 확실하오?"

"네, 이제 절 내려놓으셔도 돼요."

기던이 천천히 그녀를 내려놓자 해리엇이 치맛자락을 매만졌다. 그녀의 가터 벨트는 완전히 풀어져서 스타킹이 발목까지 내려와 있었다.

"어떻게 꼭 제시간에 이곳으로 들어왔어요?"

"도브즈를 시켜 오늘 저녁 사람들을 잘 감시하라고 일렀소."

기던이 설명했다.

"기억할지 모르겠지만, 우린 명단에 적힌 모든 피의자들을 초청했소. 어떤 기회도 놓치지 않기로 한 거요."

해리엇이 밝게 미소지었다.

"멋진 계획이에요."

"그랬었소. 당신이 엉뚱한 순간에 층계를 뛰어올라갈 생각을 갖기 전까지는 말이오."

기던이 빈정댔다.

"그러니까 제게 알려주셨어야죠. 때로는 그걸로 충분하다고 말씀드렸잖아요. 하지만 당신도 차차 그 점을 익혀가겠지요."

기던의 양쪽 눈썹이 치켜 올라갔다.

"그럴 거요."

해리엇이 눈을 동그랗게 떴다.

"아, 방금 생각난 게 있어요, 기던. 훔볼트 씨는 우리 손님 명단에 없었어요."

"그래요, 그는 없었소."

기던이 동의했다.

"그건 손님 명단에 대한 어머님의 관찰이 맞았다는 걸 증명하는 거예요, 기던. 당신도 기억나죠? 이렇게 사람들이 북적거리는 곳에서라면 잘 차려입은 사람은 어느 누구라도 안으로

들어올 수 있다고 어머님께서 말씀하셨던 거요. 머리를 쓰기
만 하면 말이에요."

　다음날 아침 식탁에서의 대화는 훔볼트 씨를 체포한 일로
집중되었다.
　"네 사건은 오늘 시내의 화제 거리가 될 게 틀림없어."
　마가렛이 재미있다는 표정으로 해리엇에게 말했다.
　"모두들 성 저스틴 자작과 그의 부인이 또다시 손님들에게
대단한 즐거움을 제공했다고 떠들어댈 거야. 생각해 보렴, 너
희 두 사람이 야회가 절정에 이르렀던 바로 그때 악명높은 도
둑을 붙잡았잖니."
　"오늘 아침 신문에 모든 사실이 기사로 실렸는 걸."
　하드캐슬이 식탁의 반대편에서 말했다. 그는 이미 한 무더
기의 신문에 파묻혀 있었다.
　"모두 다 멋진 계획이었다는군. 사람들은 훔볼트가 지난 몇
달 동안 벌어진 일련의 도둑 사건의 배후 인물이라는 것에 어
떤 의혹도 제기하지 않고 있다는구먼."
　"그리고 성 저스틴은 그를 붙잡은 덫을 놓은 영웅이구요."
　해리엇이 기던에게 찬탄의 표정이 가득 담긴 얼굴을 하고
말했다.
　"신문에도 그렇게 씌어 있나요?"
　기던이 식탁 저쪽 끝에서 그녀를 노려보았다.
　"그렇게 믿지 않는 게 좋을 거요."
　"오, 그래. 여기 있다."
　하드캐슬이 신문 하나를 내려놓으며 다른 신문을 집어들었

다.

"신문에서 널 대담하고 머리가 좋은 놈이라고 표현했구나, 애야. 그리고 네가 살인자 도둑으로부터 네 아내를 어떻게 구했는지도 설명해 놓았어."

"멋져요."

해리엇이 기뻐 소리쳤다.

"사건을 제대로 실어서 기뻐요."

기던이 잠시 그녀를 쳐다보았다.

"훔볼트 씨가 내게 달려왔을 때는 목숨을 구하기 위해 도망치고 있었던 거요, 여보. 그가 누군가를 죽이려 하는 건 보지 못했소. 위험해 보인 사람은 당신이었소. 당신이 그 주전자를 들고 있던 광경은 결코 잊지 못할 거요, 얼마나 놀랐던지."

"네, 전 그가 제 이빨 화석을 찾고 있다고 생각했어요."

해리엇이 설명했다.

"도브즈가 조사해 본 바로는 훔볼트에게 박물관을 지원할 기금이 떨어진 지는 벌써 오래됐다고 하더군."

기던이 설명했다.

"그는 아마도 더 많은 화석을 구입할 자금을 대기 위해 도둑질에 의존하게 된 것 같소."

해리엇이 고개를 끄덕였다.

"화석 수집가들은 다급해지면 아무것에나 도움을 청하게 되죠. 불쌍한 훔볼트 씨. 사람들이 그에게 너무 가혹하게 대하지나 않았으면 좋겠어요. 어떤 점에서 보면 전 그의 동기를 이해할 수 있거든요."

"여주인으로서의 네 명성은 이제 확고하게 확립되었어."

마가렛이 만족스런 표정으로 말했다.

"사교계는 무엇보다도 따분함을 두려워하는데, 네가 그들에게 또 다른 흥미로운 구경거리를 제공한 거란다."

해리엇이 그 말에 막 대꾸를 하려는데 아울이 편지를 얹은 은쟁반을 들고 들어오고 있었다. 수신인은 해리엇으로 되어 있었다.

"맙소사."

해리엇이 봉투를 뜯으며 말했다.

"스톤 부인에게서 온 거예요. 뭔가 잘못되었나봐요."

"누군가 비참한 죽음을 맞이했거나 어퍼 비들턴에 전염병이 퍼진 게 분명해."

기던이 말했다.

"세상이 그 늙은 수다쟁이를 부추겨 편지를 쓰도록 만든 사건이란 그것밖에 없을 거요."

해리엇은 그를 무시하고 짧은 편지의 내용을 들여다보았다. 그녀는 지금 읽고 있는 내용이 뭔지를 깨닫고는 경악하여 몸이 오그라드는 것 같았다.

"맙소사."

백작과 그의 아내가 걱정스럽게 그녀를 쳐다보았다.

"뭐가 잘못됐소, 여보?"

기던이 입 안 가득 베이컨을 문 채 조용히 물었다.

"모든 것이오."

해리엇이 그에게 편지를 흔들어 보였다.

"가장 끔찍한 일이 벌어졌어요. 이럴까봐 두려웠다구요."

기던은 여전히 침착함을 유지하며 베이컨을 삼켰다.

“내용을 말해보시오.”

해리엇은 하도 당황스러워 제대로 말을 할 수가 없었다.

“스톤 부인 말로는 다른 화석 수집가가 제 동굴을 탐험하기 시작했다고 믿을 만한 근거가 있대요. 그녀가 어느 날 해변에서 한 남자를 보았는데, 그 다음 번에는 그가 커다란 돌덩이 하나를 들고 나가는 걸 목격했대요.”

기던이 토스트를 내려놓았다.

“그 편지 좀 봅시다.”

해리엇이 그에게 편지를 내밀었다.

“이건 하나의 위기예요. 누군가 다른 사람이 제 이빨 화석과 맞는 뼈를 발견했을 수도 있다구요. 당장 어퍼 비들턴으로 돌아가야겠어요. 당신은 블랙손 홀에 있는 사람에게 소식을 전하셔야 해요. 어느 누구도 제 동굴에 들어가지 못하도록 말예요.”

기던은 편지를 자세히 훑어보았다.

“스톤 부인이 읽고 쓸 수 있는지는 몰랐구려.”

“그녀는 두 교구 목사의 가정부 노릇을 했었잖니.”

마가렛이 말했다.

“그러면서 뭔가 배웠을 거야.”

“그렇더라도 그녀는 그 마을의 누군가에게 불러주고 써달라고 했을 거요.”

백작이 말했다.

“항상 그런 식이니까.”

기던은 편지를 탁자에 내려놓았다.

“블랙손 홀에 전갈을 보내겠소, 여보. 동굴 근처에서 얼씬

거리는 사람이 있으면 누구든 무단침입으로 간주하고 체포하라고 말이오. 그러면 만족하겠소?"

해리엇이 재빨리 고개를 저었다.

"그것도 좋지만, 당장 돌아가야 할 것 같아요. 제가 발견한 생물의 잔해를 아무도 발견하지 못했다는 걸 확인하고 싶어요."

"당신이 혼자서 당신의 귀중한 화석을 보호하기 위해 돌아가야 할 필요는 없을 거요."

기던이 말했다.

"돌아갈 거예요."

해리엇이 벌떡 일어섰다.

"당장 짐을 싸겠어요."

"……."

"우린 얼마나 빨리 떠날 수 있는 거죠?"

기던이 나무라는 표정을 지었다.

"서둘러 어퍼 비들턴으로 돌아갈 필요는 없다고 했잖소."

"오, 하지만 그래야 해요. 화석 수집가들이 얼마나 잔악할 수 있는지 직접 보셨잖아요. 누군가 제 동굴을 발견했다면, 그 사람은 쉽게 손을 떼지 못할 거예요. 그는 다시 몰래 돌아올 방법을 찾을 거라구요, 그럴 거라는 걸 알아요."

하드캐슬이 진지하게 고개를 끄덕였다.

"언젠가 어떤 수집가가 오래된 뼈의 자취를 발견했는데, 그를 거기에서 손떼도록 하는 게 얼마나 어려웠는지 모른단다. 그가 아직 아가의 특수 동굴을 발견하지 않았기를 바랄 뿐이지."

해리엇은 시아버지에게 고맙다는 표정을 지어보였다.

"이해해 주서서 감사합니다. 아시겠죠, 성 저스틴? 우린 당장 돌아가야 해요."

마가렛이 아들을 쳐다보며 미소를 머금었다.

"너희 두 사람이 며칠 동안 어퍼 비들턴으로 돌아가서 이 일을 조사하지 못할 이유가 없잖니. 네 아버지와 내가 여기에 머물러 있겠다."

기던이 항복의 표시로 한 손을 들어올렸다. 그는 이번만은 눈감아주겠다는 시선으로 해리엇을 내려다보았다.

"좋소, 여보. 짐을 꾸리시오."

"고마워요, 기던."

해리엇이 급하게 문으로 달려갔다.

"한 시간내로 준비될 거예요."

그날 저녁 9시가 조금 지나 마차가 블랙손 홀의 앞뜰에 멈추었다. 기던은 그것이 해리엇을 실망스럽게 만든다는 것을 알고 있었다.

그녀는 곧장 절벽으로 내려가기를 원했으며 실제로 램프의 도움을 빌려 그렇게 하자고 제안하기까지 했던 것이다. 기던은 그 말도 안되는 제안을 일언지하에 거절했다.

"안되오. 한밤중에 절벽으로 내려갈 수는 없소. 당신의 귀중한 동굴은 아침까지 기다릴 수 있을 거요."

블랙손 홀의 하인이 다급하게 침실을 정돈하고 짐을 내리는 동안 그가 그녀에게 말했다.

해리엇은 그의 옆에서 층계를 올라가며 그를 힐끔 쳐다보았다.

"오래 걸리지 않을 거예요, 여보. 잠깐이면 그 동굴로 들어가서 아무도 제 뼈를 건드리지 않았다는 걸 확인할 수 있을 거라구요."

기던은 그녀의 어깨에 한쪽 팔을 무겁게 올리고 그녀를 단단히 붙잡은 채 침실로 데려갔다.

"그런 달리기를 하기에는 너무 늦었소. 우린 오늘 긴 여행을 했으니 당신도 무척 지쳤을 거요."

"하지만 전 하나도 지치지 않았어요, 여보."

그녀가 재빨리 확신에 찬 목소리로 말했다.

"나는 지쳤소."

그는 그녀의 침실 앞에서 걸음을 멈추고 그녀를 벽에 몰아세운 채, 그녀의 고개 양쪽에 단단히 손을 짚었다.

"아직 지치지 않았다면, 이제부터라도 지치도록 해주겠소. 침대로 들어가시오, 부인. 아침에 바닷물이 빠져나가면, 즉시 당신 동굴을 찾아볼 수 있을 거요."

해리엇이 불만스럽게 한숨을 내쉬었다.

"좋아요, 친절도 하시지. 절 그렇게 빨리 이곳으로 데려와줘서 고맙다는 말을 해야겠군요. 당신이 어퍼 비들턴으로 그렇게 서둘러 돌아오고 싶은 기분이 아니었다는 걸 알아요. 하지만 당신은 제게 항상 매우 친절했어요."

기던은 욕지기가 나오려는 걸 꼭 눌러참았다.

"침대로 가시오, 곧 당신에게 가리다."

"당신은 지친 줄 알았는데요?"

"많이 지치지는 않았소."

기던이 그녀의 등뒤로 다가가 침실 문을 열고는 부드럽게 그녀를 안으로 밀었다. 그는 하녀가 그녀를 기다리고 있는 것을 보고는 문을 닫고 홀로 내려가 그의 침실로 갔다.

해리엇의 말이 귓가에 울려퍼졌다.

'당신은 항상 제게 친절했어요.'

친절했다구?

기던은 짧게 고개를 끄덕여 하인을 내보내고는 와이셔츠의 단추를 풀기 시작했다. 그는 경대 위의 거울에 비친 자신의 모습을 살폈다. 세파에 찌든 얼굴이 조롱하듯 그를 쳐다보고 있었다.

그는 해리엇에게 전혀 친절하지 않았다. 그는 실제로 그녀를 유혹해 결혼하게 만들었고, 그녀가 마치 이국적인 애완 동물이라도 되는 것처럼 사교계에 구경거리로 내놓았으며, 몰랜드 브라이스의 손에서 위험을 겪도록 만들었다.

그에 대한 보답으로 그녀는 그에게 사랑을 주었으며, 그를 도와 그의 명성을 되찾게 해주었고, 그가 부모와의 불화를 없앨 수 있도록 해주었다.

그래, 난 해리엇에게 특별히 친절하게 굴지 않았어.

그녀가 내게서 정말로 원한 것은 사랑뿐이었어.

그런데 난 그녀에게 해준 게 뭐지?

그걸 줄 수 없다고 말한 게 전부잖아.

6년 전 난 사랑에 대해 알고 있는 모든 것을 잊어버렸다고, 고작 한다는 소리가 그런 거였다니……

난 얼마나 멍청한 바보였던가.

기던은 발을 차서 구두를 벗은 다음 바지를 벗었다. 그리고는 검은 실내복을 걸친 후 옆방과 이어진 문으로 다가갔다. 그는 해리엇이 하녀를 내보내는 소리가 날 때까지 기다렸다가 문을 한 번 두드렸다.

"들어오세요, 기던."

문을 연 그는 침대에 앉아 있는 그녀를 발견했다. 그녀는 조그만 모슬린 모자를 머리에 쓰고 무릎에는 책을 한 권 놓아두고 있었다. 그가 그녀의 침실로 들어가자 그녀가 따뜻하면서도 떨리는 미소를 지으며 그를 쳐다보았다.

"해리엇?"

그는 갑자기 무슨 말을 해야 할지 알 수가 없었다.

"네, 여보?"

"언젠가 당신에게 내가 만난 사람 중에 가장 아름다운 여자라고 말한 적이 있을 거요."

"네, 그러셨어요. 아주 친절한 말씀이셨죠."

기던은 잠시 마음이 아파 눈을 감았다.

"친절하게 대하려고 그렇게 말한 건 아니었소. 사실이기 때문에 그렇게 말한 거요."

그는 눈을 떴다.

"당신을 쳐다볼 때마다 내가 얼마나 운이 좋은 사람인지 다시 한 번 생각해 보곤 한다오."

"정말이에요?"

해리엇의 눈이 휘둥그래지더니 그를 쳐다보았다. 그녀는 이불 위에 책을 내려놓았다.

"그렇소."

기던이 침대 쪽으로 한 발짝 다가가서는 다시 걸음을 멈추었다.

"당신이 내게 얼마나 많은 걸 주었는지 모를 거요, 해리엇. 그리고 내가 한 일이라곤 당신의 선물을 취한 것뿐이오. 당신에게 돌려준 것이 거의 없다는 걸 알아요."

"그건 사실이 아니에요, 여보."

해리엇이 이불을 옆으로 밀치고 침대에서 나왔다.

"당신은 제게 많은 것을 주셨어요. 당신은 절 믿어주셨어요. 제게 다정하게 대하고 존중해 주었어요. 제가 아름답다고 느끼도록 만들어주었어요. 전 제가 그렇지 않다는 걸 알고 있는데도 말예요."

"해리엇……."

"어떻게 준 것이 없다고 말씀하실 수 있어요? 전 당신보다 더 많은 것을 갖고 있거나 그것을 관대하게 나누어주는 사람을 알지 못해요."

잔털이 나 있는 실내복을 입은 그녀의 몸매는 더욱 조그맣고 매끄러워 보였다. 숱많은 머리에 비스듬히 눌러쓴 모자는 너무 앙증맞아 보였다. 그녀는 밝게 빛나는 두 눈을 그에게서 떼지 않고 두 팔을 벌린 채 맨발로 그에게 달려왔다.

기던은 그녀에게 다가가 그녀를 꼭 끌어당기고 그녀에게서 풍기는 따뜻하고 여자다운 멋진 향기를 들이마셨다.

"당신은 지금까지 내가 원했던 전부요."

그는 입속의 혀가 두껍고 어색하게 느껴졌다.

"난 당신이 내게 사랑을 줄 때까지 내가 얼마나 당신의 사랑을 필요로 했는지 미처 인식하지도 못하고 있었소."

"제 사랑은 당신 거예요, 기던. 영원히요."

그녀가 그의 가슴에 대고 속삭였다.

"당신은 내게 무척이나 친절하오."

그가 속삭였다.

"내가 그 친절한 마음을 받을 가치가 있는 것보다 훨씬 더 말이오."

"기던……."

그는 두 팔로 그녀를 번쩍 들어올려 침대로 데리고 갔다. 눈처럼 새하얀 이불 위에 그녀를 내려놓은 기던은 그녀 옆으로 다가갔다. 그는 그녀가 마치 귀중한 보석이라도 되듯이 조심스럽고 부드럽고 한없이 고마워하는 손길로 그녀를 두 팔로 감쌌다.

해리엇은 항상 그렇듯이, 태양이 보내주는 햇빛을 맞이하려 꽃이 열리듯 그를 위해 열렸다. 기던은 그녀의 입술에 키스하고, 그녀를 깊이 빨아들이며 두 손으로 그녀의 부드러운 곡선을 어루만졌다.

그는 그녀가 너무나 부드럽고 따뜻하다고 생각했다.

그리고 관능적이지.

그녀의 모든 것이 그의 열정에 불을 질렀다. 그는 그녀의 발끝이 그의 정강이를 따라 미끄러져내리자 신음을 내뱉었다.

"기던?"

"당신이 필요하오."

그가 중얼거렸다. 그는 그녀의 한쪽 젖가슴에 키스하며 그녀가 굶주린 듯 허리를 굽힐 때까지 유두에 입을 맞추었다.

그녀의 반응은 한없이 그를 놀라게 하고 즐겁게 만들어주었다. 그리고 그의 내부에 불을 지폈다. 기던은 더 이상 달콤한 고통을 참을 수 없게 되자, 그녀의 다리를 벌리고 허벅지 사이로 들어갔다. 그는 손가락으로 그녀를 부드럽게 시험해 보고는 그녀가 이미 촉촉한 열기에 휩싸여 있다는 것을 알았다. 그녀는 그를 위해 이미 준비가 되어 있었다. 그것을 안 기던은 열정적인 즐거움의 물결에 휘감겼다.

"해리엇, 내 사랑하는 해리엇."

그가 다시 그녀의 입술을 덮으며 천천히 그녀의 몸 속으로 들어갔다.

그는 그녀와 사랑을 나눌 때면 항상 그렇듯이 몸이 파괴되는 듯한 쾌감을 경험했으며, 그녀가 그를 둘러싸고 몸 속 깊숙이 끌어당겨 그에게 자신의 몸을 주는 것을 느낄 수 있었다.

해리엇의 다리가 그의 허리를 휘감고 그녀의 손톱이 그의 어깨를 파고들었다. 그녀는 그에게 매달려, 그와 마찬가지로 열정적으로 몸을 들어올렸다. 그녀는 절정에 이르러 그의 팔을 꼭 붙잡은 채 몸을 떨며 그에게 사랑의 말을 건넸다.

기던은 마지막으로 떨림이 느껴질 때까지 그녀를 꼭 안고 있었다. 그리고 나서 시작되지도 않고 끝나지도 않을 것처럼 오랫동안 그녀의 몸 속에 새 생명을 나누어주기 시작했다.

기던은 잠에서 깨어나 살짝 눈을 떴다. 세상은 얼마 전보다 훨씬 더 선명하고 평화로워 보였다. 새벽이 조금 지난 시간이었다.

그는 잠시 가만히 누운 채 지난밤 가슴 속에 스며든 비밀을 음미했다. 그는 해리엇을 사랑했다. 앞으로 평생 동안 사랑할 것이다. 기던은 그녀를 보기 위해 돌아누웠다. 가슴 속에서 하고 싶은 말들이 끓어올랐던 것이다.

하지만 그녀는 거기에 없었다.

벗겨진 베일

해리엇은 램프를 높이 치켜들고 동굴을 면밀히 관찰했다. 그녀는 뭔가 작업한 흔적이 보이자 않자 크게 안도했다. 화석은 여전히 돌속에 안전하게 끼워져 있었다.

그녀는 신이 나서 벽에 달린 걸이못에 램프를 걸고는 연장이 든 가방을 열었다. 오늘 아침에는 기분이 날아갈 것 같았고, 그건 요즘 기던과의 사이가 소문날 정도로 좋아지고 있기 때문이었다.

어젯밤 그녀는 그 어느 때보다도 그와 더 가까워진 느낌이었다. 그의 열정은 단순한 친절함을 넘어서 어떤 감정을 불어넣었다. 그녀는 그가 그것을 알고 있는지 궁금했지만, 그 사실을 가슴에 꼭 끌어안고 싶었다.

오늘 아침 잠에서 깨어난 그녀는 기던이 조만간 다시 사랑하는 법을 배우게 될 거라고 확신했다.

행복한 느낌과 어떤 힘과 함께 확신감이 밀려와 그녀는 바닷물이 빠져나갔다는 것을 알게 되자마자 즉시 서둘러 뛰쳐나갔다.

해리엇은 나무 메와 끌을 손에 들고 커다란 동물의 이빨 화석을 발견했던 곳으로 걸어갔다. 그녀는 여기에서부터 일을 시작하기로 마음먹었다. 운이 따른다면 턱뼈가 더 남아 있을 수도 있었다. 그러면 더 많은 턱 부분을 갖게 될 수도 있을 터였다. 그녀는 끌을 돌에 대고 가볍게 바위에 치기 시작했다.

그녀가 동굴 바깥의 통로로 한 남자가 접근하는 소리를 듣지 못하게 만든 것은 아마도 끌이 돌에 부딪치며 지속적으로 내는 금속성 소리의 울림 때문이었을 것이다. 아니면 작업에 하도 몰두해 있던지라 조심스런 신발 소리에 아무런 주의를 기울이지 못했기 때문인지도 몰랐다.

어쩌면 이 동굴을 자신의 사적인 영역으로 간주하는 데 너무나 익숙해 있었는지도 몰랐다.

이유야 어쨌든, 클라이브 러시턴의 울려퍼지는 목소리가 동굴 입구에서 들려오자, 해리엇은 놀라 비명을 지르며 끌을 떨어뜨리고 말았다.

"어퍼 비들턴으로 돌아왔으면 머지않아 이 동굴로 돌아오리라고 생각했지."

러시턴은 차가운 표정으로 만족스러운 듯 고개를 끄덕이고 있었다.

"물론 내가 편지를 보냈지, 스톤 부인이 아니라 말이야. 그녀는 자기 동생을 만나러 가고 없어, 아주 편리하게도 말이지."

"저런, 놀랐잖아요."

해리엇이 홱 돌아섰다.

"당신의 귀중한 화석이 위험에 처했다고 생각되면 당장에 이리로 달려오리라는 걸 알고 있었어. 진짜 수집가의 열정만큼 대단한 것은 없지. 나도 한때는 그걸 경험한 적이 있어."

그녀는 러시턴의 손에 권총이 들려 있다는 것을 깨닫고는 나무 메를 더욱 세게 움켜쥐었다. 그는 권총을 그녀에게 겨누고 있었다.

"러시턴 씨, 정말 무슨 일인지 모르겠군요. 미쳤어요? 이게 다 뭐예요?"

"여러 가지 문제가 있지, 성 저스틴 부인. 과거, 현재 그리고 미래."

러시턴의 눈이 끔찍한 불꽃을 피우며 타고 있었다. 그가 그녀를 지옥에 집어넣기 위해 꼼꼼히 살펴보는 듯한 시선으로 그녀를 쳐다보았다.

"즉, 내 과거와 당신 현재와 내 미래 말이야. 당신에게는 미래가 없으니까."

"당장 그 권총을 내려놓으세요. 당신 미쳤군요."

"어떤 사람들은 그렇게 말할지도 모르지. 하지만 그들은 이해하지 못할 거야."

"뭘 말이죠?"

해리엇은 억지로 목소리를 침착하게 유지했다. 모호하긴 하지만 어느 순간엔가 그녀는 자신의 유일한 희망은 러시턴을 부추겨 그녀에게 계속 말을 하도록 하는 데 놓여 있다는 것을 감지했다.

자신이 번 시간을 사용해 뭘 어떻게 해야 할지는 알 수가 없었지만, 어쩌면 기적이 일어날지도 모른다는 희망이 있었다.

"그들은 내가 아름다운 데어드레를 성 저스틴과 결혼시키기 위해 겪었던 고통을 하나도 이해하지 못해."

러시턴이 분노가 스민 깊은 목소리로 말했다.

"난 하드캐슬의 장남을 희생시켜야 했어."

"맙소사. 당신이 기던의 형을 죽였군요?"

"그건 아주 쉬운 일이었지. 그는 매일 아침 절벽을 따라 승마를 하곤 했거든. 어느 겨울 아침, 권총을 쏘아 말을 놀라게 하는 건 간단한 일이었어."

갑자기 러시턴의 눈빛이 회고적으로 변했다. 마치 전혀 다른 뭔가를 보고 있는 것 같았다.

"말이 놀라 뒷걸음질을 치기는 했지만, 그 위에 탄 기사가 떨어지지는 않았지. 내가 말을 몰아댔어. 기수는 내가 의도한 것을 알아보았지. 그가 말에서 뛰어내렸지만 이미 너무 늦은 터였어. 내가 아주 가까이에 있었거든."

해리엇은 속이 울렁거렸다.

"당신이 랜달을 절벽에서 밀었던 거로군요, 그렇죠? 당신이 그를 살해했어요."

러시턴이 고개를 끄덕였다.

"말했다시피 간단한 일이었어. 하드캐슬의 장남은 이미 다른 누군가와 약혼을 한 상태였어. 그는 내 아름다운 딸에게 아무런 관심도 보이지 않았지. 하지만 백작의 둘째 아들은 관심을 나타냈어. 오, 그래. 성 저스틴은 그 아이가 처음으로 참석한 무도회에서 그 아이를 보는 순간 그녀를 뿌리칠 수가 없었어. 난 그가 그녀를 원한다는 걸 알았지. 어떻게 원하지 않을 수 있었겠어? 그녀는 너무나 사랑스러웠거든.”

“하지만 그녀는 그를 사랑하지 않았어요, 그렇죠?”

러시턴의 얼굴이 분노의 표정으로 굳어졌다.

“그 바보 같은 딸애는 그의 모습을 참을 수가 없다고 했지. 난 강제로 그 애가 성 저스틴의 청혼을 받아들이도록 했어, 그 아이는 다른 사람과 사랑에 빠졌다고 했고. 그 아이는 그 사람을 잘생긴 천사라고 했지.”

“몰랜드 브라이스.”

“그가 누구였는지는 몰랐어, 신경도 쓰지 않았고.”

러시턴의 얼굴이 경멸스런 표정을 지으며 비틀렸다.

“내가 알고 있었던 건, 그 남자가 전혀 쓸모가 없는 놈이었다는 거야. 그는 이미 결혼한 몸이었고, 돈도 없었고 작위도 없었던 게 분명해.”

“당신이 원했던 게 그거였나요? 데어드레가 부유하고 배경이 든든한 사람과 결혼하는 거요?”

러시턴은 놀란 것 같았다.

“물론이지. 그 애는 내 유일한 자산이었는 걸. 내가 이 세상에서 적절한 지위를 사기 위해 이용할 수 있는 유일한 것이었다구. 난 부유하고 권력을 가진 사람일 수도 있었어. 그런데 낭비벽이 심한 내 아버지는 내가 어렸을 때 카드놀이로 모든 걸 날려버렸지. 난 내 재산을 하릴없이 날려버린 그를 결코 용서할 수 없었어.”

“그래서 당신 아버지가 탁자에 앉아 날려버린 재산과 지위를 얻기 위해 다른 방법을 찾았던 거로군요?”

러시턴의 눈빛이 어두워졌다.

“데어드레가 아름다운 처녀로 피어나기 시작하자 난 그 아이가 어떤 부유한 집안의 아들을 유인할 수 있다는 것을 알았지. 결혼을 통해 적당한 집안과 일단 관계를 맺으면, 돈과 권력에 접근할 수 있게 되는 거지. 결국 난 장인이 될 테니까. 난 데어드레를 통해 내가 원하는 것을 얻을 수 있을 뻔했어, 바로 코앞까지 갔었는데……..”

“딸을 이용하려 하다니.”

“그 아이는 내게 복종할 의무가 있었어.”

러시턴이 격렬하게 말했다.

“내게 아무것도 해줄 수 없는 남자에게 소모시켜 버리기에는 그 애는 너무 아름다웠지. 난 그 아이가 그럴듯한 이유를 찾을 수 있도록 유도했어. 그 아이에게 성 저스틴과 결혼만 하면 그 후에 원하는 남자는 누구든 가질 수 있을 거라고 말해줬지. 그 아이는 바보가 아니었어. 그 애는 금방 그 말을 이해했지. 그리고는 그 악마와 결혼하겠다고 했어. 자기의 천사를 품안에 안기 위해서 말야.”

“오, 맙소사.”

해리엇이 낮게 중얼거렸다.

“하지만 일이 틀어져버렸어.”

러시턴의 목소리가 괴로운 분노의 비명에 가깝게 커졌다.

“그 바보가 성 저스틴과 결혼하기 전에 애인에게 몸을 줘버렸지. 그 애는 아이를 가졌던 거야. 그 빌어먹을 애인놈. 그 애는 얼른 성 저스틴을 유혹해야 한다는 걸 알았지. 뱃속의 아이가 그의 아이라고 믿게 만들기 위해서 말야."

"하지만 그녀의 계획은 제대로 진행되지 않았어요, 그렇죠? 성 저스틴이 뭔가 이상하다는 것을 깨달았던 거죠."

"데어드레는 바보였어, 천하에 멍청한 바보. 그 아이는 모든 걸 망쳐버렸어. 그 애는 내게 와서 무슨 일이 벌어졌는지 얘기했지. 뱃속의 아기를 제거할 방법을 찾을 거라고 하더군. 하지만 난 그때 그 아이를 성 저스틴과 결혼시켜 넘겨버리기에는 너무 늦었다는 걸 알았어. 그 아이가 이미 그에게 너무 많은 얘기를 해버린 후였으니까. 난 그 애가 그토록 멍청한 짓을 했다는 걸 믿을 수가 없었어. 우린 말다툼을 했지."

해리엇은 어떤 직관적인 생각이 번쩍 머릿속에 들어오자 깊이 숨을 들이쉬었다.

"서재에서요?"

"그래."

"당신이 그녀를 죽였군요, 그렇죠? 당신이 그녀를 총으로 쏘고 나서 마치 그녀 스스로가 목숨을 끊은 것처럼 보이게 만들었군요. 그래서 유서가 없었던 거예요. 그녀는 자살한 게 아니었어요. 그녀는 살해된 거예요, 자기 자신의 아버지에 의해서 말예요."

"그건 사고였어."

러시턴의 눈이 툭 불거졌다.

"그 애를 죽일 생각은 아니었어. 그 애가 애인과 함께 도망치겠다고 소리를 질러댔어. 난 벽에서 권총을 움켜쥐었지. 그냥 겁만 줄 생각이었어. 하지만 그게…… 뭔가 잘못되었어. 그 애는 내게 복종했어야 해.”

“당신은 미쳤어요.”

“오, 아니야, 성 저스틴 부인. 난 미치지 않았어. 정말이지, 난 정신이 아주 말짱해.”

러시턴이 미소를 머금었다.

“그리고 매우 총명하지.”

“……”

“이 동굴을 사용한 도둑떼를 조직한 사람이 누구였다고 생각하나?”

“다, 당신?”

러시턴이 고개를 끄덕였다.

“난 이 동굴에 대해 모든 걸 알고 있었지. 내겐 돈이 필요했어. 알다시피 말야. 데어드레는 죽었고 더 이상 내가 오랫동안 계획했던 부자와의 결혼을 통해 내 미래를 보장받을 수가 없었어.”

“그래서 결국 또 다른 수입원을 발견했나요?”

“그 문제에 골몰하다가 난 런던의 무수한 객실에 엄청난 보물이 있다는 걸 깨달았지. 그리고 그걸 손에 넣기란 너무나 쉬웠어. 처음에는 내가 직접 사소한 희귀품에 손을 대서 그게 없어진 걸 알기도 전에 재빨리 팔아치웠지. 하지만 그러다가 난 훨씬 더 큰 이윤을 낼 수 있는 기회를 엿보았지. 그건 시간이 걸리는 일이었고, 난 물건을 보관할 장소가 필요했어. 이 동굴이 생각나더군.”

“하지만 성 저스틴이 그 도둑들을 붙잡았어요.”

“당신 때문이야.”

러시턴이 냉혹하게 말했다.

“당신이 내 새로운 계획을 망쳐버렸어. 데어드레가 과거의 계획을 망친 것처럼 말이야. 당신은 내 데어드레와 결혼했어야 하는 남자와 결혼했고, 그가 사교계의 평결에 의해 고통받아야 할 벌을 받지 않게 해준 거야. 당신이 모든 걸 망쳐버렸어.”

러시턴이 권총을 들어올렸다.

해리엇은 입술이 탔다. 달아날 곳이 없었지만, 그녀는 한 발짝 뒤로 물러났다. 그의 첫 번째 사격이 목표물을 놓친다면, 그가 다시 장전하거나 그녀를 붙잡기 전에 그녀는 동굴 입구로 달아날 수 있을지도 몰랐다. 하지만 그녀는 도망갈 구멍이 거의 없다는 것을 알고 있었다.

“날 죽여봐야 아무것도 얻는 게 없을 거예요.”

해리엇이 낮은 목소리로 말했다. 그녀는 다시 한 발짝 더 뒤로 물러섰다. 그녀는 매우 가까운 거리를 제외하면 권총이란 것은 예측할 수 없는 물건이라는 소리를 들은 적이 있었다. 그가 방아쇠를 당길 때 러시턴에게서 멀리 떨어져 있을수록 첫 번째 발사가 빗나갈 확률은 커지는 것이다.

“그렇지 않아.”

러시턴이 중얼거렸다.

“당신을 죽이면 아주 많은 걸 얻게 될 거야. 난 한 가지 일에 대해 원한을 풀게 되는 거지. 그리고 당신 남편은 살해범으로 몰리게 되겠지. 그러면 내 사랑하는 데어드레도 원한을 풀게 되는 거야.”

"성 저스틴이 아니라 당신이 딸을 죽인 거예요."

"그놈 때문이었어, 그놈 잘못이었다구."

러시턴이 으르렁거렸다.

"사람들은 내 남편이 날 죽였다고는 절대로 생각하지 않을 거예요."

해리엇이 말했다.

"성 저스틴은 결코 날 해치지 않을 거예요. 세상 사람들 모두 그걸 알고 있다구요."

"아니야, 부인. 사람들은 그걸 몰라. 그가 지금 사교계의 총애를 받는 건 사실이야. 하지만 당신이 이 동굴에서 죽은 채로 발견되면, 사람들은 '블랙손 홀의 짐승'이 과거의 방식으로 돌아간 게 아닌가 생각할 거야. 그들은 6년 전에도 아주 신속하게 그에게서 등을 돌렸다구. 이번에도 다르지 않을 거야."

"그건, 그건 사실이 아니에요."

러시턴이 어깨를 달싹해 보이더니 권총을 더 높이 치켜들었다.

"사람들은 그가 아마도 자신을 부정한 아내를 둔 남편으로 생각했을 거라고 말할 거야. 매일 밤 '블랙손 홀의 짐승'의 흉터 있는 얼굴을 보아야 한다면 어떤 여자가 애인에게로 돌아서지 않겠나?"

"그는 짐승이 아니에요. 과거에도 결코 짐승이 아니었어요. 그를 그렇게 부르지 마세요."

분노에 눈이 먼 해리엇은 러시턴에게 나무 메를 집어던졌다.

러시턴이 나무 메를 살짝 피하자 그것이 동굴의 석조 벽에 부딪혔다. 그가 잽싸게 돌아서서 또다시 권총을 겨누고는 손가락을 방아쇠에 대고 조금씩 당기기 시작했다.

"러시턴."

순간 기던의 목소리가 동굴 벽을 찢어놓기라도 할 듯 울려퍼졌다.

러시턴이 홱 돌아서며 권총을 발사했다. 하지만 기던은 이미 통로로 몸을 피한 후였으며, 동굴은 그와 총탄 사이에 간단하게 방탄벽을 만들어놓은 셈이 되었다.

"기던."

해리엇이 소리쳤다.

총탄이 동굴벽에 부딪치면서 파편이 튀었다. 파편이 바닥으로 쏟아지는데도 기던은 입구를 뚫고 달려가 러시턴과 충돌했다.

두 사람은 퍽 쓰러지며 석조 바닥으로 함께 굴렀다. 해리엇은 공포에 질려 러시턴의 더듬거리는 손이 그녀가 떨어뜨린 끌을 찾아낸 것을 지켜보았다.

기던이 러시턴의 몸 위로 떨어지자 러시턴이 움켜쥔 끌을 치켜 올렸다.

"당신 형을 죽였던 것처럼 죽여주겠어. 당신은 데어드레와 결혼하기로 되어 있었어. 그런데 모든 게 엉망이 되어버렸다구."

러시턴이 기던의 눈을 향해 끌을 내리치면서 분노에 떨며 소리쳤다.

기던이 한쪽 팔을 들어올려 마지막 순간에 러시턴의 손을 막아냈다. 그는 힘들여 러시턴의 손을 석조 바닥으로 끌어내리고 나서 그가 끝을 놓칠 때까지 손목을 비틀었다.

기던은 허리를 펴고 앉은 자세를 취하고는 러시턴의 턱을 주먹으로 세게 한 방 내리쳤다.

러시턴의 사지가 잠잠해지더니 무의식 상태로 변했다.

잠시 동안 해리엇은 바닥에서 일어설 수가 없을 것 같았다.

"기던."

그녀는 그에게 달려가 그가 일어서면서 활짝 벌린 팔 안으로 뛰어들었다.

"저런, 기던. 오, 맙소사."

그가 바스러뜨릴 듯이 격렬하게 그녀를 끌어안았다.

"괜찮소?"

"네. 기던, 그가 그녀를 죽였어요. 그가 데어드레를 총으로 쏜 거라구요."

"그래."

"그리고 그가 당신 형을 살해했어요."

"그래, 저주받을 영혼이지."

"그리고 그가 도둑들의 배후 인물이었어요. 불쌍한 홈볼트 씨. 즉시 그 분이 풀려났는지 알아봐야 해요."

"그건 내가 맡겠소."

"기던, 당신이 제 목숨을 구했어요."

해리엇이 마침내 고개를 들고 그를 쳐다보았다. 그가 어찌나 세게 그녀를 껴안고 있었던지 그녀는 숨을 쉴 수가 없을 지경이었지만, 전혀 신경쓰지 않았다.

"해리엇, 몇 분 전 러시턴이 당신을 뒤따라 동굴로 들어왔다는 걸 알았을 때보다 더 무서웠던 적은 없었소. 절대로, 앞으로 다시는 그런 경험을 겪지 않도록 해주오. 내 말 알아듣겠소, 부인?"

"네, 기던."

그의 커다란 손이 그녀의 얼굴을 쥐었다. 그녀를 노려보는 그의 황갈색 눈동자가 촉촉하게 빛나고 있었다.

"그렇게 이른 시간에 침대를 떠나서 대체 뭘 하려 했던 거요?"

"바닷물이 빠지자 잠을 잘 수가 없었어요."

그녀가 부드럽게 말했다.

"작업하러 가고 싶어 죽겠더라구요."

"날 깨웠어야 해. 기꺼이 내가 당신과 함께 왔을 텐데."

"제발, 기던. 전 여러 해 동안 이 동굴에 혼자 들어오곤 했어요. 지금까지 특별히 위험한 적은 한 번도 없었다구요."

"다시는 혼자서 오지 마시오. 분명히 알아듣겠소? 일이 있어서 내가 당신과 동행할 수 없다면 하인을 데리고 와야 해요. 여기서 혼자 작업해서는 안되오."

"좋아요, 기던."

그녀가 달래듯이 말했다.

"그래서 당신 기분이 나아진다면요."

그가 다시 그녀를 끌어당겼다.

"기분이 나아지려면 한참 걸릴 거요. 러시턴이 당신에게 권총을 겨누고 있는 장면이 쉬 잊혀지지 않을 테니까. 해리엇, 오늘 당신을 잃었다면 난 어떻게 됐을 것 같소?"

"모르겠어요."

그녀가 그의 가슴에 대고 말했다.

"어떻게 했을 건데요? 절 잃었다면 말예요?"

"당신을 잃어? 당신을 잃는다구? 이런, 그건 말도 안돼. 제기랄, 해리엇."

해리엇은 다시 고개를 들었다. 그녀는 그를 쳐다보며 미소를 머금었다. 가슴이 마구 부풀어올랐다.

"네, 여보?"

그리고 나서 그녀의 시선은 그의 어깨 뒤의 동굴 벽으로 떨어졌다.

"오, 맙소사, 기던. 기던, 저길 좀 봐요."

기던이 그녀를 놓고 눈깜짝할 사이에 홱 돌아서서 또 다른 싸움에 대한 준비 태세를 갖추었다. 그는 동굴 입구에 아무도 서 있지 않다는 것을 알고는 이마를 찌푸렸다.

"뭐요, 해리엇? 뭐가 잘못됐소?"

"저것 보세요, 기던."

벽 쪽으로 두 걸음 다가선 해리엇은 눈앞에 펼쳐진 광경에 꼼짝 않고 못박혀 있었다.

러시턴의 권총이 발사되면서 넓은 평면을 따라 나 있는 벽을 잘라낸 바위 파편이 하나 떨어져나가 있었다. 그리고 돌파편이 떨어져나가면서 새로운 바위층을 드러내고 있었다.

동굴 벽의 새로 노출된 부분에는 거대한 뼈들이 뒤섞여 끼워져 있었다. 커다란 대퇴골, 경골, 척추골과 이상하게 생긴 해골이 한데 어우러져 있었다.

매우 길다란 턱 부분이 보였으며, 해리엇은 그 안에서 전에 발견한 것과 일치하는 이빨의 윤곽을 볼 수 있었다. 마치 괴물 같은 생물이 아주 먼 옛날에 잠을 자기 위해 이곳으로 들어왔다가 다시는 깨어나지 못한 것 같았다.

"저것 보세요, 여보."

해리엇은 돌 속에 묻혀 있는 생물을 쳐다보았다. 그녀는 무엇과도 비교할 수 없는 발견의 흥분과 경이감이 몰려오는 것을 느꼈다.

"이런 걸 본 적도, 책에서 읽은 적도 없어요, 기던. 신비롭고 거대한 짐승이 아닐까요?"

그녀의 등뒤에서 기던이 웃기 시작했다.

석조 벽에 울려퍼져 벽이 날아가버릴 정도로 큰 웃음 소리였다.

해리엇은 놀라 홱 돌아섰다.

"뭐가 그리도 재미있죠, 여보?"

"물론 당신이지. 어쩌면 내 자신일 수도 있고."

기던이 그녀를 내려다보며 다시 히죽 웃었다. 그의 눈빛은 말할 수 없는 부드러움으로 빛나고 있었다.

"해리엇, 사랑하오."

해리엇은 그의 갑작스런 말에 동굴 벽에 끼워진 짐승에 대해 까맣게 잊어버리고 말았다. 그녀는 다시 기던의 팔로 뛰어들어 아주 오랫동안 그대로 있었다.

하드캐슬 백작과 그의 부인은 어떤 초대에 응하기 위해 「화석과 유물 연구 학회의 연구 보고」의 최근호가 도착한 것과 같은 날 이른 아침에 블랙손 홀에 도착했다.

블랙손 홀의 정원에는 이른 아침에 핀 꽃들로 한창이었다. 홀은 햇빛을 받아 고요한 자태를 뽐내고 있었으며, 창문들은 바다의 미풍을 향해 활짝 열려 있었다.

커다란 저택과 주위의 땅에서는 사람들이 움직이며 유쾌하게 흥얼거리는 소리가 들려왔다. 무도회는 하드캐슬 백작 부부의 방문을 기념하여 다음날 저녁에 개최될 예정이었다. 근동에 사는 사람들이 모두 초대되었다.

우편물이 도착했을 때 기던은 아침식사를 하고 있는 중이었다. 그는 찬장에 있는 계란을 손수 벗기면서 블랙손 홀이 요즘에는 다시 사람사는 집다워졌다는 사실을 즐거이 반추하고 있었다. 그때 아울이 식당으로 들어섰다.

해리엇은 아울의 손에 들린 쟁반에서 잡지를 발견했다.

"「연구 보고」가 도착했습니다."

그녀는 아울이 자기의 의자에 도착하기도 전에 벌떡 일어나서는 뛰듯이 식당을 가로질러 가 잡지를 움켜쥐었다.

기던이 이마를 찌푸렸다.

"뛸 필요 없소, 여보. 요즘에는 조심해야 한다고 말했잖소."

해리엇의 임신 상태가 그녀의 행동을 늦추지는 못했다. 그녀는 여전히 남자라도 진을 빠지게 만들 정도로 활기차게 열정적으로 움직였다. 물론 침대에서 그런 식으로 움직일 경우, 그 결과는 말할 수 없이 즐거운 탈진 상태를 가져온다고 기던은 생각했다.

그럼에도 불구하고 그는 그녀가 이런 일로 심하게 몸을 움직이는 걸 원치 않았다. 그녀는 그에게 너무나 귀중한 존재였던 것이다.

그는 최근 평소보다 훨씬 더 면밀하게 그녀를 관찰해야 했다. 어제 아침만 하더라도 그는 혼자서 동굴로 내려가려고 하던 그녀를 붙잡았다. 그것이 처음은 아니었지만.

그녀는 하인들이 하나같이 바쁘다며 평소처럼 구실을 댔고 기턴은 그녀에게 심하게 설교를 늘어놓아야 했다. 그는 평생 그런 설교를 늘어놓아야 하는 건 아닌가 하는 생각에 약간 걱정스러워지기까지 했다.

"여기 있어요."

해리엇이 의자에 발딱 등을 기대고는 식탁 위로 잡지를 펼치면서 소리쳤다.

"해리엇 성 저스틴 자작부인이 쓴 '어퍼 비들턴의 거대한 짐승에 관한 연구 보고'."

그녀가 흥분에 찬 눈을 반짝이며 고개를 들었다.

"마침내 잡지에 실렸어요, 기턴. 이제부터 그 동굴은 전적으로 제것이라는 걸 모두가 알 거예요."

그가 미소를 머금었다.

"축하하오, 여보. 그건 이미 모두들 알고 있을 거요."

"나도 동의해."

하드캐슬이 마가렛과 뭔지 알겠다는 미소를 교환했다.

마가렛이 해리엇에게 웃음을 지어보였다.

"그런 멋진 화석 발견자를 알고 지낸다고 말할 수 있어서 자랑스러워요, 여보."

해리엇의 얼굴이 더욱 달아올랐다.

"고맙습니다. 펠리시티와 에피 고모가 오늘 오후에 차를 마시러 올 때까지 기다릴 수가 없을 것 같아요."

그녀는 자신의 논문이 실린 페이지를 열었다.

"그들 두 사람은 이게 실제로 잡지에 실릴 거라고는 믿지 않았을 거예요.”

“앞으로 상당히 오랫동안 화석 수집가들 사이에 최고의 화제 거리가 될 거다.”

백작이 말했다.

“그런 거대한 파충류의 존재에 대해 설왕설래할 거라구. 넌 아마 네 짐승을 보고자 하는 사람들에게 푹 파묻히게 될 게다.”

“사람들에게 마음대로 떠들라고 하죠.”

해리엇이 즐거운 목소리로 말했다. 그녀가 기던을 쳐다보았다.

“제 짐승이 실은 매우 드물고 귀중한 것이라는 걸 알아요.”

기던이 그녀를 바라보았다. 그는 그녀의 눈에서 본 사랑에 빠져 다시는 헤어나올 수 없으리라 생각했다. 그는 문득 그 동물이 어떻게 그의 동굴에 묻혀 그토록 오랫동안 어두운 시절을 살았을까 궁금해졌다.

사실 기던은 해리엇을 만나기 전까지는 그런 황량한 시간을 견디는 동안 단순히 숨만 쉬고 있을 뿐이었다는 것을 알고 있었다. 아무런 삶의 기쁨도 미래에 대한 기대도 없었다. 그녀가 그를 자유롭게 해주기 전까지는 말이다. 그녀는 절벽의 동굴에 묻힌 고대 짐승의 뼈를 세상에 내놓은 것처럼 그를 햇빛 아래로 데려다 주었다.

“당신이 없었다면 당신의 짐승은 지금까지도 아무런 의미를 갖지 못했을 거요.”

기던이 부드럽게 말했다.

“아직도 돌 속에 갇혀 있을 게 분명해.”

두 달 후 해리엇은 건강한 아들을 안전하게 출산했다. 아기는 기던의 몸집과 힘뿐 아니라 아버지의 황갈색 눈동자를 갖게 될 것이라는 사실이 금세 분명해졌다. 아기는 또한 모두에게 너무나 익숙해 보이는 고집스런 의지와 성깔이 만만치 않을 만한 흔적까지 보이고 있었다.

기던이 큰 소리로 울어젖히는 아기를 해리엇의 팔에 안기자, 그녀가 희미하게 미소를 지어보였다.

"보세요. 우리 사이에서 진짜 '블랙손 홀의 짐승'이 태어난 것 같아요, 여보."

해리엇이 애처로운 표정으로 말했다.

"아이가 우는 소리를 좀 들어보세요."

기던은 웃음을 터뜨렸다. 그는 그 동안 가능하리라고 생각했던 것보다 훨씬 더 행복했다.

"당신이 그 애를 길들이면 되잖소. 짐승들을 다루는 방법을 누구보다도 잘 알고 있으니 말이오."

▼

▼

▼

▼

▼

▿

매혹의 왈츠와 유혹의 키스

몸집은 황소만 하여 어디서나 눈에 띄며, 근육은 불거지고 얼굴에는 흉물스런 쌍날칼 자국이 새겨져 있고 그 흉터만큼 찌푸린 얼굴을 좋아하는 성 저스틴 자작. 그가 어느 날 홀연히 당신 앞에 나타난다면, 뭔가에 몰두하고 있는 당신 앞에서 오만하게 거들먹거리며 팔짱을 낀 채 당신을 바라보고 있다면, 당신은 어떻게 하겠는가?

파도가 밀려드는 바닷가의 깊은 동굴에 그와 단둘이 갇히는 신세가 되었다면, 당신은 어떻게 하겠는가?

새침데기 숙녀들과 수군대기 좋아하는 부인네들, 짐짓 예의와 근엄을 가장하고 정작은 소문거리를 찾아 두리번거리는 신사들이 꽉 들어찬 무도장에서, 그가 그 모든 사람들의 곱지 못한 시선을 받으며 곧장 당신을 향해 걸어와 함께 춤추기를 청한다면, 당신은 어떻게 하겠는가?

십중 팔구 지레 겁을 먹고는 거품을 물고 기절하거나, 얼굴이 하얗게 변해 뒤로 물러나며 소리치거나, 놀란 나머지 눈만 깜박거리고 있을 것이다. 어퍼 비들턴의 시골 사람들이나 런던 시내의 모든 상류 인사들처럼 말이다.

하지만 그 중 한 사람, 화석 수집을 위해서라면 밤에 도둑들이 저장 창고로 사용하고 있는 깊은 동굴에라도 들어갈 만큼 두려움을 모르는 해리엇 포머로이.

앉으나 서나, 자다가도 화석 애기라면 벌떡 일어날 정도로 화석에 열정적이고, 예쁘지는 않지만 태양처럼 생명력이 넘치고 그만큼 매혹적인 해리엇은 달랐다. 그녀는 성 저스틴의 얼굴에 새겨진 흉터를 보는 것이 아니라 성 저스틴 자체를, 그의 과거를, 과거의 상처를 알아차릴 수 있는 혜안을 가진 사람이었다.

그리고 지난 6년 동안 잘못된 소문에 시달리며 그가 자기 주위에 단단하게 쌓아놓은 성벽을 허물고 들어가, 그 안의 뜨겁고 부드러운 속살을 만져줌으로써 한 사람을 6년 동안의 진흙구덩이에서 건져낸다. 그러면서 그들의 사랑은 왈츠의 선율을 타고 완성되어가는 것이다.

혼자서는 치유할 수 없는 상처가 있는 법이다. 때로 그 상처는 진정한 사랑에 의해서만 회복이 가능한가보다. 해리엇이 성 저스틴에게 퍼부은 사랑처럼 말이다.

김이숙

조·안·나·린·지

사로잡힌 신부 CAPTIVE BRIDE
조안나 린지/나채성 옮김/값 6,500원

아름다운 크리스티나 웨이크필드는 아랍의 사막으로 향했다. 하지만 운명이 아부 족장의 강력한 팔 속에 그녀를 가둬놓는다.
그는 운명의 무도회에서 만난 남자! 이제 그녀는 그의 노예가 되었다. 그러나 그녀 가슴의 열띤 욕망은 자신을 납치한 남자의 감각적인 변덕에 굴복하고 싶어지는데….

예기치 못한 사랑 A PIRATE'S LOVE
조안나 린지/이혜원 옮김/값 6,800원

베티나 베를렌은 한 번도 본 적이 없는 남자와 결혼하기 위해 카리브 해를 향한 항해를 시작했다. 폭풍의 끝자락을 잡고 수평선 멀리 해적선 '용기있는 숙녀'의 돛대가 보이기 시작하면서 베티나의 예감을 붉게 물들였다. 장본인은 대담하고 격정적이며 잘생긴 약탈자 트리스탄! 트리스탄의 갈등과 베티나의 증오로 시작된 이들의 만남이 초래하게 될 폭풍은…?

불꽃 같은 사랑 A HEART SO WILD
조안나 린지/나채성 옮김/값 6,500원

코트니 하르테는 인디언 구역 어딘가에서 잃어버린 아버지가 살아계신다는 걸 알게 된다. 그녀를 그곳으로 데려가줄 남자는 웬지 운명적으로 신뢰할 수 있는, 개척지의 하늘보다 더 파란 눈동자를 가진 찬도스. 그는 총싸움이 난무하는 로클리만큼이나 거칠고 위험스럽다. 그러나 핸섬하고 불가사의한 그는 때로는 믿을 수 없을 정도로 부드럽다. 그들의 마음을 사로잡고 있는 서로의 눈에 대한 아스라한 기억은…?

배반의 향기
WORLDLY GOODS
마이클 코다/나채성 옮김/값 7,000원

파울 포스터는 권력에의 위험한 갈망을 가진 불가사의한 억만장자다. 포스터의 라이벌 니콜라스 그린우드는 냉혹하다. 또한 상상할 수 없을 정도의 부를 소유하고 있다. 거대하고 비정한 금융거래 세계에서 충돌이 일어나고, 포스터는 그린우드의 아름다운 전애인과 사랑을 불태우면서 그의 적에게 총을 겨눌 준비를 한다.
하지만 이 두 거물들 사이의 처절한 증오는 30년 전으로 거슬러 올라가 탐욕과 배반의 끔찍한 범죄에 뿌리를 두고 있다. 포스터의 재산과 사랑하는 여인과 그 자신의 생명까지 요구할 수 있었던 범죄. 그는 단지 똑같은 복수의 행위로만 휴식을 취할 수가 있다.